Die Wette – Driving South

geradeaus kann jeder

Reinhold van Basten

Die Wette – Driving South

Motorradroman

Bibliografische Information der Deutschen Nationalbibliothek:
Die Deutsche Nationalbibliothek verzeichnet diese Publikation in
der Deutschen Nationalbibliografie; detaillierte bibliografische
Daten sind im Internet über http://dnb.dnb.de abrufbar.

© 2017 Reinhold van Basten

Herstellung und Verlag: BoD – Books on Demand, Norderstedt

ISBN: 978-3-744-84082-8

Inhalt

1 Die Wette

Sie heizt mit ihrer schwarzen ZX-6R durch den Wald Richtung Fähre. Dann wieder zurück. Der Motor kreischt.

Jetzt biegt sie um die Ecke, rast direkt auf mich zu. Ihre Haare wehen. Kein Helm, keine Handschuhe, Schlaf-Shirt, Badeschlappen. Im letzten Moment geht sie in die Eisen, stoppt die Karre vor meinen Stiefelspitzen und hinterlässt dabei eine tiefe, dunkle Schmarre auf dem zartgrünen nachbarlichen Vorgartenrasen.

Na, ist ja noch mal gut gegangen. Hätte aber auch so ausgehen können: Polizeiwagen, Blaulicht, den Kollegen fallen die Augen aus dem Kopf, Anzeige wegen unsachgemäßer Führung eines Kraftfahrzeugs im öffentlichen Straßenverkehr, Sachbeschädigung, Erregung öffentlichen Ärgernis'. Punkte in Flensburg und drei Monate Pappe weg.

Ich sage zu der Aktion kein Wort. Bloß keinen Streit kurz vor der Abreise. Krach hatten wir bereits gestern.

Gerade hatte ich mich gemütlich in der Küche an den Tisch gesetzt, da rauschte sie rein.

„Der Kühlschrank steht mal wieder sperrangelweit offen!"

Tatsächlich stand er offen, aber nur einen klitzekleinen Spalt. Sie lehnte sich gegen die Kühlschranktür und drückte sie mit der Schulter zu, mit Nachdruck.

„Uff, heute war Sport anstrengend, Martina hat Konditraining mit uns gemacht, acht Stationen. Danach hat sie sich verabschiedet, geht für ein Jahr nach Neuseeland. Da gab's dann noch ein Sektchen.

„Sekt nach dem Sport. Ist ja pervers."

„Kannst du mal aufhören mit deinen ewigen Beurteilungen!"

Ich sagte nichts.

„Jetzt sag mal was!"

„Grad so, als würde man nach dem Ziel im Marathon 'nen Schnaps kippen."

„So ein Quatsch"

Ich schwieg.

„Was jetzt?"

„Mädels! Bauch, Beine, Po. Sektchen und Rumgegackere, nix für Männer."

„Doch, ham wa auch! Eduardo, Profitänzer. Der hat so sanfte blaue Augen! Und wie der sich bewegt! So grazil, geschmeidig. Könnt ich mich glatt verlieben."

„Nur zu!

„Du kannst mich mal! Solltest lieber mitkommen. Aber du spulst beim Joggen nur stumpfsinnig deine Kilometer runter, Ausdauerkacke. Koordination, mein Freund! Würdest du wahrscheinlich gar nicht bringen. Du kriegst ja nicht mal die Kühlschranktür zu. Koordination! Ist übrigens auch beim Motorradfahren gefragt. Gerade Koordination. Das A und O. Aber du schlappst nur geradeaus!"

„Zumindest fahr ich deinem Moppet die Reifen rund. Ich kenn nämlich auch welche, die *fahren* nur geradeaus!"

„Ach ja?!"

„Ja"

„Ich hab nachgerechnet, bring mehr Motorradkilometer zusammen als du! Fahr du erst mal 10 Alpenpässe in 20 Tagen!"

„Ich fahr 20 Pässe in 10 Tagen."

„Spinner! Niemals!"

„Jede Wette!"

„Na gut"

Ich ahnte Böses.

„Wenn du in 10 Tagen keine 20 Pässe schaffst, krieg ich ein neues Bike. Also, um das gleich mal wasserdicht zu machen" –

sie wippte vom Stuhl und ging zu dem Riesenkalender an der Küchentür – „Samstag, der 29.6. zum Abendessen sitzt du hier an diesem Tisch mit 20 Pässen im Gepäck, sonst hast du die Wette verloren!"

Ich wusste auch schon, welches Bike sie im Sinn hatte: die rote Italienerin mit der schnittigen Frontpartie. Das könnte teuer werden.

Jetzt aber los! Das Bike ist auf Betriebstemperatur. Sie lässt den Motor laufen, stellt die Maschine auf den Seitenständer und steigt ab. Ich befestige den Tankrucksack mittig auf dem Tank, mit etwas Spiel zum Lenkkopf, die Magnete klacken auf dem schwarzen Lack. Dann sichere ich die kleine Hecktasche mit einer Spinne und steige auf. Abschiedskuss, Helm, o.k. sitzt stramm.

„Pass auf dich auf und ruf an!"

„Sowieso. Machs gut."

Vor der ersten Linkskurve, gespickt mit knarzigen Kienäpfeln, sehe ich sie noch im Rückspiegel, dann schau ich nach vorn.

Pünktlich zur Urlaubszeit haben Bauarbeiten an einer Autobahnbrücke begonnen, kompletter Stadtring gesperrt. Der Verkehr quält sich im Schneckentempo durch die Innenstadt – rechte Spur blockiert, Anlieferfahrzeuge – weder rechts noch links komm ich vorbei, ohne Seitenspiegel zu rasieren. Also immer schön brav hinterherdackeln. Als die endlose Blechkarawane vom Kaiserdamm bis zum Messe- und Kongresszentrum endlich wieder auf die Autobahn geleitet wird, ist es zwei Uhr nachmittags. Meine Haare kleben unterm Helm, der Schweiß trieft mir den Nacken runter, und die Lederhose klemmt und zwickt im Schritt. Endlich geht es auf die Bahn. Ich flamm los, 150 Sachen auf dem Stadtring.

Plötzlich überholen mich zwei Biker, fuchteln aufgeregt und gestikulieren in meine Richtung. Die Jungs lassen sich nicht abschütteln. Ich schau mich um. Mein Heck steht in Flammen. Die schwarze Gepäckrolle hat den Auspuff berührt und Feuer gefangen. Ich beschleunige. Der Fahrtwind bläst die Flammen aus, es qualmt nur noch. Bei der geringsten Tempoverzögerung züngeln sie aber sofort wieder empor. Mir bleibt keine andere Wahl als rechts ran zu fahren, das brennende Gelump in die Wiese zu schmeißen und auszutrampeln. Ein Riesenloch ziert die schwarze Plastikrolle. Ich schüttel alles raus. Unterwäsche, Socken, Shirts, Reisenecessaire, Zahnpasta und Plastikrasierer fliegen durcheinander, rasierschaumverschmiert. Die Sohlen meiner angeschmorten Wanderstiefel stinken nach verbranntem Gummi. Der flüssige Brei tropft in die restlichen Kleidungsstücke und mittlerweile auch in die trockene Wiese. Die fängt sofort Feuer. Die Flammen breiten sich kreisförmig um meinen Müll aus, an den Rändern qualmt es. Ich lösche mit Mineralwasser, verzurre das verbrannte Zeug mit den angekokelten Spinnenresten auf dem Rücksitz und entsorge alles auf dem nächsten Parkplatz. Der Rücksitz hat zum Glück nichts abbekommen, wohl aber das Auspuffrohr. Ich versuch, die Gummischmiere abzukratzen. Das gelingt mir nicht ganz. Den Rest würde ich ausbrennen.

Jetzt läuft's besser. Wenig Verkehr. Tacho 190. Die Landschaft zieht nur so vorbei. Breit und gleichförmig fließt die Elbe unter der Autobahnbrücke, an den Rändern stehen Bäume im Nass. Noch weiter außen sieht man an den hellen Bereichen, bis wohin das Hochwasser gestanden hatte.

Leipzig, Interkontinentalflughafen. Für Mitteldeutschland. Immerhin haben sie den fertig gekriegt. Es ist heiß, über 25 Grad. Erster Tankstopp, kurze Pause, kleiner Kaffee. Weiter geht's. Thüringen, und schon bin ich in Bayern. Die langgezogenen, leicht bergigen Autobahnkurven im bayerischen Wald verführen zum Rasen. Zwölf Uhr, Tankstopp zwei. Noch eine Stunde, dann bin ich hinter München und kann die Berge sehen. Die Sonne steht im Zenit, 30 Grad. Blauer Himmel, nur vereinzelt weiße Federwölkchen. Der Fahrtwind tut gut. Altmühltal, die längere Steigung hinter Greding, dreispurig.

Sind sie hier flotter unterwegs als in Thüringen? Von hinten kommt ein großer, silberner Audi, ich lass ihn vorbei. Danach rollt wieder alles wie am Schnürchen. Hin und wieder muss ich auf die linke Spur, weil es auf den beiden rechten nun doch zäh dahinfließt.

Dann bedrängt mich ein kackbrauner dreier BMW. Ich schaue in den Rückspiegel. Die Karre ist tiefer gelegt und wippt und bockt bei jeder kleinen Bodenwelle. Drinnen irgendein Winzling. Mein Tacho zeigt 190, und der fährt bis 40 Meter auf. Lichthupe. Jetzt drückt er sich noch mal dichter ran, Abstand 35 Meter. Ich fahr rechts rüber, schalt runter in den Fünften, 10.000 Touren. Die Mickymaus im Dreier zittert sich vorbei, ich wieder links, dahinter, Tacho 220. Die großen PKW auf der mittleren Spur kriechen, die LKW rechts scheinen zu stehen. Die Bahn wird eng. Der Boy gibt auf, fährt rechts rüber. Mein Drehzahlmesser steht knapp vor dem roten Bereich, 16.000 Touren. Ich schalte hoch in den Sechsten, Tacho 235. Rums, vorbei. Noch vor Sekunden hätte ich dem Dreier Drängler was aufs Maul gehauen. Mittelfinger. Parkplatz. Bum. Jetzt aber setzt eine seltsam entrückte Ruhe ein. Ich rase nicht, ich schwebe.

Immer etwas Stau vor München. Dritter Tankstopp. Vor mir die Alpen, ein erhebender Anblick, das grandiose Bergpanorama. Der Urlaub kann beginnen. An der nächsten Raststätte kriegt der Zerberus was zum Saufen und der Driver ein Eis. Ein Stückchen Schokoummantelung fällt runter und schmilzt sofort auf dem Asphalt.

Ich greif den Tankrucksack und lege mich in voller Montur auf die Wiese in den Schatten, unter den höchsten Baum, einen Arm um den Rucksack, das Bike im Blick. Im Nu döse ich ein. Nach 20 Minuten wach ich auf, wieder fit, alter Powernapping-Fuchs, icke.

Mangfallbrücke. Bei Weyarn fahre ich raus, auf einen Parkplatz. Wo immer es geht, vermeide ich die schmierigen Männerpissoirs mit den stumpfen, zerkratzten Metallspiegeln und den Pisspfützen unter den Urinals. Hier geht es, ringsum abschirmende Buschlandschaft. Ich stelle mein Moppet auf den Seitenständer und suche ein geeignetes Plätzchen zum Pinkeln.

Als ich zurückkomme, steht neben meiner schwarzen 6R eine weiße 675 Triumph Daytona, ein klein wenig zu nah dran. Der Besitzer geht gerade zum Klo. Trottel. Traut sich wohl nicht, in die Botanik zu schiffen. Hoppla, eine Sie, weiblicher Gang. Klar, die Dame möchte nicht in die Büsche. Schicke Lederkombi, schwarz mit blauen Inlays, 1,60/50, so viel erkenne ich von hinten. Mal abwarten, die kucke ich mir von vorne an. Ich nehme einen knackigen Apfel aus meinem Tankrucksack und beiße krachend rein. Die Lady kommt zurück. Pechschwarze Haare, grob zum Zopf geflochten, eng sitzende Kombi. Ihr Reißverschluss am Hals ist etwas geöffnet, hellblaues Seidentuch, halbhohe Lederstiefel. Je näher sie kommt, desto ungläubiger starre ich sie an. Stolziert da die junge Isabelle Adjani auf mich zu? Federnd geht sie an mir vorbei. Ich schmeiße den Apfelgriebsch ins Gebüsch und sage „Hallo". „Hallo" grüßt sie zurück, guckt mich aber abweisend an, fast schon angewidert. Mädel, *du* hast *deine* Karre zu eng neben meine gestellt, nicht umgekehrt. Ich blicke sie direkt an. Adjani sticht mit ihren stahlblauen Augen zurück, schreitet an mir vorüber zu ihrer Triumph und macht sich an ihrem Hecktäschchen zu schaffen, fast dasselbe wie meines. Kaum hat sie den Reißverschluss halb geöffnet, quillt allerlei heraus, ein blaues Minifrotteehandtuch, eine halb zerquetschte Banane und ein hellbraunes Kuscheltier, ein Häschen mit langen Ohren.

Adjani kriegt den Reißverschluss nicht wieder zu, er bleibt halb offen. Dann dreht sie den Zündschlüssel auf Startposition, schaltet mit dem linken Fuß in den Leerlauf, startet den Motor, nimmt den Helm von der hinteren Fußraste und dreht sich so in meine Richtung, dass sie mir im Abstand von wenigen Metern frontal gegenüber steht. High Noon. Der Helm passt farblich zur Kombi, schwarz-blau, Arai. Sie setzt ihn auf. Probekopfschütteln, Helm sitzt. Mit unbewegter Miene blickt sie mich durch das noch hochgeklappte Visier an, dreht sich um, schwingt ihr Bein lässig über den Hintersitz, richtet das Bike auf. „Klack", macht der Seitenständer, „Klack" das Einrasten des ersten Gangs. Adjani gibt Gas und rauscht davon, und – flupp – der Hase fällt aus der noch halb offenen Hecktasche.

Ich nehm ihn auf und stopf ihn in meinen Tankrucksack. Dabei klemmt er sich ein Schlappohr ein. Der Hase ist drin, das Ohr hängt raus. Egal.

Vom Parkplatz beschleunige ich zügig auf die Bahn. Jetzt muss ich mich auch noch beeilen, um Adjani ihr Schnuffeltier hinterherzukarren. Sie ist nicht in Sicht. Schließlich seh ich am Horizont einen kleinen blauschwarzen Punkt und robbe mich ran. Nach einer langgezogenen Kurve hab ich sie. Sie fährt 170. Ich fahre links neben ihr auf gleiche Höhe und deute auf das heraushängende Hasenohr. Zunächst reagiert sie gar nicht. Schließlich bremst sie doch. Auf Tempo 100 runter, pule ich den Hasen raus, greife fest zu, um ihn auf keinen Fall zu verlieren und mache einige gut sichtbare Schwenkbewegungen mit ihm. Adjani kapiert. Ein Parkplatz naht. Ich fahre raus.

Die weiße Triumph rauscht links neben mir rein. Wir kommen beide nebeneinander zum Stehen, gleichzeitig klappen wir das Visier hoch. „Ihr Hase", sage ich und reiche ihn rüber.

„Danke", entgegnet sie. Dann steigt sie ab, stellt ihre Maschine auf den Seitenständer und verstaut das Plüschtier, diesmal vorne im Tankrucksack. Als sie los fährt, winkt sie mir im Vorbeifahren zu. Ich lasse mir Zeit und rolle langsam vom Parkplatz.

Ein Häschen als Glücksbringer, niedlich. Die hat ja keine Ahnung, welchen Begleiter ich dabei hab. Bin schon mal gespannt, wann sich mein Dämon zum ersten Mal meldet.

Beim nächsten Tankstopp zwischen Rosenheim und Kufstein blitzt mir die weiße Daytona hinter den Zapfsäulen vor dem Eingang zum Restaurant entgegen. Da bekomme ich die schwarzblaue Lederlady also doch noch mal zu Gesicht.

Als ich nach dem Tanken zahlen geh, steht sie an einem Tisch beim Latte macciato und lächelt mich freundlich an. Na bitte, geht doch. Gleich mal testen, was mit ihr los ist. Sie hat einen herrischen Zug um die Mundwinkel, nicht ausgeprägt, aber mich als Kenner täuscht sie nicht. Oberstudienrätin für Englisch und Sport. Sexualphantasien beim Anblick der adonishaften Körper ihrer gymnasialen Jungmänner. Geschieden, alleinerziehend, Tochter Tanja zwölf Jahre. Sie hat der Mutter den Hasen als Glücksbringer mitgegeben und beim Abschied kontrolliert, ob Mama ihn auch tatsächlich dabei hat.

Auf dem Rückweg von der Kasse komme ich an ihrem Stehtisch vorbei.

„Hallo", grüßt sie mich, mir zuvorkommend.

„Vielen Dank für meinen Hasen"

„Gerne", erwidere ich.

Den hätte ihr nämlich ihre Tochter Katja als Glücksbringer mit auf den Weg gegeben und beim Abschied darauf insistiert – sie sagt insistiert – dass der kleine braune Liebling auch wirklich mitkomme.

„Aha", sage ich und dass es schwierig gewesen wäre, sie einzuholen, weil hohes Tempo.

„Ja", meint sie, und sie lade mich deshalb als Dankeschön jetzt ein. Ich wende mich an die weibliche Bedienung in Sichtweite: „Bitte! Ich hätte gerne eine Flasche Champagner und die komplette Kirschtorte da vorne von der Kühltheke." Frau Adjani schaut irritiert.

„Scherz", sage ich und – zur Bedienung gewandt – „ein Mineralwasser bitte". Madame guckt jetzt etwas entspannter, auch um die Mundwinkel herum, aber immer noch nicht locker. Sie weiß nicht, was sie von mir halten soll.

Wo es denn hinginge, will ich wissen und verkneife mir den Zusatz „so alleine". Sie will über Österreich nach Italien und Slowenien. Sie heißt Elisabeth, ihre Freunde nennen sie Ella. Heute will sie noch bis Neukirchen. So hätte sie noch mehrere Optionen offen, erklärt sie mir, Felbertauern, Großglockner oder über Bischofshofen zur Karawankenautobahn. Dass ich ebenfalls nach Neukirchen möchte, verschweige ich. Wenn wir zu zweit weiter fahren, endete der heutige Abend garantiert mit einem heißen Flirt. Kommt aber nicht in Frage. Regel Nummer eins: Bike only solo! Wenn mir danach ist, kann ich sie in Neukirchen immer noch abpassen. Eroberungen aus dem Stand sind meine Stärke, da brauch ich kein ewig langes Vorspiel.

Ob ich „Tschiau Bella" sagen dürfe?

„Dürfe ich", sagt sie, „Tschiau, Roman". Ich bleibe bei meinem Mineralwasser zurück, begleiche die Rechnung – hat sie vergessen, ist mir jetzt doppelt was schuldig – und schaue ihr durch die Restaurantverglasung so lange nach, bis sie mit ihrer jung-fernweißen Daytona aus meinem Blickfeld entschwindet.

Jetzt aufs Moppet, Adjani aus den Gedanken verbannt, stört nur beim Fahrn! Ausfahrt Kufstein-Süd. Eine Vignette brauche ich nicht, hätte auch keine Lust, meine kleine Windschutzscheibe mit Vignetten zuzupflastern.

Den wilden Kaiser lass ich nördlich an mir vorbeiziehen, ein gewaltiges Massiv im orange-roten Spätnachmittagslicht. Kitzbühel, Geschwindigkeitskontrollen?

Der Pass Thurn ist mein erster von 20. Innerlich weigere ich mich, ihn als Pass anzusehen, aber egal, für die Wette zähle ich den mit. Wie soll das denn ein Pass sein, wenn ich den mit 150 Sachen auf der Geraden hochfahr? Runter nach Mittersil geht's auch flott, nur wenige Kurven. Über dem Pinzgau hängt eine Dunstschicht, hier und da regnet es. Vor Neukirchen gönne ich mir in einer schnell und provisorisch hingeklotzten Imbissbude eine Bratwurst und schau mir die vorbeifahrenden Bikes an, 90 Prozent Triumph. In Neukirchen laufen derzeit die Triumph Days. Aha, deshalb will Ella hierher. Logo, hier werde ich sie morgen abfangen.

Auf den letzten Kilometern des heutigen Höllenritts fegt eine Front durchs Tal. Vollgas! Da komm ich vorher durch! Diesmal klappt es nicht, der Wind peitscht Regen vor sich her, dann Hagel. Es schüttelt mich heftig, und sofort bin ich pitschnass. In Minutenschnelle ist alles wieder vorbei, die Front durch, Sonne und blauer Himmel. In meiner Pension in Krimml parke ich das Motorrad geschützt unter einem Vordach, springe rasch unter die Dusche und hänge meine nassen Sachen zum Trocknen auf. Danach gibt es zum Tagesabschluss Wiener Schnitzel mit Pommes und Salat. Aber vorher erst mal ein großes Bier.

2 Anton Wallner

Zum Frühstück gibt's frische Brötchen, Tiroler Speck, Croissants, dazu heißen, duftenden Kaffee. Vom Band läuft Herbert Pixners „Morgenrot". Die klaren Töne der Klarinette füllen den Raum. Noch bin ich allein. Sobald weitere Gäste herein kämen, würde Martin, Wirt und Chef, auf Ö3 wechseln und der ÖDriver den unvermeidlichen Stau auf der Tangente und dem Praterknoten melden. Wenn schon, Wien ist weit weg, hier im Pinzgau gibt's keine Verkehrsprobleme. Erst mal die Kronenzeitung durchblättern. Mehr als die Lokalnachrichten und das Wetter interessieren mich nicht. Ein Fehler, wie sich später noch herausstellen wird. Was sogta? Über 30 Grad, 15 Grad in 2000 m Höhe, schwacher Ostwind, und so bliebe es auch.

Ich blicke von der Zeitung auf und lasse meinen Blick entlang der südlichen Bergflanke schweifen. In diesem Moment blitzt die Sonne über die Gipfel und überflutet sie mit gleißendem Licht. Unten, noch im blauen Schatten der Berge, die Krimmler Wasserfälle. Gewaltig wirken sie, mächtiger als in den Vorjahren. Sie speisen die Krimmler Ache, die sich im Tal schlängelt. Durch die Bäume am Ufer kann ich erkennen, dass sie viel Wasser führt. Das Kronenblatt meldet Murenabgänge in Hollersbach. Viele Gemeinden seien heuer von der verrückt spielenden Natur betroffen, die Folgekosten für das Staatssäckel immens, erklärt mir das Journal.

Gestern bin ich nur einen einzigen Pass gefahren, ein Pässli. Magere Ausbeute, aber zwischen Krimml und Berlin liegt nur der Pass Thurn.

Heute fahr ich Felbertauern, Tre Croci, Giau und Falzárego, das sind schon mal vier Pässe. Vielleicht tüte ich noch Valparola und Campolongo ein, wären dann sechs, mit Pass Thurn von gestern sieben. So hab ich die Wette schon halb gewonnen. Easy. Muss sich meine bessere Hälfte mit abfinden. Dann kriege ich etwas, von ihr. Damit rechnet sie nicht.

Vorgestern. Flur. Meine Wettkampfmaus schleuderte mir die Badelatschen von den nackten Füßen entgegen und lächelte verschmitzt. Sie hatte Monia besucht, ihre beste Freundin, Schnatter, Schnatter, Kaffee und Kuchen, ein Likörchen wird wohl auch dabei gewesen sein.

Nicht so neugierig solle ich dreinschaun. Über alles Mögliche hätten sie geredet, sogar über Motorräder.

„Worüber denn noch?"

Geheimnis unter Frauen, bereits zu viel verraten hätte sie, wohl dem Sektchen geschuldet.

Jede weitere Nachfrage meinerseits würde ihre Lippen versiegeln.

War aber auch gar nicht nötig. Während sie mit ihrer Freundin gluckte, sprang mich zufällig diese Mail an, aus ihrem gesperrten Account:

„Ich kriege ein neues Bike, in rot! Noch absolut geheim!!!"

Man(n) kann ja schließlich 2+2 zusammenzählen. Sie und Monia, pssst, tuschel, tuschel, geheim, versprochen, großes Ehrenwort! So eng die Köpfe zusammengesteckt, dass keine Gabel Schwarzwälder Kirsch mehr zwischenpasste.

Sie: „Ich will doch schon lange ein neues Bike, ein rotes! Weißt du doch. Hab bei meinem das Gefühl, als ob ich zur eigenen Beerdigung fahre, Schwarz mag ich nicht mehr."

Monia (*ungeduldig, versteht Bahnhof, von Bikes schon mal gar nichts*): „Hmm?"

Sie: „Also, mein Macho geht im Juni auf Tour, Kurzurlaub. Will sich dazu mein Bike ausleihen. Was sagt Frau dem?"

Monia (*hitzig erregt*): „Kriegst du nicht, brauch ich selber, oder soll ich mit dem Tretroller zum Shoppen?"

Sie: „Nicht übel, aber ich versuchs lieber vorsichtig. Böses Blut nix gut. Ziel im Auge behalten. Achillesverse? Bikerehre! Nichts gegen seine Fahrkünste, aber er hält sich für den größten Rennfahrer aller Zeiten. Pieks ich ihn also an, von wegen Kurventechnik und Koordination, mit der wäre es ja schließlich nicht so weit her."

Monia (*drei Fragezeichen um die Nase*): „Und was hat das jetzt mit dem roten Motorrad zu tun?"

Sie: „Warts ab. So hab ich ihn sofort am Haken. Schieb ich noch nach: 'Ich bin die bessre, ich fahr 10 Pässe in 20 Tagen.'

Seine Antwort weiß ich schon vorher: 'Ich fahr 20 Pässe in 10 Tagen!', schießt es aus ihm raus, reflexartig, Hirn ausgeschaltet, wie bei Pawlows Bello.

Und ich dann: 'Na, wenn du so sicher bist, wetten wir doch! Wenn du's nicht schaffst, krieg ich das neue italienische Moppet, das rote Superbike.' Kann er logisch keinen Rückzieher machen!"

Monia: „Und wenn du die Wette verlierst?"

Sie: „Na, dann ... Aber da denkt der gar nicht drüber nach."

Monia: „Genial!"

Sie: „So packt man Kerls bei den Eiern. Solltest du mit deinem auch so machen!"

Beide (*klatschen ab*): „Witchpower! Craft! Stößchen!"

Weiber, tsss. Rotes Superbike! Nen Scheiß kriegst du. Ihr Bike hätte ich gar nicht gebraucht. Musste ich jetzt nur noch den Termin beim Bikeverleih absagen. Gut so, billiger. Auf jeden Fall prickelnder, die Tour als Wette. Was tut man nicht alles gegen Langeweile. 20 Pässe, pfff, nichts leichter als das.

Als ich die Kronenzeitung auf den Illustriertenstapel zurücklege, lugt ein Schulheft unter einer Zeitschrift hervor, mattschwarz, abgegriffen, mit einem weißen Namensaufkleber.

Anna Schrempf, 2003, Klasse 5b. Abziehbildchen auf der ersten, ein Gedicht auf der zweiten Seite. Endgereimt, da sollten sich die Schüler wohl in Poesie versuchen. Dritte Seite: „Wie der Wallner Anton die Bajuwaren und die Franzos besiegte". Interessant! Geschichtliches aus Kindermund, und auch noch mit Lokalkolorit. Ich nehm mir das Heft, leihe es aus. Will ich doch sowieso runter zum Hinterlehengut, dem Geburtshaus Wallners. Das passt.

Hinter der Pension am Hang entlang führt der Weg vom Heimkehrerkreuz zum Anton Wallner-Haus. Links fällt das Gelände steil ab, Wiesen bis zum Talgrund. Dort liegt ein großer Hof mit Nebengebäuden, Scheunen, Geräteschuppen; davor eine kleine Kapelle, frisches, helles Holz, als hätte sie erst gestern jemand hier hin gezimmert. Der Bauer hat vor kurzem gejaucht. Da, eine Bank, rechts am Berg, für den müden Wandersmann, einladend. Genau richtig, um Annas Schulaufsatz zu lesen.

Eine Ruhe hier! Kein Großstadtlärm. Unten in Krimml läuten die Kirchenglocken, ein Trecker tuckert durch den Ort, Kühe muhen. Gerade schlage ich das Schulheft auf, da nähert sich von der Kapelle her eine alte Frau mit ausgreifenden Schritten. Trotz ihres Alters geht sie aufrecht. Achtzig mag sie wohl sein, schlank und groß. Sie trägt eine rostbraune Strickjacke, dazu ein zu beiden Seiten untergeschlagenes, weißes Tuch, einen groben, langen Rock und feste Schuhe. Die grauen Haare hat sie zum Kranz geflochten. Bevor ich noch einen Gruß entrichten kann, kommt sie mir zuvor.

„Grüß Gott!"

Ich grüße zurück.

Sie bleibt vor mir stehen. Bergan müsse man die Füße nach außen setzen, bergab umgekehrt einwärts gerichtet, um nicht wegzurutschen, erklärt sie, für sicheren Tritt. Mit sehnigem Arm weist sie Richtung Grat zum Heimkehrerkreuz. Dort oben wären die Soldaten gewandert, hungrig, hätten sich nit ins Tal getraut aus Furcht vor dem Feind, die armen Schälk, manchmal einen Kanten Brot von den Bergbauern bekommen, diese wären ja selbst fast Hungers gestorben.

Wann mag das gewesen sein? Als ob sie die Frage ahnt, ergänzt sie:

„Im Krieg. Schrecklich, der Krieg, jeder Krieg, Geißel der Menschheit. Im Tal, hinter dem Türmchen, das Hinterlehengut vom Wallner Anton. Wieder nur Krieg, gekämpft hat er, gegen die Bajuwaren und den Franzos, drunten am Fluss. Aber das siagst wohl nit, mit der Brill, musst die Brilln absetzen, dann siagst klar!"

Ohne ein Wort des Abschieds geht sie davon, Richtung Burgeck. Ich ziehe das Schulheft unter der Jacke hervor, um Annas Aufsatz zu lesen.

„Wie Anton Wallner die Bajuwaren und die Franzos besiegte.

Lange vor unserer Zeit lebte hier der Anton Wallner. Er war sogar in Krimml geboren in dem düstern Haus rechts bei die Wasserfäll. Es heißt Hinterlehengut. Anton Wallner war groß und stark und schaute freundlich aus. Er trug einen langen roten Bart.

Eines Tags wollten die bösen Bajuwaren und die Franzos sich durch unser schönes Krimml schleichen, unten am Bach, in aller Herrgottsfriah. 100 warns. Sie wollten einen Brief nach Innspruck tragen mit ein roten Stempel aus Wachs drauf. Drinnen stand der Plan, wie die Franzos den Hofer Andre besiegen wollten, am Iselsberg. Der Hofer Andre war der Wichtigste der Unsrigen, sogar noch wichtiger als Anton Wallner. Aber das ist wurscht, weil beide warn Freunde und Kampfgefährten. Der Anton Wallner hat die bösen Feind mit dem Brief und dem Plan und dem wachs nit durchlassn. Er und seine Männer warfen Felsbrocken auf die Feinde herab, so dass sie alle tot wärn. Alle mussten sterben. Sogar die Kinder haben mitgeholfen, die Elsi und der Sepp. Die haben den brennenden Leiterwagen von oben auf die Feinde gerollt. Als der Herr Lichtelegger die Gschicht zum ersten Mal erzählt hat, da habi dacht, die Elsi, das bin ja i.

Dass die Feind sterben mussten, das war nur gerecht. Denn sonst hätten sie den Vater erschossen und ich und die Mutter müssten viel arbeiten, den lieben langen Tag von morgens bis abends und auf der Nacht erbärmlich bei die Viecha schlafen, hinten im stinkerten Stall. Und meinen lieben Hund Beppi hättens vergift und wenn der Schnee im Oktober ois zudeckt siagt man nix von die Toten und im Frühling wenn der Schnee dann wieder weg ist, siagt man a nix, weil die Toten dann von dem Fels begraben sind. So ist ois gerecht und in guter Ordnung."

Soweit Annas Aufsatz. Und dann hatte Herr Lichtelegger, der Lehrer wohl, noch darunter geschrieben:

„Fein, Anna, gut aufgepasst hast du im Unterricht. Vermeid in Zukunft, daß Mundartliches in dein Aufsatz gerät, außer wenn die Leut sprechen! Lichtelegger, Krimml 14.10. 2003"

Was hatte der Lichtelegger da rumzumäkeln! Ein gelungener Aufsatz! Nur eine Kleinigkeit irritiert mich, Anton Wallners roter, langer Bart. Hatte Anna da etwas missverstanden? Oder hatte der Lehrer die Geschichte so erzählt? Oder Annas Großvater? Vielleicht selber ein rotbärt'ger Kauz und dichtete dem Wallner Anton den Bart deshalb an?

Und wie hat die alte Frau das mit der Brille gemeint? Klarer sollte ich sehen, wenn ich sie absetzte?

Als ich die Brille abnehme, verdichten sich die Nebelfetzen vor den zackigen Felsen der gegenüberliegenden Bergflanke zu dicken, milchigen Schwaden. Vom Talgrund steigt Qualm und Rauch empor, umwabert das Anton Wallner-Haus sowie das quadratische Wachtürmchen davor, beides nur noch als Umriss zu erahnen.

Da! Ein schwarzer Hund springt aus dem Dunst hervor! Und eine Gestalt! Mit einem langen, roten Rauschebart! Dunkel gekleidet, mit Schlapphut, derben Stiefeln, in der rechten Armbeuge eine lange Flinte. Der linke Arm hängt schlaff herab, der Ärmel der Jacke zerfetzt. Verwundet ist der Mann, schreitet langsam den Berg hinauf, zu seinem Haus, dem Hinterlehengut. Anton Wallner! Das Haus ruht auf einem Steinfundament, mit Kiefernteer gestrichen das Holz, schwarz und bedrohlich. Laut bellend springt der große Hund zur Eingangstür. Sie öffnet sich, und heraus stürzt Wallners Frau, hinter ihr eine Schar lärmender Kinder.

„Mann!"

„Resi, schick die Kinder ins Haus, die Kleinen sollen in die Kammer! Du aber, Joseph, mein großer, lauf g'schwind runter zum Branntner Jochem um Schnaps, den starken soll er dir geben. Den werd i brauchen, bevor die Mutter mir die Kugel rausschneidt! Und nimm dein' Bruder Hans mit, zu zweit ist's sicherer!"

„Anton, Jessas, oh weh, schlimm siehst aus, grauslich mit der blutenden Wunde und dem zerfetzten Rock. Lass mich schaun, das Blei ist no tief darin. Und güt'ger Gott, Anton, dein Bart, dein schöner roter Bart, ist ja um die Hälfte kürzer und versengt, schwärzer noch als der Schwanz des Leibhaftigen!"

„Resi, bin schwach, auf die Bank vorm Haus wolln wir uns setzen, dass ich dir erzähl, was vorgefallen, bis die Buben mit dem Schnaps vom Branntner zurück sind. Dann muast dein Werk mit dem Messer tun!

S' war ein kleiner Depeschentrupp, an die fünfzig Mann, nur mit Büchsen, Pistolen und Messern bewaffnet, Maultiere, keine Wägen, mit einer Nachricht für die Franzos unter Deroy am Iselsberg. Wollten, vom Pongau her, heut in aller Früh, in der Dämmerung, sich hier durchschleichen, dann übern Pass nach Inspruck. Allein, ihr Plan ging nicht auf. Der Oheim in Wald schickt' uns sein Burschen, den wieselflinken, als Boten, und wir war'n gewarnt. Ich sah ihn schon von fern, auf mich zu'gsprungen kam er, wie ich unten am Wildgehege stand, beim Heustadl. Wie der Feind im tiefsten Talgrund, unbemerkt sich glaubend, durchzwängn wollt, hatten unsre Leut ihre Arbeit mit dem Fels gut vorbereit', brachen von oben die Gesteinsbrocken los, die großen Blöck brachten's ins Rutschen. Und Sprengmeister Höllbrenner trug das Seinige dazu bei, sprengte weg das kleine Teufelsköpfli, alles andere als klein, einmal durch das Schwarzpulver losgeschossen. Erdmassen, Gestein, Geröll und Bäum stürzten auf den Feind, krachend, grollend, die Ohren betäubend, alles zermalmend. Ein Geschrei war das von unten, ein Widerhall, wie von wilden Tieren, ein Gewimmer und ein Heulen."

„Aber deine Wunde, Anton, wie konnt dich da ein Schuss noch treffen, wenn der Feind drunten mit dem Tode rang?"

„Der Sepp und die Elsi, die Kinder vom Johann, wollten des Vaters Leiterwagen auf dem Bergweg retten. Den hatte der Feind bereits in Brand geschossen, Flammen züngelten aus dem Heu empor. Die Kinder klebten an den Sprossen, hielten sich tapfer fest, die Kuh vor dem Wagen trottete heimwärts. Doch das Gefährt war schon verloren. Die Kinder schickt ich übern vordren Hügel heim. Als ich die Kuh aus der Deichsel spannte, traf mich die Kugel, ward ich nit mehr durch das Heu geschützt, ein Tirailleur von der gegenüber liegenden Bergflanke war's. Den Wagen ließ ich talwärts krachen, er brannte mittlerweile lichterloh. Zusätzlich zu den Gesteinsmassen brachten wir Feuer auf den Feind, die Räder aus geflocht'nem Stroh mit dem Pech und

Schwefel. Drunten eine Flammenhöll, dann Rauch und Qualm. Wer nicht verbrannte, ist erstickt. Resi, lass die Kinder nicht hinunter, s' ist zu grauslich.

Aha, da komm' die Buam, mit dem Schnaps. Der soll jetzo erst inwändig brennen, damit ich außen nit den Schmerz so spür, wannst die Wund auswäscht und das Blei rausbringst."

Aus dem Talgrund empor quillt Pulverdampf und zieht in Schwaden um das Hinterlehengut. Ich setze mein Brille wieder auf. Durch die Schleier kann ich die Umrisse des Hauses erkennen, vor dem Wachtürmchen weiter oben zerfieseln die Wolken, lösen sich auf, bereits wieder blauer Himmel.

Soll ich noch hinuntergehen, um alles aus der Nähe zu betrachten? Nein, ich habe genug gesehen. Sogar Anton Wallners roter Rauschebart ist mir erschienen.

Dieser lässt mir auf dem Rückweg zum Burgeck allerdings keine Ruh. Soweit ich weiß, hatte Wallner nur einen Schnauzbart. Mal Martin fragen. Er steht hinterm Tresen. Ich gehe zu ihm, nachdem ich Annas Heft auf den Illustriertenstapel zurückgelegt habe.

„Sag mal, Martin, ich komm grad vom Hinterlehengut. Hatte der Anton Wallner denn in Krimml gekämpft, vor allem aber, hatte er einen roten Vollbart getragen?"

„Nein, weder noch. Das ist eine Erfindung von Herrn Lichtelegger, dem vormaligen Dorfschullehrer. Er hat die Geschichte für die Schulkinder vereinfacht, alles in Krimml stattfinden lassen, egal wo es sich zugetragen hat. Anton Wallner und Andreas Hofer hat er zusammengemischt, deswegen auch Wallners Bart. André war der Rotbart gewesen, den hat er dem Anton einfach angedichtet. Wenn schon nach den Buchstaben der Historie, hatte Lichtelegger gemeint, dann hätte Wallner bei Taxenbach gekämpft, an der Halbstundenbrücke, aber welches Krimmler Kind wäre jemals in Taxenbach gewesen?

Was die meisten nicht wissen", fügt Martin hinzu, „der Wallner Anton hatte das Hinterlehengut bereits als junger Mann verkauft, ist mit seiner Familie nach Windisch-Matrei übersiedelt und hat dort das Aichberger-Wirtshaus übernommen. Kannst dir's mal anschaun, obwohl wird nicht gehen, sei denn von Lienz aus. Die historisch verbürgte Schlacht um die Halbstundenbrücke in Taxenbach fand viel später statt, im Jahr 1809 erst, als André Hofer den Anton als Schützenkommandant in der Salzburger Landesverteidigung eingesetzt hatte, kurze Zeit vor dem Friedensschluss von Schönbrunn."

Nicht so schlecht hatte sich Lehrer Lichtelegger die Sache zusammengereimt. Wallner hätte dann hier in Krimml die Depesche abgefangen, welche die strategischen Anweisungen für die dritte Schlacht am Iselsberg enthielt. Ich bedanke mich zum Abschied bei Martin für die Informationen mit Gruß an Anna Schrempf für ihren schönen Aufsatz, begleiche die Rechnung und mache mich auf den Weg.

3 Triumph Days

Gepäck aufs Motorrad, Rundumcheck und los. Reste von Rollsplit aus der Wintersaison machen die steile Straße hinunter zum Krimmler Ortskern gefährlich. Kurzer Test, ich überbrems das Hinterrad. Augenblicklich gerät es ins Rutschen. Kein Problem, lass ich die Bremse halt wieder los. Kann jeder, lernt man im Sicherheitstraining. Jetzt die Vorderbremse, das ist schon eine andere Nummer, sofort blockiert das Rad, schmiert schräg weg. In diesem Moment rauscht mir ein Baustellen-LKW rückwärts in die Quere, der Depp hat nicht in den Rückspiegel geschaut. Jetzt sieht er mich und langt in die Eisen. Ich rutsch links in die Böschung.

Plötzlich ist mein Dämon da, das rote Teufli. „Der Idi! Fahr ihm nach, kill den Mistkerl!"

Der LKW-Fahrer haut direkt den zweiten Gang rein und kachelt den Berg runter. Auf der leeren Ladefläche hüpft Werkzeug hoch und nieder, eine Stihl.

„Säg ihm damit die Eier ab!" hetzt mein gehörnter Einpeitscher. Recht hat er, der Blödmann hätte mich fast ins Krankenhaus gebracht! Hinterher! Der kriegt was aufs Maul!

Unten an der Hauptstraße kann er eigentlich nur links nach Mittersil gefahren sein, hoch nach Gerlos würde ich ihn noch sehn. Wo steckt der Typ? Vor Neukirchen muss ich mit dem Tempo runter, überall Bikes, Triumph Days. Schließlich seh ich ihn doch, der Transporter steht auf dem Schotterparkplatz vor der provisorischen Imbissbretterbude. Der Fahrer, ein jungscher Typ mit Bauch, lässt sich gerade ein Bier geben, morgens um neun. Ploppt den Kronkorken runter und erzählt wahrscheinlich dem Bedienmädel, wie er – hähähä – einen Moppeheini plattgemacht hat.

Na warte! Ich park mein Bike hinter einer Reklamewand und pirsch mich ran. Da steht der LKW. Wie ich vermutet habe: Schlüssel steckt. Ich steig ein, finde mich auf Anhieb zurecht, früher selbst mal 7,5-Tonner gefahren, starte den Motor, RRRMM. Jetzt wird der LKW-Typ, an seinem Bier nuckelnd, langsam aufmerksam und setzt sich in Bewegung. Bis der hier ist, bin ich mit meiner Aktion längst durch. Rückwärtsgang, zack zurück. Jetzt drei Meter versetzt vorwärts, und der Laster steht vor einer riesengroßen Abfalltonne, fünf Millimeter Abstand. Wenn der Junge gleich beim Zurücksetzen mit der Kupplung nicht hundert pro klar kommt, kippt er die Tonne um. Dann fliegt alles raus: Aludosen, Pappbecher, zusammengeknotete Babypampers, verschmierte Pommesschälchen.

Der Schmerbauch ist bis auf zehn Meter ran. Ich zieh den Schlüssel ab, spring vom Bock, werf den Schlüsselbund in die Pampa, dreh mich auf dem Absatz um und geh zu meinem Bike. Im Vorbeifahren zeig ich ihm den Finger.

Neukirchen, Triumph Days. Mal reinschnuppern. Nicht viel los, das Fest hat noch keine Fahrt aufgenommen. Eine Materialschlacht hier! Gigantische Musikboxen, das Servicepersonal nutzt die Anlage, um sich Anweisungen zuzuschreien. Soundcheck mit „Leader of the Pack", beim Reifenquietschen dreht ein Roadie jedes Mal die Lautstärkeregler hoch. Riesentrucks, die das ganze Zeugs herbeigekarrt haben, Bikes, Stapel mit Werbeprospekten, Bikes, blaue Zelte mit flatternden Great Britain-Flaggen, Bikes, hingeschüttete Sandlandschaften wie beim innerstädtischen Beach Volleyball, Bikes, Reihen von Bikes vor Motorradgeschäften, gut durchsortiert, angefangen bei den zierlichen, schlanken Street Triples bis zu den mächtigen Thunderbird Commander. Die Klassiker dürfen auch nicht fehlen – hier eine wunderschöne Thruxton 900 – und dann die straßentauglichen Rennmaschinen! Eine Daytona 675 R mit Karbon vorneherum, Öhlins und Supercorsaschlappen. Ob die straßentauglich sind oder nur für die Rennpiste?

Sollte ich Adjani fragen. Früher oder später würde sie hier aufkreuzen, also Augen auf! Das Event bekommt mittlerweile Zulauf. Biker laufen kreuz und quer, ältere Herrschaften vor allem, die Commanderdriver, kompakt, füllig, passend zu ihren dicken Maschinen. Mein suchender Blick gilt jedoch den Schlanken, ich scanne nach weiblich, schlank, schwarzer Zopf plus Lederkombi plus Arai in schwarz-blau.

Mal einen Liegestuhl ausprobieren. *Relax, it's just before the next Ride*, steht vorn drauf. Richtig bequem find ich ihn nicht. Außerdem zwickt die Lederhose im Schritt. Als ich mich gerade zurechtruckel, ohne allzu auffällig in die Weichteile zu greifen, hält mir jemand von hinten die Augen zu, patscht auf meine Brille.

Ella! Elektrisiert dreh ich mich um. Fehlanzeige, eine fremde Frau. „Sorry", entschuldigt sie sich, „hab dich wohl verwechselt." Tja, hat sie wohl. Verwechselt, tsss!

Missmutig schwinge ich mich aus dem Foltergestell, stiefel übelgelaunt die Straße runter, Richtung Bach, wo mein Bike auf mich wartet. Wenigstens auf diese Lady ist Verlass.

Ich kicke eine leere Bierdose die Straße runter. Das Scheppern geht im allgemeinen Krach unter. „Leader of the Pack" schon wieder.

Und überhaupt! Die ganzen Obelixe aus Great Britain, immer voller alles, muss ich Slalom laufen. Mittlerweile eindeutig in Überzahl, die Dicken mit ihren Monsterkarren. Radstand zehn Kilometer, Lenkkopfwinkel 170 Grad. Kann man nur um die Kurve tragen, das Metall. Geht auch nicht, weil wiegt fünf Tonnen. Hinterreifen drei Meter breit, viereckig. Und die himmel-

schreienden Schalltüten. Knalltüten. Motorhubraum in Bier-
fassgröße, ein einziges Pleuelgedöns, dreht einmal im Monat.
Wenn's hoch kommt.

Jemand spricht mich von hinten an.

„Hey you, what's up?"

Von wegen what's up! Gleich gibt's was auf die … . Die Stimme
kenne ich! Ich dreh mich um. Vor mir steht Ella. Sie lächelt mich
an.

„Hi", strahlt sie.

„Du hier?"

„Hab in Bramberg übernachtet, in einer netten Pension."

„Na, dann könn' wir uns gemeinsam Bikes angucken, sind ja alle
von deiner Marke."

„Komm!", sagt sie, „ich bin schon durch den Ort spaziert. Da
vorn haben sie Liegestühle in einem großen Sandkasten aufgestellt. Lass uns dort hingehen. Ich will mich in einen Liegestuhl
legen, Strandfeeling."

Alle Liegestühle stehen zur freien Verfügung, niemand liegt
drin. Ella zieht ihre Lederjacke aus und legt sich – jetzt im knappen T-Shirt – in eine der Fehlkonstruktionen, räkelt sich in der
Halbliegeposition, Arme überm Kopf, direkt in die Vormittags-
sonne. Sie nimmt eine verspiegelte Sonnenbrille aus ihrer Jackentasche und schiebt sich das Teil lässig ins Gesicht. Da liegt
sie nun vor mir, ausgestreckt, schlank und schön und strahlt
mich an.

„Mach es dir bequem", sagt sie und weist auf den freien Liegestuhl direkt neben ihrem. Vorsichtig nehme ich Platz. Hm,
scheint auf einmal gar nicht so übel. Es klemmt auch nichts
mehr unten herum, haben sich wohl zurechtgerüttelt, die Teile.

„All die schönen Bikes hier, und auch noch die richtige Marke"

„Viele fat boys aber auch dabei, da nützt die richtige Marke wenig", geb ich zu bedenken.

„Aber auch etliche Triples, sogar zwei 675 R wie meine"
Ella blickt stolz.

„Wahrscheinlich muss man dafür n' Tausender mehr hinblättern als für die normale 600er Daytona, oder?"

„Einsfünf. War's mir aber wert. Allein das Karbon. Sieht doch geil aus!"

„Ja, wirklich. Und die Supercorsa, wie funktionieren die denn auf normaler Piste? Scheint ziemlich straff ausgelegt, das Bike, sportlich."

„Da fehlt mir der Vergleich, aber ich komm easy zurecht. Schon straff, aber dafür hab ich Öhlins. Und die Monobloc-Brembos gebe ich um nichts in der Welt her!
Herrlich, hier in der Sonne, I love it."

„Hm, aber hier gibt's keinen, der uns Tonic mit Zitrone und Eiswürfeln serviert. Außerdem kann ich dir nicht in deine wunderschönen Augen schauen."

Ella nimmt die Sonnenbrille ab, blinzelt und lacht.

„Wie wär's mit einem Schattenplatz?", schlage ich vor. „Etwas weiter oben im Ort hat's ein Cafè, da können wir einen eisgekühlten Drink durch den Strohhalm ziehen, ich lad dich ein."

„Na gut, ich war auch lange genug in der Sonne."

Spielerisch leicht erhebt sie sich aus der durchhängenden Matte ihres Liegegerätes. Da, wo ihr grob geflochtener, schwarzer Zopf gelegen hat, erscheint der Spruch *„Relax, it's just before the next Ride"*.

Wir gehen ortseinwärts die Straße hoch. Etwas oberhalb des Gemeindezentrums entdeckt Ella einige Treppenstufen unter einer grünen Platane.

Wortlos setzen wir uns gegenüber auf die Stufen.

„Ella, deine blauen Augen hauen mich aus den Stiefeln."

Wir strecken uns auf den Steinstufen aus und schauen beide gleichzeitig in den Himmel. Weiße Wölkchen fieseln ins Blaue.

Das Chaos der aufgeregten Bikermassen verblasst im Hintergrund, ebenso der Boxenkrach und der Benzingeruch.

Plötzlich zerstört jemand die Ruhe...

„Gottaleut? Match?"

...um seinen Glimmstängel anzuzünden, Zigarette im Mundwinkel. Gerät mir dieser Kerl in in die Quere! Der magische Moment ist vorbei.

„Los, schaun wir nach unseren Bikes", schlägt Ella vor. Wir schlendern die leicht abschüssige Straße hinunter. Ich lass sie vor mir gehn. Sie hat einen aufreizenden Gang.

Unsere Bikes stehen unten am Bach, nur wenige Meter voneinander entfernt, beide zugeparkt, die Besitzer der Karren daneben. Dem größeren sollte man vielleicht nicht zu nahe kommen. Zwei-Meter-Mann, 200 Kilo bringt der locker auf die Waage. Langer schwarzer Bart, strähnige fettige Haare, mattschwarze Halbschale in der rechten Pranke, Lederhose, verschwitztes Karohemd. Großkalibriges Big Bike, Thunderbird Commander, englisches Kennzeichen. Im Schlepptau hat er einen schmächtigen Jüngling, Kennzeichen GR, Gröbming. 1,60 und 50 Kilo, schüttere blasse Haare, Flaumbart, 125er-Möchtegernrockerkarre, hochgebogener Lenker mit Lederbändchen dran. Ich wende mich an den Hering. Ob er sein Bike da weg schieben könne, damit wir mit unseren raus kämen. Er bewegt sich langsam auf sein Mofa zu. Ella geht das nicht zügig genug. Sie wendet sich direkt an den Vier-Zentner-Mann, mit Nachdruck in der Stimme.

„Hey, Meat Loaf, mach dein Bike da weg!"

Der Rocker scheint die Aufforderung nicht zu verstehen. Ella versucht es auf Englisch.

„So get your living room furniture away!"

Der Koloss reagiert nicht.

„Hey man, deaf loaf, I talk to you, I am talking about your metal junk!"

"Du bist gemeint, Mann", helfe ich nach, „schaff dein Schwermetall da weg, damit wir hier raus können."

Der Rockerriese setzt sich in Bewegung. Nachdem die beiden ihre Karren weggeschoben haben und eine Lücke für unsere entsteht, geht Ella noch einmal zu dem Dicken und klopft ihm dankend auf die Schulter, auf sein schweißtriefendes Hemd. Er brummt zufrieden.

Wir manövrieren unsere Maschinen raus. Ella macht sich mit wenigen routinierten Handgriffen reisefertig. Hier würden sich unsere Wege trennen. Sie will unbedingt Großglockner fahren, ich Felbertauern. Mein Plan sieht vor, schnell nach Süden vorzustoßen und heute noch italienische Pässe zu fressen.

Ella kommt auf mich zu und legt mir ihre Hände auf die Schultern. Ihre Augen blitzen.

„Roman, ich will dich wiedersehen. Wir treffen uns morgen Vormittag in Cortina d'Ampezzo."

„O.k. Ella, super Plan, so machen wir's! Tschiau Bella."

„Tschiau Roman." Sie schwingt sich auf ihre Daytona und rauscht davon.

4 Großglockner

Wenige Kilometer hinter Mittersil kommt der Hinweis: Sperrung Felbertauern. Ich fahr weiter, glaube es nicht, bis ich direkt vor der Absperrung zum Stehen komme, Straßensperre wegen Felssturz am Nordportal.

Ein einheimischer Rennradfahrer überlegt sich, hinter der Barriere weiter bergauf zu fahren. Um die siebzig mag er sein, klein und drahtig, das wettergegerbte Gesicht mit Bartstoppeln ragt aus dem hohen Kragen der Regenjacke. Ein großflächiger Felssturz hätte Mitte Mai Teile der Felbertauernpassstraße zerstört, erklärt er. In diesem Jahr habe es viele Murenabgänge gegeben.

„Das Wetter spielt verrückt. Würde mich nicht wundern, wenn wir später im Sommer die große Dürre kriegen."

„Passt mir überhaupt nicht, ich will in den Süden. Brenner fahr ich nicht. Karawankenautobahn liegt zu weit östlich. Und schon gar nicht lass ich mich von Badgastein nach Mallnitz verladen! Da bleibt Großglockner die einzige Möglichkeit."

Tja, hätte ich heute beim Frühstück die Kronenzeitung genauer gelesen, statt über das Blatt zu lästern! Dann wären mir Hinweise auf die Felbertauernsperrung nicht entgangen. Und hatte nicht auch Martin erwähnt, dass ich das Wallner-Gasthaus in Matrei nur von Lienz aus erreichen könne?

Hätte, hätte, Bikerwette! Die geht auch langsam den Bach runter. Die italienischen Pässe müssen heute aus dem Plan gestrichen werden. Vor allem aber! Wenn schon Großglockner, dann hätte ich ebenso gut mit Ella gemeinsam fahren können. Jetzt kann ich sie nicht mehr einholen, tucker eine Stunde hinter ihr her.

„Man muss die Dinge halt so nehmen, wie sie kommen", meint der Rennradmann.

„Aber mich stört, nicht dafür sorgen zu können, dass sie so kommen, wie ich sie nehmen möchte!"

„So ist das nun mal, damit müssen's sich abfinden. Als junger Mann hatte ich auch so gedacht. Aber wenn sich dann die Schicksalsschläge häufen ..."

„Und Sie? Wohin des Wegs?"

„Ich fahr da obi und schau mir den Murenabgang aus der Nähe an. Da bauen wir Alpenstraßen, bohren Tunnel durchs Gebirg, großartige technische Meisterwerke, und dann macht die Natur doch, was sie will. Dagegen kann die Technik nichts ausrichten."

Wir verabschieden uns. Er steigt auf sein Rennrad und quert die Absperrung bergan, ich steig auf mein Bike und rolle bergab.

Zell am See, ein Kreisverkehr nach dem nächsten, Industriegebiet, die üblichen Großdiscounter, Tankstelle an Tankstelle.

Mautstelle Ferleiten. Die Schlange vor mir ist 150 Meter lang. Ich bin in derjenigen Reihe, die sich am langsamsten nach vorne bewegt. Tut sich nichts, vielleicht macht das Personal gerade Mittagspause.

Stopp and go. Grad geht mal was. Gang rein. Einen Meter näher an die Station, dann ist wieder Schluss. Vor mir würgt ein Motorradkumpel, älteres Semester, seinen Motor ab. Also wieder Gang raus. Jetzt bewegt sich die Schlange, Gang rein. Die Sehnen meiner Kupplungshand schmerzen. Stopp, Gang raus. Zur Abwechslung verschalte ich mich mal selber und lande im Zweiten. Mist. Ich fang an zu schwitzen. Visier hoch. Abgase. Lärm. Vorne knattert irgendein uralter Zweitakter. Es qualmt, eine wabernde graublaue Wolke räuchert alles ein. Visier wieder runter. Es nützt nichts, der Gestank bleibt. Dafür beschlägt meine Sichtscheibe von innen. Also Visier wieder hoch. Nun bin ich kurz vor der Kassa. Hoffentlich reichen meine Münzen!

Die Geschichte von Ben fällt mir ein, Ben ohne Bares, wollte die Maut mit Scheckkarte bezahlen. Diese würde nicht funktionieren, teilte ihm die Kassenfrau mit. Er hatte die Karte zu nahe an den Befestigungsmagneten des Tankrucksacks deponiert. Dadurch war der Magnetstreifen kaputt gegangen. Jetzt musste er eine Bankfiliale suchen. An der Mautstation gab es keine. Nach vorne durch die Schranke konnte er nicht fahren, er hatte ja noch nicht bezahlt. Also versuchte er umzukehren, gegen die Fahrtrichtung. War verboten. In Sichtweite lauerte bereits die Gendarmerie.

Mittlerweile bin ich am Kassenhaus angelangt. Handschuhe aus. Wohin damit? Wenn ich sie zwischen Tank und Oberschenkel einklemme, presse ich reflexartig die Beine zusammen. Dann kann ich nicht mehr richtig schalten. Also die Handschuhe oben auf dem Tankrucksack platziert. Wenn sie wegrutschen und runterfallen, muss ich anhalten, die Karre abstellen. Also achte, Gleichgewicht! Portemonnaie aus dem Tankrucksack, auffummeln. Was kostet das Ticket? Aha, da steht's. Ich nehm den 20-Euro-Schein. Die Servicedame guckt genervt, nein, gelangweilt. Dieses Schauspiel bekommt sie 100-mal am Tag geboten. Sie bleibt freundlich. Ich reich ihr den Schein rüber. Arrgh, ein Handschuh gerät ins Schlingern. Reflexartig greif ich danach. Die Dame reicht mir Ticket plus Aufkleber plus Prospekt plus Wechselgeld zurück. Ich strecke ihr beide Hände mitsamt dem gerade gegrabschten Handschuh entgegen, um den Wust in Empfang zu nehmen und stopfe alles in meine Jackentasche. Dabei zerknüllt das Prospektmaterial mit den schönen Glanzbildern, ebenso der Aufkleber mit dem Motorradmotiv vor der schneebedeckten Großglocknerkulisse.

Die Schranke öffnet sich, ich tucker durch, versehentlich im zweiten Gang, rechts ran. Ein Dutzend Bikerkollegen hatte anscheinend mit demselben Problem zu kämpfen, ihr Gelump aber mittlerweile verstaut. Ich finde eine handtuchkleine Parklücke, stelle die Karre auf den Seitenständer. Den Helm lass ich auf, die Haare kleben klatschnass am Schädel. Ich sortier mein Zeugs. Das Ticket und das Prospekt – letzteres leider schon leicht knitterig – stecke ich direkt unter die Klarsichthülle des Tankrucksacks. Nun verdeckt beides meine Straßenkarte. Egal, bis Heiligenblut kann man sich eh nicht verfahren. Rings herum stehen die anderen Biker, mittlerweile schätzungsweise an die 50 Karren. Ich werde zugeparkt. Ein Trupp älterer Fahrer, Österreicher, PS-starke KTM-Rennhobel, bretthorte, extradünne Sitzflächen – wie weit kommt man schmerzfrei damit? – in den Himmel ragende Krawalltüten, garantiert nicht Serie, machen einen Riesenkrach, drehen im Leerlauf am Gas, lassen ihre Motoren im fünfstelligen Drehzahlbereich wüten und haben eine Mordsgaudi bei dem Sound. Schnell weg hier!

Später am Abend erklärt mir das Prospektmaterial unter dem griffigen Titel „Motorradhimmel Großglockner", was ich an der Mautstelle erlebt hatte: „Bequemer Ticketkauf". Aha.

Los geht's. Die Autos vor mir kriechen die Straße hoch, etliche quasi ortsfest, als hätte sie jemand mit Klebstoff an den Asphalt gepappt. Vati und Mutti studieren die Landschaft. Jetzt müsse gleich der Hexenzahn vor Kehre zehn kommen, liest sie ihm aus dem Reiseführer vor, und der Mann prüft, ob er vielleicht doch schon daran vorbeigefahren wäre, ohne dies bemerkt zu haben, jederzeit bereit, den Rückwärtsgang einzulegen und beherzt zurückzustoßen. Kein Gegenverkehr. Ich zupf am Gas und flieg vorbei.

Nach dem Naßfeld die Kehren 12 bis 15, super. Ich fahre sie hochtourig an, in jeder Kurve etwas mehr Schräglage, wissend, dass mein Geschoss sich noch lange nicht am Limit bewegt. Vier solcher Kehren, und vergessen ist alles Böse in der Welt.

Kurz vor dem Fuscher Törl der Abzweig zur Edelweißspitze, immerhin zweitausenfünfhundert Meter überm Meeresspiegel. Da will ich hoch. Sieben Kehren, Kopfsteinpflaster, oben der Aussichtsturm. Hatte es nicht geheißen, er markiere den höchsten Punkt der Großglockner Hochalpenstraße?

Bikers Point. Einige wenige Autos und viele, viele Motorräder stehen hier geparkt. Ich stelle meins dazu. Ein Berggipfelpanorama sondergleichen öffnet sich vor meinen Augen. Erstmalig lässt er sich auch selbst blicken, seine Majestät, der Großglockner. Darüber blauer Himmel. Weiße Wolken verleihen dem Blau etwas Helles, Lichtes, heben alles ins Leichte. Schön. Wunderschön. Ein Geschenk des Zufalls auch. Wie viele Male bin ich diese Passstraße unter tief hängenden, dunkelgrauen Wolken im Schneematsch runtergerutscht, ohne auch nur irgendeinen Gipfel gesehen zu haben!

Ich schlendere über den Parkplatz und sauge die großartige Berg- und Wolkenlandschaft in mich hinein. Langsam gehe ich zurück zum Bike. Verflogen ist der Ferleitenärger, wie eine sich auflösende Thermikwolke.

Im Südabschnitt sollte ich jetzt auf Cruisingmodus umstellen. Aber erst nach den Kopfsteinpflasterkehren. Sind diese zwischenzeitlich enger geworden? Sie fordern höchste Konzentration, hoffentlich schaut mir bei der Akrobatik niemand zu. Fast reflexartig wollen die Füße von den Rasten. Abschüssig ist das Pflaster und glatt, ich könnte die Karre nicht abstützen. Geschafft, Asphalt. Jetzt geht's wieder bergan, wenngleich nur wenige Meter bis zum Fuscher Törl. Bis zu den beiden Tunnel – links die Fuscher Lacke – bleibt die Strecke kurvenfrei. Ich überhole einige größere Motorradgruppen, die sich erst noch sortieren und deshalb langsam fahren. Der Hochtortunnel liegt etwas höher als der folgende Mittertörltunnel. Im Dunkeln passiere ich den Scheitelpunkt der Großglockner Hochalpenstraße und bin nun in Kärnten.

Die vier Zlamitzen-Kehren, ein Hochgenuss. Jeder Straßenzentimeter einsehbar, kein Gegenverkehr, die Piste liegt frei. Hochtourig nutz ich die komplette Straße. Der Motor hängt sauber am Gas, der Hinterreifen krallt sich in den Fahrbahnbelag, radiert sich zur Kurvenaußenseite und malt Gummi auf den Asphalt. Adrenalin. Euphorie. Mein Herz hüpft. Das ist es! Dafür lass ich alles stehn!

Am Kreisverkehr Guttal geht's rechts zur Kaiser-Franz-Josefs-Höhe. Den Straßenendpunkt bildet das Freiwandeck mit Blick auf Großglockner und Pasterze. Dutzende Reisebusse quetschen sich auf den Parkplatz, Touristen ergießen sich aus ihnen, zertrampeln den unteren Gletscherbereich und hinterlassen zerfurchten, dunkeldreckigen Schneematsch am Fuße des Besucherzentrums. Wer hat dieses hässliche, parkhausähnliche Monstrum aus Glas und Beton dahin gebaut!

Zurück zum Kreisel Guttal, Richtung Heiligenblut. Fleißkehre, die 27ste und letzte. Ein beruhigender, bezaubernder Kontrast, die Straße schwingt sich in weiten Kurven am Hang in einer wunderschönen Waldlandschaft gen Tal, von der Frühnachmittagssonne in ein warmes Licht getaucht. Ich genieße die Abfahrt im niedertourigen Drehzahlbereich.

Unten im Talgrund wartet Martins Würstlbude. Idyllisch liegt sie inmitten von Wiesen und Wald, im Hintergrund Richtung Böses Weibl fließt die Möll.

Vor der Hütte stehen einige Holzbänke mit roten Sonnenschirmen. Auf zwei Tische verteilt lärmen Biker. Ich stelle meine Kawa ab. Säuberliche Trennung, Big Bikes auf der einen Seite, filigrane Renner auf der anderen. Jetzt erkenne ich auch, die Besitzer hocken an getrennten Tischen. Wo setz ich mich hin? Erst mal kümmre ich mich um mein leibliches Wohl. Die Bedienung, sehr jung, rundlich, strahlt mich an. Ich bestelle ein Mineralwasser, prickelnd, nicht die stille Plörre. Sie stellt die Flasche auf die Holztheke, aha, hier mal wieder die mit dem weiten Flaschenhals. Ich zahle sofort und entdecke ein kleines Schattenplätzchen direkt neben der Hütte.

Die Augen wollen mir zufallen, ich spüre meine müden Glieder und nehm einen Schluck Mineralwasser. Eiskalt schießt es mir in den Rachen und läuft gleichzeitig an den Mundwinkeln vorbei und herunter in den Hemdkragen. Richtig, der Riesenflaschenhals. Jetzt bin ich wieder wach.

Tatsächlich, da sitzen doch die beiden Bikergruppen nach Tischen getrennt, rechts vorne die Typen mit den Rennsemmeln, hinten links die Big Biker. Erstere scheinen Italiener zu sein, alle um die zwanzig und schwarzhaarig, klein und dünn, überwiegend Ducatisti, Panigalefahrer. Allerdings ist auch eine Monster dabei und eine Diavel strada.

Die Italiener können nicht still sitzen. Einer hüpft die ganze Zeit gestikulierend an der Längsseite des Tisches herum und bringt immer wieder die Sonnenschirme ins Wanken. Er trägt eine eng sitzende Lederkombi in schwarz-weiß-rot mit geschwungenen Linien, Inlays und Logos, halbhohe Stiefel, kurze Handschuhe, Araihelm mit raffinierter Farbgebung, wenn auch vorherrschend schwarz, abgestimmtes Farbdesign, insgesamt richtig teuer das Ganze. Oben herum trägt der gestikulierende Jüngling gar nichts außer Hosenträgern, Hosenträger auf nacktem Oberkörper. Er ist der Einzige ohne Gel im Haar, braucht er nicht, ein Millimeter Haupthaar und ein Millimeter Bart.

Am anderen Tisch sitzt die Heavy Metal-Fraktion: BMW, Harley, Triumph Commander. Great Britains, einige Dänen auch dabei, den Kennzeichen nach zu urteilen. Sind wohl gerade von den Triumph Days in Neukirchen rüber gerattert, übern Glockner die Karren um die Kurven getragen. Kraft genug haben sie ja, die Kerle. Huuuch, kann man richtig Angst kriegen, böse Männer. Na ja, außen böse, innen lieb. Grobe, dunkle Kutten, Schweinsleder, unischwarz mit Fransen, schwarze Potthelme, klobige Stulpenhandschuhe, vorn aufgebogene Cowboystiefel. Oberkörper nackt oder nackt plus Hosenträger oder rotkariertes Karohemd oder rotkariertes Karohemd plus Hosenträger. In der prallen Sonne sitzen sie, Haare rotblond, Gesichtsfarbe rötlich bis hochrot. Ich weiß schon, warum ich mich nicht in ihre Nähe gesetzt habe, die Männer schwitzen mächtig, nicht gerade geruchsneutral, strange Odeur. Außerdem lärmen sie noch lauter als die Italiener, allerdings in einer anderen Frequenz, mit einer sonor-grölenden Basskomponente die Britboys, die Italopiloten mit einem hell-kreischenden Schnattertenor. Humpen krachen bei den Rockern, riesige Zwei-Liter-Pötte, große, schäumende Biere, und auf der anderen Seite klirren Gläser. Einige Ducatisti haben kleine Biere auf dem Tisch, einer vergiftet sich gerade mit kirschrotem Campari, ein anderer mit orangerotem Aperolzeugs. Die meisten aber trinken Café und Aqua Minerale. Sie wollen wohl noch über den Großglockner nach Norden, ist ja erst zwei Uhr, während die Rotschöpfe den Pass in Gegenrichtung bereits bewältigt haben und in der nächsten Ortschaft eine Pension suchen würden. Dann aber nähmen sie zweimal am Tag eine warme Mahlzeit zu sich, denn jetzt gibt's erst mal Haxen, halben Hahn, Würstl mit reichlich Ketchup und Pommes, riesige Portionen, fetttriefend. Bei den Italienern hingegen nur Käsesandwiches und Salat. Klar, irgendwo müssen die Unterschiede im Leibesumfang schließlich herkommen.

Jetzt kippen bei den Britrockern gerade Bierhumpen um und bewirken eine Kettenreaktion wie beim Dominospiel, nur in Zeitlupe. Der komplette Holztisch schwimmt, ein einziger Biersee. Bier rinnt über Pommes und Würste, tropft durch die Ritzen. Schuld ist ein dicker rotblonder Riese mit nacktem Oberkörper und sonnengegrilltem Haupt. Will er irgendein Argument bekräftigen? Jedenfalls drischt er dröhnend mit seiner Mammutfaust auf die Tischplanken.

Einer seiner Kumpel steht auf und macht sich breitbeinig wankend auf den Weg zum Ausschank. Ob er jetzt die vielbeschäftigte Bedienung um einen Putzlappen bäte oder die Order gäbe, sie möge das verschüttete Bier wegmachen und gleichzeitig eine frische Lieferung mitbringen? Das Bedienungsmädel schleppt sofort frische Humpen herbei. Der Auftraggeber pinkelt derweil in die Wiese, direkt vorm Männerklo.

Währenddessen kommt der vormals gestikulierende, schmalhüftige Italojüngling mit dem Ein-Millimeterschnitt an mir vorbei – parfümiert! – und stolziert Richtung WC. Mittlerweile hat er seine Lederjacke wieder angezogen, äußerst eng sitzend, unten gaaanz kurz. Meccanica, steht drauf, und dann noch das Duc Logo, Ducati corse. Sonnenbrille, tiefschwarz. Kleiner Rucksack. Was will der denn damit auf dem Klo?

Mein Mineralwasser geht zur Neige. Aus dem Augenwinkel entdecke ich etwas entfernt, Richtung Böses Weibl, einen kleinen Weg zu einer Holzbrücke über die Möll. Links und rechts Wiesen, hohe Bäume am Möllufer, das sieht nach einer Möglichkeit für ein Mittagsschläfchen aus. Also schnell den Tankrucksack abmontiert und nichts wie hin. Ich find einen perfekten Schattenplatz im hohen Gras. In voller Montur rolle ich mich zusammen, linse durch die Grashalme zum Bike und bin auch schon eingeschlafen. Nach 20 Minuten wache ich auf, geh zurück zu meinem fahrbaren Untersatz, montiere das Gepäck und mach mich startklar. Unter den Bikerkollegen vor der Hütte herrscht immer noch gute Laune. Mein Motor übertönt das Stimmengewirr. Von dem Schotterparkplatz geht's auf die 71.

Auf den nächsten Kilometern begleite ich die Möll durch satt-grüne, sonnenbeschienene Wiesen und Wälder Richtung Winklern. In weiten Kurven legt sich die Straße in die Land-schaft, die Frühnachmittagssonne sorgt für abwechslungsrei-che Licht- und Schattenspiele. Die Stimmung begünstigt ruhiges Cruisen statt ruppiges Rasen. Von Winklern aus eröffnet sich gen Ost das Mölltal, ein Idyll, so freundlich, dass ich einen kur-zen Moment in Versuchung gerate, Richtung Spittal weiterzu-fahren. Dann entscheide ich mich aber doch für den Iselsberg-pass, eher ein Pässli, aber immerhin Nr. 3 für die Wette. Sanft geschwungene Kurven, weite Radien. Dahinter, in der Ebene Richtung Lienz Feierabendverkehr, stopp and go, Gewerbege-biete, Supermärkte, Tankstellen, ähnlich wie in Zell am See. Richtung Matrei, lese ich auf einem Straßenschild, wäre Felber-tauern gesperrt, na logo. In diese Richtung ginge es zum Anton Wallner-Wirtshaus. Stattdessen wähle ich die Route nach Sil-lian.

Heiß wie Hölle brennt die Sonne runter, Blasen im Asphalt, ein sengendes Inferno. Da müsste mein kleines rotes Teufli eigent-lich vor Freude hüpfen. Aber selbst er hält Ruhe, wohl zu viel des Guten.

Links ein Hofer, der Parkplatz gähnt leer in der stechenden Sonne. Nix wie rin in den voll klimatisierten Laden. Hinterher würden mir zwar die Eier auf dem Sitz anbraten, aber egal, erst mal rein. Innen herrscht eine angenehme Kühle. Aah, tut das gut! Meine durchschwitzte Jacke habe ich auf der Maschine lie-gen lassen, die klaut keiner. Ich schlendere durch die Regalrei-hen. Zur Umsatzsteigerung würde ich nicht viel beitragen, aber es ist so schön kühl, fast schon kalt. Ob ich mir einen gefrosteten Spinatblock mitnehmen soll? Den könnte ich dann als Kühlmit-tel unter der Jacke verwenden. Nein, das gibt nur eine Sauerei, wenn der auftaut. Oder ein Pfund Schinken in Scheiben, quasi als Gonadenkühlung? Ließe sich problemlos in die Lederhose schieben, würde aber nichts bringen. In Minutenschnelle wäre er wieder aufgetaut. Nach einer halben Stunde habe ich eine 1,5-Liter-Flasche Alpquell prickelnd erstanden, für 29 Cent im Sonderangebot. Was soll ich auch sonst kaufen, ich kann nichts transportieren, nicht mal diese Flasche. In großen Zügen trinke ich sie aus und entsorge sie in einem Abfallcontainer. Das Problem würde jetzt die vordere Sitzfläche meines Bikes sein, genauer gesagt, der Genitalkontakt mit ihr. Wahrscheinlich klebt gleich alles auf dem Sitz und am Tank fest.

Mir bleibt keine andere Wahl, ich muss mich da drauf setzen und schnell ans Fahren kommen. Der Fahrtwind kühlt nur mäßig, allerdings kommt die Sonne von hinten. Die Straße Richtung Sillian liegt frei, also Gas. Der Radarblitz lässt sich nur erahnen, er unterscheidet sich kaum vom grellen Landschaftslicht.

In der Strafverfügung teilt mir die österreichische Polizei mit: Am 21.06.2013, 16.12 Uhr habe ich in der Gemeinde Lienz, Drautalstraße B 100 bei km 109,380 in Fahrtrichtung Leisach folgende Verwaltungsübertretung begangen, nämlich die im Ortsgebiet zulässige Höchstgeschwindigkeit von 50 km/h um 6 km/h überschritten. Soll ich 35 Eu für zahlen.

Mal sehn, wie die zuständige Bezirkshauptfrau Paulina Planzl das Geld eintreiben will. Tickets schmeiß ich gern mal weg.

Außerdem befind ich mich mittlerweile gar nicht mehr in Österreich, sondern in Italien. Ältere Transportgebäude, früher mit Personal besetzt, markieren den Grenzübergang, heute steht da kein Mensch mehr. Eine halbe Stunde weiter in diese Richtung, und ich könnte hinter Bruneck nach Norden ins Tauferertal und dann ins Ahrntal fahren. Von Kasern, dem letzten auf Asphalt erreichbaren Ort kann man auf dem Weg der dortigen Schafherden in einer Tagestour über die Berge ins Achental und dann nach Krimml wandern. Irgendwann werde ich das mal machen.

Für heute aber reicht es. Kurz vor Sillian biege ich nach Norden ins Villgratental ein. Die kleine Straße folgt bergan einem Bach. Die Sonne sticht nicht mehr, sondern wärmt angenehm den Rücken, und ich fahr meinem Schatten hinterher. In eine kleine Schlucht gezwängt, stürzt der Bach schäumend hinab ins Dunkel. Das Sträßlein verengt sich, der erste Gang ist gefragt. Dann öffnet sich die Landschaft wieder zu einer weiten Ebene, ringsum eingerahmt von einer in die späte Sonne getauchten Bergwelt. Eine große Ruhe liegt über dem Tal. Die Straße endet an der Unterstaller Alm. Ich stelle mein Gefährt ab und gehe einige Schritte. Gern würde ich hier übernachten, aber die Jausenstation bietet nur etwas für hungrige Bäuche, nicht für müde Knochen. Zögernd steig ich wieder auf und rolle langsam zu Tal. Vorhin habe ich einige Pensionen gesehen. Vor Innervillgraten steuere ich eine an. Etwas abseits der Straße unter hohen Bäumen, nobel, fast schon hotelartig, liegt sie in der Landschaft, einen Hauch vernachlässigt, als wäre der Patron gerade im Urlaub. Als ich in den Eingangsbereich trete, kommt er mir aus einem hinteren Büro entgegen. Von der äußeren Erscheinung her könnte er gut und gerne Chef de la cuisine sein oder der berühmteste Sommelier zwischen Lienz und Bruneck, ein Halbbruder von Sloterdijk. 70 Euro soll die Übernachtung kosten. Ich bedanke mich freundlich für das Angebot und schwing mich noch mal in den Sattel. Die Sonne steht schon tief. In Außervillgraten finde ich ein Zimmer für 32 Eu, winzig, aber mit Nasszelle, und das Bett geht in Ordnung. Rasch geduscht und dann ins Restaurant, draußen vor der Pension in der letzten Abendsonne. Eine ältere Dame bedient mich. Sie kriegt die Zähne nicht auseinander. Ich bestelle Wiener Schnitzel mit Bratkartoffeln, grünem Salat und ein großes Bier. Ab morgen gäb's dann nur noch Spaghetti bolo und Bardolino.

Die Felbertauernsperrung hat mein Tagesziel komplett durcheinander gehauen. Zwei Pässe habe ich heute unter die Gummis gekriegt, und bei einem davon, dem Iselsbergpässli, bin ich mir noch nicht einmal sicher, ob der für meine Wette zählt. Obwohl. Pass ist Pass. Und die Hitze, 35 Grad am 21. Juni, hinterm Hofer fast die Hoden angeschmort! Das erste Bier zeigt schon Wirkung. Das Schnitzel ist wohl noch nicht ganz durchgebraten und die Kartoffeln müssen erst geschält werden. Da kommt die Oberin, Unsinn, die Wirtin.

„Na, wenn das noch einen Moment dauert, nehm ich ein weiteres Bier. Und einen Zirbenschnaps. Haben Sie nicht? Dann bitte einen Obstler, ist ja auch österreichisch, aus Österreich, also von hier … . Richtig, wir sind in Italien."

Da sitze ich nun im Glanz des späten Abendlichts. Habe den Großglockner doch noch mal unters Profil gekriegt! Kaum schließ ich die Augen, tauchen seine schneebedeckten Gipfel wieder vor mir auf, und ich spüre die Zlamitzen-Kehren in den Gesäßmuskeln. Der heutige Tag ist weitgehend gegen meine Planung verlaufen. Trotzdem toll. Oder gerade deshalb?

So in der Art kann es morgen weitergehn. Die Pässe auf dem Wettkonto werden sich schon irgendwie zusammenrechnen. Jetzt kommt die Wirtin mit Schnitzel, Bratkartoffeln und dem Grünzeugs.

„Und bitte noch ein großes Bier"

„Nein danke, Obstler nicht mehr". Ich lass es mal gut sein für heute.

5 Tre Croci

Am nächsten Morgen um fünf ist die Nacht vorbei. Frühstück gibt es erst ab sieben. Ich spring aus dem Bett und schau mich draußen um. Die Sonne schläft noch hinter den Bergen, der Ort, zwischen Thurntaler und Clönerjoch eingezwängt, liegt in dunkler Kühle.

Direkt neben der Pension fließt der Bach zu Tal. Schäumend und sprudelnd schießen die Wassermassen Richtung Ortsmitte und drohen, die soliden Kellergeschosse etlicher Häuser zu unterspülen. Eine weitere Starkregenperiode, und die Besitzer müssen um die Fundamente ihrer Behausungen bangen.

Was hatte der alte Rennradfahrer gestern an der Felbertauernsperrung gemeint? Gegen die Natur kann Technik wenig ausrichten. Der Mensch in den Fängen der Natur, machtlos dagegen die Technik.

Mittlerweile hat mich die Gischt eingesprüht, meine Hose fühlt sich feucht an. Na, dann doch lieber zurück zur Pension und noch mal ins warme Bett gekuschelt. Daraus wird nichts, ich krieg das Schloss nicht auf, die Tür lässt sich nur von innen öffnen. Technik! Vor mich hin fluchend, setze ich mich vor die Pension an einen Holztisch, überdacht, gegen den Sprühnebel des wild tosenden Baches geschützt. Einen heißen Kaffee gäbe es erst in einer Stunde. Langsam kriechen die ersten Sonnenstrahlen über die Berggipfel, trocknen die Hose und erwärmen meine bibbernden Glieder.

Blödes Türschloss, mistiges! Lieber Francis Bacon, auch wenn das in New Atlantis funktioniert hatte, Naturbeherrschung durch Technik, ich kann nicht mal die Schließtechnik überlisten. Das wäre doch ein Thema für einen Vortrag! Genau, mach ich bis zum Frühstück eine Vortragsskizze, Technik & Bike.

Käme erst mal der Einstieg, die Einleitung, um die Zuhörer aufmerken zu lassen.

Aristoteles könnte sich vielleicht eignen, mit seinem Gegensatz von Natur und Techne. Die Natur trage das Prinzip ihrer Bewegung in sich, nicht so die Technik. Wenn man ein aus Ebenholz gefertigtes Bett in der Erde vergräbt, entspringe daraus kein neues Bett, kein technisches Werk also, sondern ein Naturprodukt, nämlich ein Ebenholzbäumchen. Na ja, bisschen fad, fehlt der Pepp und auch der Bezug zum Bike.

So vielleicht:

„Im Anschluss an den aristotelischen Gegensatz von Natur und Technik hat sich bis weit bis ins 18. Jahrhundert die Auffassung gehalten, Technik ahme die Natur nach, Stichwort Bionik. Die Strömungseigenschaften von Delfinen haben nicht nur Eingang in den Schiffs- und Flugzeugbau gefunden, sondern auch bei der Frontpartiemodellierung manch eines modernen Bikes Pate gestanden.“

Nein, das geht nicht: Für das Rad als geniale technische Erfindung existiert keine Entsprechung in der Natur, auch nicht im menschlichen Körper. Hier kann Technik die Natur gar nicht nachgeahmt haben.

Irgendwas mit Sex würde gut kommen. Bike & Sex & Rock n'Roll, Motorrad, Potenz, Orgasmus, in der Art. Aber vielleicht befinden sich auch Frauen unter den Zuhörern, und schnell stände der Sexismusvorwurf im Raum.

Was hab ich bis jetzt? Keinen vernünftigen Titel, keinen knalligen Einstieg. Sollte ich aufgeben, dieses Vortragsprojekt.

Obwohl. Schon spannend. Wie greift das Bike in mein Seelenleben ein? Invasive Technik als Hauptteil.

Konkret betrachtet liegt der wichtigste Verbindungspunkt zwischen Mensch und Bike im Genital- bzw. Analbereich. Kann ich seit meiner Hodenrösterei gestern vorm Hofer ein Lied von singen, also „Mensch-Maschine-Schnittpunkt genital/anal. Was denn jetzt, genital oder anal? Egal.

Weiter. Betrachtet man die Technik als Dispositiv wie seinerzeit Foucault, so kann sie etwas begünstigen, ermöglichen oder etwas verhindern, einschränken. Hm. Wie genau? Und was mit geschlechtsspezifischen Unterschieden?

Zunächst beim Mann. Vibration *begünstigt* Erektion? Orgasmus gar? Das ist bei mir nicht der Fall. Vielleicht bei den anderen Motorradkumpels? Genau, wahrscheinlich bei allen anderen männlichen Motorradfahrern außer bei mir. Und ich bin der einzige naive Nichtsahnende!

Jetzt zum Gegenteil, Vibration *verhindert* Erektion, das Teil wird taub. Da gab's doch in der Fachzeitschrift diesen Bericht von dem Hayabusa-Testfahrer, dem sein Ding bei 250 Sachen taub wurde. Ist das nun ein Einzelfall oder geht es den meisten so? Keine Ahnung!

Und bei den Frauen? Vibration und Vaginalorgasmus? Tank- und Tittenkontakt? Formulierung genderfeindlich, muss korrekt heißen: Tank- und Busenkontakt. Wer kennt sich da schon aus! Halt, da war doch was. Richtig, dieser Film, *Emmas Glück*. Hilfsbereit repariert Max Emmas Moped, weil es eiert und beraubt es, ohne dies zu wissen und zu wollen, seiner wichtigsten Eigenschaft, der Unwucht. Diese bescherte Emma bisher jedes Mal in voller Fahrt einen Orgasmus und ließ sie außer Kontrolle in die Wiese kippen. Na gut, zumindest weiß sie sich nach dem Malheur anders zu helfen.

Fazit: Zur Mensch-Maschine-Schnittstelle kaum Verwertbares. Bikerin und Sex, da fehlt mir jedes Wissen.

Was sagt Freud dazu? Der Großmeister würde von Perversion reden, sogar in doppelter Hinsicht. Ersatz des Sexualobjekts:

Motorrad statt gegengeschlechtlicher Partner plus Verschiebung des Sexualziels: Kontakt des Genitalbereiches mit Sitzbank oder Tank statt Vereinigung der gegengeschlechtlichen Genitalien. Zu schwierig, die Gedankenführung, der Zuhörer fühlt sich sofort diffamiert und weiß wohl gar nicht, dass Freud einen gehörigen Schuss Perversion auch in der normalen Sexualität annimmt. Weg damit!

Letzter Versuch. Mit Arnold, nicht Schwarzenegger, sondern Gehlen. Der Mensch als unspezialisiertes Mängelwesen mit einem geradezu lebensgefährlichen Instinktmangel – das würde Schwarzenegger nie behaupten! – kann in der feindlichen Natur nur mit Hilfe der Technik überleben. Diese übernimmt Funktionen der Organentlastung, -erweiterung, -verlängerung und -substitution. Mein Bike als Organverlängerung? Hier trägt die Theorie bereits kryptische Züge. Vielleicht heute Abend beim Bierchen mit ein paar Bikerkollegen vertiefen, mal hörn, was denen dazu einfällt, allerdings nur, wenn keine Frauen in der Nähe sind.

So, Schluss jetzt mit dem Technikvortrag. Rein in die Wirtsstube, die Tür ist mittlerweile aufgesperrt, her mit dem Frühstück!

Der Tisch ist schon reichlich gedeckt, fehlt nur noch der Kaffee. Die unfreundliche Bedienung von gestern Abend bringt ihn. Ob ich noch etwas brauche, will sie wissen, und dann gelingt ihr doch tatsächlich ein Lächeln. „Nein, alles bestens", lächele ich zurück.

Nachdem ich die Rechnung in bar bezahlt habe – Kartenlesegerät nicht vorhanden – gehe ich raus zum Bike. Es hat auf dem großen Platz vor der Pension im Freien übernachtet. Mittlerweile mache ich mir nicht mehr die Mühe, das Gefährt über Nacht in Hinterhöfe zu schieben oder in Garagen wegschließen zu lassen. Motorradklauer greifen sich eher brandneue Aprilias.

Rundumcheck wie jeden Morgen. Alles in Ordnung.

Ich fühle mich topfit. Das Thermometer dürfte bereits über die 20-Grad-Marke geklettert sein, wolkenlos lacht der blaue Himmel, Superwetter!

Vor dem Start rasch noch ein paar Schritte laufen. An der Talseite des Dorfplatzes hängt an einer Hauswand eine riesige Karte der Villgratenregion. Mal anschauen. Eine Dame mittleren Alters hat dieselbe Idee und marschiert ebenfalls Richtung Plakatwand. Wenige Schritte davor stellt sie sich neben mich. Sie trägt dunkle Kniebundhosen und derbe Wanderstiefel, kombiniert mit einem Dirndl-Janker in apfelgrün und himbeerrot mit einer schneeweißen Bluse. Gut schaut sie aus, fesch, und hat, wie soll ichs sagen, obenherum was zu bieten. Holz vor der Hütt'n, wie Hubert von Goisern singt. Statt die Karte zu betrachten, taxiert sie mich von oben bis unten, starrt auf meine Lederhose, unverblümt lange.

Ich revanchiere mich mit einem Röntgenblick auf ihr Dekolleté.

„Grüaß di", spricht sie mich an.

„Wie fühlt sich denn dein Motorradl an, zwischen die Bein?"

Hab ich richtig gehört?

„Gut, besonders wenn der Tank warm ist".

Dass er gestern zu heiß war, erzähle ich ihr nicht.

„Ein wohliges Gefühl", ergänze ich.

„Das tät mir auch passen."

Was ist los mit der Frau?

„Hab i lang nit mehr ghabt, so oan G'fühl. Seit mein Mathis von mir ist, nit mehr. Gehen wir heut miteinander?"

Wie jetzt? Wie meint sie das?

„Ja, gemma!", auf ihrer Bergwanderung begleiten soll ich sie.

Und dann, oben auf der Alm, was machen wir da? Ich ertappe mich dabei, wie meine Phantasie mit mir durchgeht. Sie will wahrscheinlich nur eine Wanderbegleitung. Auf der Alm, da gibt's koa Sünd, weil nur Ochs und Viecher sind ...

„Jo, Servus", verabschiedet sie sich, während ich noch überlege, wie ich jungfräulich aus der Nummer rauskomme. Sie geht zurück in die Richtung, aus der sie gekommen ist, hinterlässt bei mir das sichere Gefühl, sie hätte mich gerne multifunktional zum Einsatz gebracht.

Mir ist es recht, dass die Angelegenheit so endet, ich will Ella treffen. In einer halben Stunde in Toblach, in einer Stunde in Misurina, dann Tre Croci und um zehn Uhr in Cortina beim zweiten Café. Um elf hatten wir uns verabredet, meine ich mich zu erinnern.

Auffi, kurz runter ins Tal, dann einige Kilometer Richtung Bruneck. Viel Verkehr, etliche Biker mit gelbem Nummernschild, die Kollegen aus Great Britain geben sich die Alpen. Auch viele Rennradfahrer sind auf der Strecke, pedalieren in hohem Tempo vor sich hin. Ich achte auf gebührend Seitenabstand. Ab und zu überhole ich Oldsmobiles. Die Fahrzeuge in gedeckten, dunklen Farben, vorzugsweise rot und grün, haben große, schmale Reifen, runde Formen, die meisten fahren oben offen. Etliche Lenker mit Beifahrerin, beide tragen Lederkappen, wenn sie nicht die Haare im Fahrtwind flattern lassen. Viele kutschieren grüppchenweise, jedes Auto für sich ein echter Hingucker. Auch die Geräuschkulisse ist einzigartig, die Motoren tuckern unaufgeregt, wahrscheinlich können die Besitzer jeden Kolben einzeln heraushören.

Jetzt geht es hinter Toblach in die Berge. Das Höhlenstein-Tal reizt zum Rasen, aber ich verzichte darauf. Hoch zu den Drei Zinnen wähle ich die Misurinavariante.

Jetzt aber! Ich greif ins Gas, die Maschine schnellt vorwärts, kreischt, denn ich verweigere ihr den nächsten Gang. Zack, oben. Knapp vor dem kleinen See mit den Hotels und Touristik-buden führt ein Abzweig nach links. Ich stelle das Motorrad vor dem Ristorante Genzianella ab und genieße die Stimmung so-wie die freie Sicht auf die mächtigen Drei Zinnen, sonnenbe-schienen, vor einem blauen Himmel. Ein berauschender An-blick, dieses mächtige Bergmassiv, ein Wunder der Natur.

Tre Croci gehört zu meinen Lieblingspässen. Die Kurven schlän-geln sich nach Cortina hinunter. Eng sind sie, aber nicht zu eng, mit definierten Radien, ab und zu einige Geraden, Fichtenwald, es duftet so gut. Bergab geb ich Gas, brems in die Kehren rein, zirkele sie in deutlicher Schräglage und bin auch schon unten. In der letzten Rechtskurve vor dem Ortseingang sprüht meine Fußraste Funken.

Viel zu schnell vorbei, dieser Spaß, das darf es nicht gewesen sein! Es ist auch gerade erst zehn, also U-Turn und wieder hoch. Jetzt noch mal richtig Gas. Verflucht! Massenweise Rennradfah-rer, mehrere Gruppen, kreuz und quer, zu dritt nebeneinander und die Begleitfahrzeuge für den Materialtransport. Denken wohl, sie hätten die Straße gepachtet. Fluchend krieche ich hin-terher, brauche ein Drittel der gesamten Passauffahrt, um sie zu überholen. RRRAMM, vorbei! Soll ihnen doch die Zunge raus-hängen, bis sie oben sind.

In die nächste Kurve, WUMM. Lange Gerade. Im Rückspiegel seh ich ein Auto. Gas, mein Bike schießt vorwärts, hier bin ich der Schnellste! Jetzt leicht angebremst, Linkskurve und mit Kara-cho wieder raus, versägt, den Autoheini. In diesem Moment überholt der mich. Was ist das denn? Das darf doch nicht wahr sein! Das geht doch gar nicht! Jetzt beschleunigt die Karre vor mir noch mal. Es ist ein älteres Alfa-Giulia-Modell, der Fahrer telefoniert am Handy und raucht dabei. Ich fass es nicht!!

Oben angekommen, muss ich mich erst mal von dem Schock erholen. Schmach! Niedertracht! Tief durchatmend, halte ich vor dem Passschild.

„passo/Tre Croci/m.s.l.m. 1809"

Zwei Rennradfahrer bitten mich um ein Foto. Klar, wird gemacht. Jetzt kommt ein älterer Mann die letzten Meter zur Passhöhe hochgeradelt. In Ausgehshorts, Popeline, fesches Oberhemd, kurzärmelig, keine Schwitzflecken, Fahrrad aus dem Discounter, mit Packtaschen, Schaltung Torpedo 3-Gang. Auch er bittet mich um ein Foto. „Aber gerne", sage ich und teile ihm meine Hochachtung mit.

Dann steig ich in den Sattel. Als ich den Pass runter schwinge, fällt mir ein, ich habe niemand gebeten, ein Foto von mir zu machen, glatt vergessen. Das wird mich noch teuer zu stehen kommen.

6 Cortina d'Ampezzo

Unten in Cortina parke ich am Ortseingang links. Von dem Cafè-Restaurant auf der gegenüberliegenden Seite des Platzes habe ich sowohl mein Bike im Blick – kann den Tankrucksack drauf lassen – als auch den Verkehr, der in den Ort hineinkommt, die Motorräder, aber auch die Rennradfahrer. Das Gros kommt von Toblach über die untere Strecke, etliche aber auch via Misurina und Tre Croci. Die Rennradkollegen wirken etwas matt.

Nicht so das Trüppchen, das mit mir vor dem Cafè unter der Pergola sitzt. Die Leute lärmen rum, reden durcheinander. Ich setze mich an den einzigen freien Tisch in ihre Nähe. Die drei Kellner überbieten sich an Teilnahmslosigkeit. Einer von ihnen steht zwei Meter entfernt im Türeingang und ignoriert mich. Die Biker haben ihre Räder in Sichtweite an einem Geländer geparkt, Hochleistungsmaschinen. Die Sportler, drei Männer und zwei Frauen, drahtig und mit muskulösen Waden, tragen Funktionskleidung vom Teuersten, schwarze, einteilige Rennradhosen, Trikots und Windbreaker, Schuhe mit Klickverschluss, Superhelme und Handschuhe, die die Finger vorne frei lassen. Farblich dominiert orange-blau. Gepäck hat keiner dabei, nur kleine Geldbörsen, in die gerade mal eine Scheckkarte passt.

Schweizer, wie ich jetzt höre. Lucien und Henri und Urs und Nicola und Mari versuchen lautstark, sich auf ein Hors d'oeuvre zu einigen. Getränke stehen schon auf dem Tisch, große Mineralwasserflaschen und das schwarze Zuckerzeugs. Der Kellner bewegt sich nicht, weder zu ihnen noch zu mir. Doch, jetzt kommt er zu mir. Ich bestelle Aqua Minerale con gas und einen Cafè. Der schwarz-weiße Pinguin nimmt meine Bestellung entgegen, ohne erkennen zu lassen, ob er mich verstanden hat und geht dann zu den Schweizern rüber.

Würde Ella zu unserer Verabredung kommen? Wir hatten dieses Cafè verabredet, nicht aber die genaue Zeit. Gerade schlägt die Uhr des nahe gelegenen Kirchturms zwölf. Ich werde warten. Kein Motorradfahrer, welcher Cortina durchquert, entgeht meinen Blicken. Hier muss schließlich der ganze Verkehr durch. Der Kellner bringt das Wasser und den Café. Ich schütte zwei Tütchen Zucker rein. Die Schweizer haben gute Laune und kreischen wie Kleinkinder. Sie haben gerade Spaghetti geordert, Carboloading als Vorbereitung auf Falzárego oder Giau.

Jetzt spricht mich Lucien an, wir seien ja alle Biker. Schon, halt ich dagegen, aber es gäbe doch Unterschiede, z.B. den Tankrucksack. Scheckkarte, Reservereifen und Handy hätten sie dabei, erklärt mir Lucien, alles weitere Gepäck befände sich im Begleitfahrzeug; einer habe immer einen Wolf oder sonst ein Wehwehchen, und der fahre dann den Bus.

„Schau her", meint Lucien und reicht mir sein Handy rüber, „Gruppenfoto von uns". Ich gucke kurz drauf, lass aber gleichzeitig die Straße nicht aus dem Blick. „Nettes Erinnerungsfoto, schön." Mittlerweile wäre ich gern mal aufs Klo gegangen, aber das geht nicht, denn in diesem Moment könnte Ella vorbei fahren.

„Und hier", schiebt Lucien nach, „hier macht Urs einen wheelie." Ich seh es mir an. „Ja, super." Gerade will ich mich darüber auslassen, dass wheelie auch mit Motorrad ginge, da seh ich Ella im Hintergrund des Fotos. Eindeutig! Sie steigt auf ihre weiße Daytona und guckt Urs zu, wie der an seinem Wheeliekunststückchen rummurkst, schaut direkt in die Kamera. Verdammt! Da warte ich, und Ella ist längst hier gewesen, wir haben uns verpasst.

„Lucien, wann war denn das?"

„Was?"

„Na, als ihr den wheelie von Urs fotografiert habt."

„Urs", ruft Lucien zu seinem Kumpel rüber, „wann haben wir denn deine Akroeinlage zu sehen gekriegt?"

„Welche Akroeinlage?"

„Na, dein wheelie vorhin"

„Ach so, das war kurz bevor Henri zum Bankomaten gegangen ist."

Ich schaue noch einmal auf das Handy, und da steht es auf dem Display, 11.14 Uhr. Jetzt ist es viertel nach zwölf. Vor einer Stunde ist Ella hier gewesen, um sich mit mir zu treffen.

„Sag mal, Lucien, die Frau im Hintergrund, die mit dem weißen Motorrad" – ich halt ihm sein Handy hin – „war die auch hier?"

„Die heißt Ella", sagt er, „aus Berlin, die hat mit uns was getrunken, war wohl mit so 'nem Typen verabredet."

„Und?"

„Na, der Typ kam nicht. Da hat sie sich dann enttäuscht auf die Socken gemacht."

Mist! Was soll ich tun? Ihr nachfahren? Eine Stunde ist nicht aufzuholen. Unklar auch, welche Route sie gewählt hat. Pieve di Cadore? Tolmezzo? Zwecklos. Die Schweizer geben keine Ruhe, Urs murkst an seiner Uhr rum, Hightechprodukt am Handgelenk, Lucien rülpst und Nicola nörgelt. Sie will unbedingt ein Foto schießen, sie mit Fahrradhelm, ich mit Motorradhelm, sie auf meinem Schoß. Ich lass es über mich ergehen und verschwinde dann doch mal zum Klo. Als ich zurückkomme, ist ein von den Schweizern entfernter Tisch frei geworden. Ich geh dort hin und bestelle einen Espresso, diesmal bei einem anderen Kellner, der sich aber von seinem Kollegen in Punkto Übellaunigkeit und Unwilligkeit in nichts unterscheidet. Die Schweizer sind mit ihren Spaghetti beschäftigt, Nudelschlacht, gefräßige Stille.

Ich würde Ella eine SMS schreiben.

„Hallo Ella, wir haben uns in Cortina knapp verpasst. Wahrscheinlich bist Du schon in Tolmezzo. Ich hätte Dich gerne gesehen. Roman"

Ich schicke die SMS ab, halt Ausschau nach dem Kellner und vermeide Blickkontakt mit den Schweizern. Wie die wohl nach der Teigorgie den Pass hochkommen wollen? Obwohl, vielleicht nähmen sie die Tizian-Strecke nach Pieve di Cadore. Bergab würden die Nudelmassen dann zusätzlich Schubkraft liefern. Immer noch kein Kellner in Sicht. Dafür macht sich das Handy bemerkbar. Ella, SMS.

„Hi Roman, bin 20 km vorn, die 51 runter nach Cadore. Ella"

Sofort mail ich zurück: „Warte! Ich komm nach!"

Ich zahle, verabschiede mich von den Schweizern, geh rüber zu meinem Bike und verlasse Cortina auf der unteren Umgehung. Das gibt was, Ella wartet auf mich. Schön!

Blauer Bilderbuchhimmel. Die Sonne lacht. Ein warmer Südwind wiegt die Fichten. Durchs halboffene Visier rieche ich ihren harzigen Duft. Am liebsten würde ich ohne Helm fahren, die Stoppelhaare im Gebläse.

Die Straße schmiegt sich an das Flüsschen, schlängelt sich mit ihm durch die grüne Landschaft. Da, ein Punkt am Horizont, Ella. Schon erkenne ich die schwarzblaue Lederkombi. Ihr Helm glänzt in der Sonne, sie wartet am Straßenrand auf ihrem Rennflitzer, der Motor läuft. Ich bringe mein Bike links neben ihr zum Stehen.

„Fahr vor!", ruft sie mir zu. Ich geb Gas, beschleunige vom Seitenstreifen weg auf den Asphalt und schalte zügig hoch. Ein Blick in den Rückspiegel, wo ist sie? In diesem Moment überholt sie mich. Nur ihre Umrisse kann ich erkennen, sie fährt gegen die Sonne, legt ein gutes Tempo vor. Mit einem Hauch von Bremse gleitet sie in die Kurve. Dann, auf der Geraden, fliegt sie davon.

Ich häng mich dran. Sie zieht nach links bis zum Mittelstreifen, zirkelt ihre Maschine in die Rechtskurve, rüber zum Straßenrand mit der unbefestigten Bankette. Ihr Spiegel schießt knapp an den Plastikpylonen vorbei, das rechte Knie eine Hand breit über dem Asphalt, hanging off. Ich folge ihrer Linie. Reflexartig verbiege ich meine Zehen im Stiefel nach oben. Mein Radius gerät eckig, im Kurvenscheitel muss ich nachkorrigieren. Mittlerweile nutzt Ella beide Spuren, die Straße in voller Breite. Ein Ruck durchzieht die Daytona, sie hat in den Zweiten runtergeschaltet. Jetzt kippt sie ihr Bike in die Linkskurve, das Körpergewicht weit im Kurveninnern, spät hat sie eingelenkt. Wie ein Tiger vor dem Absprung duckt sie sich in ihre Maschine und pfeffert aus der Kurve, für Sekundenbruchteile gerät der Vorderreifen über die Straßenbegrenzung. Ich versuch, dranzubleiben.

Vor uns öffnet sich der Wald, die Landschaft weitet sich, Ende der Kurvenhatz. Die Strecke zum Horizont verläuft gerade. Ella driftet in Schwüngen weiter, Riesenslalom um imaginäre Hütchen.

Im Rückspiegel tauchen drei Punkte auf. Schnell nähern sie sich, Rocker! Auf großkalibrigen Maschinen, im Cowboydress, die Stiefel auf den vorderen Fußrasten abgelegt. Nein! Alle drei haben Hörner auf den schwarzen Helmen! Gleich dreht mein Dämon durch. Schon hopst er auf und nieder, trommelt mir auf den Helm.

„Mach sie nieder! Töte sie! Alle drei!"

Der erste Rocker, ein Dickteufel, überholt und setzt sich links neben Ella. Sie fährt unbeeindruckt weiter. Die beiden Kompagnons halten sich hinter mir. Gleich werden sie mich einkeilen. Was mein Gehörnter nicht erkennen kann, die Jungs sind harmlos.

„Bleib cool, Alter, die tun nix!", ruf ich ihm zu. Dass er doch nie die rechten Maße kennt!

Ich lupf am Gas, schieß vor, zwischen Ella und den Dicken, greif in die Kupplung und lass meinen Motor bis 15 Tausend brüllen. Der Wanstige zuckt am Lenker. Das hat ihn erschreckt, so was hört er selten, sein Metallmonster röchelt nur bis fünf im Drehzahlkeller. Ich fahr mein linkes Bein aus. Der Cowboy weicht aus, ich lass ihn davonziehen, die Fransen seiner Montur flattern im Fahrtwind. Seine zwei Begleiter knattern ihm nach. Die Helme mit den Teufelshörnern, nichts als Makulatur, tsss, Cowboyhüte würden reichen. Mein Schwefelknallfrosch hat sich auch bereits wieder auf Normaltemperatur runtergeregelt.

Rechts ein Parkplatz. Ella fährt raus, ich folge ihr. Wir bringen unsere Bikes nebeneinander zum Stehen. Noch während sie absteigt, streift sie sich den Helm vom Kopf, hängt ihn über die Fußraste und lupft ihren Zopf unter dem knappen Halskragen der Lederkombi hervor. Ich nehm meinen Helm ebenfalls ab und zieh ihn über den linken Oberarm.

Ella stürzt auf mich zu und umarmt mich. Sie drückt mich heftig an sich, will mich gar nicht mehr loslassen.

„Haben dir die Rocker Angst gemacht?"

„Gar nicht, nervige Cowboykids waren das."

Ich hebe sie hoch und stelle sie wieder sanft auf die Füße.

„Du pfeifst um die Kurven wie ein Kugelblitz, da komm ich kaum hinterher."

„Hab ich in Cortina gemerkt."

„Da müssen wir uns um Haaresbreite verpasst haben. Die Schweizer haben mir erzählt, du wärest schon weitergefahren." Sie strahlt mich an. Dann geht sie zu ihrem Bike, zippt den Reißverschluss ihres Tankrucksacks auf, nimm ihr Hasilein heraus und kommt damit zu mir.

„Jetzt du, gib mir dein Klötzchen!"

Sie will ihr Kuscheltier gegen mein Holzklötzchen tauschen, das ich im Tankrucksack dabei habe, als Unterlage für den Seitenständer.

„Tauschen wir beides in Berlin zurück, am 7.7. um 17 Uhr, Spinnerbrücke."

„Whow, da ist doch mal ein Superplan, da freu ich mich schon jetzt drauf!"

Wir tauschen. Wohin mit dem Hasen? Im Tankrucksack vorn würde er andauernd von oben nach unten gewühlt, also ins Heckcase. Hasilein kommt hinten rein. Dort kann er auf die Regenkombi aufpassen, muss sich dazu allerdings etwas platt machen.

Ella haucht mir einen Kuss zu und macht sich fertig, Helm, Handschuhe. Gleichzeitig schalten wir die Zündung ein, Leerlaufgrummeln.

Wir fahren vom Parkplatz auf die Straße, Ella vorn. Sie zieht los. Noch bevor ich mich an ihren Hinterreifen kleben kann, erkenne ich von fern den Abzweig nach Forno Zoldo. Ich beschleunige zügig, fahr rechts neben sie, auf gleiche Höhe und setz den Blinker. Die linke Hand vom Lenker, winke ich ihr zu. Sie winkt zurück. Ich biege ab. Sie fährt weiter Richtung Cadore. Wie sie durch die Kurven schwebt, eins mit ihrem Bike, Harmonie in Perfektion! Hätte ich ihr vielleicht mal sagen sollen. Na, weiß sie selbst, werden ihr schon andere zugeraunt haben.

Waren das Pässe auf der Strecke nach Agordo? Cibiana? Duran? Duran muss doch ein Pass gewesen sein, so steil und kurvig? Ich kann's nicht sagen, bin in Gedanken immer noch bei Ella.

Erst in Falcade wache ich wieder auf.

In Predazzo holt mich der leere Tank vollends in die Wirklichkeit zurück. Füttere ich jetzt den Automaten mit einem 5- oder mit einem 20-Euro-Schein? Ich versuchs mit zwanzig Euro, ergibt 11,4 Liter, der Tank ist knapp vor dem Überlaufen. Na bitte, klappt doch. Hier in Predazzo könnte ich übernachten. Nein, da geht noch was, ich bin noch nicht müde. Passo di San Pellegrino. Den verbuche ich mal aufs Wettkonto, Numero sette.

Hinter mir entwickeln sich gewaltige Wolkenmonster, die turmartig in die Höhe schießen. Jedes Mal, wenn ich in den Rückspiegel schaue, sind sie um das Doppelte gewachsen. Beim nächsten Blick ist es hinten schwarz. Blitze zucken, es grollt bedrohlich. Vorne Richtung Cavalese liegt blauer Himmel. Auf langen Geraden mit 180-Grad-Kehren geht es hinunter nach Auer. Böen zerren an mir, rütteln mich hin und her. Ich klappe kurz das Visier hoch, wie ein Föhn bläst mir der Wind ins Gesicht. Es ist derselbe, der weiter südlich am Gardasee die Windsurfer und Kiter ans Gleiten bringt. Hier wird er an der Westflanke des Weißhorns noch einmal komprimiert. Die dicken Äste der Bäume links und rechts der Straße biegen sich mächtig durch, die dünnen fegen den Asphalt.

Unten im Tal übermannt mich Müdigkeit. Wohin? An der Bergflanke gegenüber liegen einige Dörfer, auch einzelne Gehöfte, Pensionen vielleicht? Rings herum wird Wein angebaut, ich bin im Etschtal. Ist das noch Südtirol, Alto Adige, oder bereits das Trentino? In einem halben Dutzend Gasthäusern frage ich nach einem Zimmer. Alle sind belegt.

Nun fahre ich bereits die zweite Schleife durch Margreid. Rechts von einem älteren, verwitterten Gemäuer erspähe ich den Ortskern, abseits meiner Rundtour. Ein hübscher Ort am Hang, in den Weinbergen oberhalb der Strada del Vino. Touristen schwärmen umher, adrett herausgeputzt, passend zum Ort. Wanderer wohl, die sich tagsüber per pedes die Weinlandschaft erschließen und sich jetzt, frühabends, auf den Weg zu ihrem reservierten Restaurant machen. Sie werden schon an ihrem zweiten Glasl Kalterer See nippen, während ich immer noch in der verschwitzten Kluft stecke. Wahrscheinlich finde ich keine Herberge und verrecke auf einem dreckigen Parkplatz, berausche mich frustriert an meinem Grappa und verschlinge den Zipfel Hartwurst. Hätte ich doch den Tag in Predazzo, in der Altstadt, gemütlich bei Zwiebelkuchen und kühlem Weißwein ausklingen lassen! Aber nein! Stattdessen elende Herumkurverei hier in Margreid, keine Hütte, aber Hunger, Durst und Dreck. Blöder Mist!

7 Die Hütte des Dämon

Einstweilen fahr ich die dritte Margreid-Runde, grad mal bergab; kann kaum noch die Lenkgriffe halten, der Schweiß rinnt durch die Augenbrauen und klebt salzig in den Mundwinkeln. Die Handgelenke tun weh. Mein Nacken ist ein einziger Schmerz, die Waden krampfen. Ich nehm die Stiefel von den Fußrasten und strecke beide Beine nach vorne. Kurzzeitig verziehen sich die Krämpfe, um im nächsten Moment umso heftiger zuzuschlagen und die Muskeln betonartig zu verhärten, jetzt auch in den Oberschenkeln. Ich hampel auf meiner Martermaschine herum, fahr Schlangenlinien. Am rechten Straßenrand stehen zwei alte Frauen vor ihren Häusern am Hang, plaudernd, beide schwarz gekleidet. Ich versuche, bei ihnen anzuhalten, bekomme mein Gerät bei der abschüssigen Schotterstraße kaum gestoppt. Jetzt verschalte ich mich auch noch, krieg den Leerlauf nicht rein, der Motor heult auf. Die beiden Damen zucken verschreckt von mir weg, bleiben dann aber doch in Reichweite stehen. Ich frage nach einem Hotel. „Kurtinigerhof", meint die Ältere, wäre einfach zu finden, unten auf der großen Straße nach rechts abbiegen, dann nach drei Kilometern auf der linken Seite. Ich bedanke mich und lass die Karre im Leerlauf bergab rollen. Unten also rechts. Das Hotel sollte sich bald blicken lassen, von Südost nähert sich ein gewaltiges Gewitter. Riesige Wolkentürme quellen empor, dahinter liegt die Bergkette in schwarz. Blitze zucken, Donner grollt. Es kann nicht mehr lange dauern, und das Tal versinkt im Unwetter.

Da, links das Hotel, Kurtinigerhof. Ich fahre an der Einfahrt vorbei und weiter geradeaus. Vorbei an dem Hotel, einfach vorbei! Der Teufel sitzt mir im Genick, der kleine rote Dämon reitet

mich, treibt mich direkt ins Gewitter. An der nächsten Straßen-
kreuzung fahr ich Richtung Mezzocorona via Roverè della Luna.
Das Gewitter naht galoppierend schnell. Donner folgt dem Blitz
im Sekundenabstand. Die schwarze Wolkenfront steht fast direkt vor mir. Rechts ragt eine gewaltige Felswand wohl 1000
Meter senkrecht empor. Da, querab eine Hütte bei einer Baum-
gruppe, abseits im Gelände, am Fuße des Felsgebirges! Die Ret-
tung! Weiter komm ich nicht, bevor mich die Front erwischt.
Ein Feldweg führt zu der Hütte. Ich bieg ein und versuch, auf
der festgefahrenen Spur zu bleiben. Offroad kann mein Baby
nicht, gar nicht. Der Wind nimmt schlagartig zu, biegt Büsche
und Bäume. Noch zehn Meter bis zum Ziel. In diesem Moment
erwischt mich die Regenwand mit nasskalter Wucht. Ich kann
nicht mehr sehen, wo ich hinfahre. Die Sturmböen peitschen
den Regen quer durchs Gelände, Hagel dazu. Links der Schuppen. Ich lass die Karre auf den Seitenständer kippen, hoffe in-
ständig, dass sie nicht umkracht und hechte zur Hütte. Der
große Eingang ist am Riegel mit einem dünnen, rostigen Draht
verschlossen. Ich reiß ihn ab, weg damit! Das Tor quietscht in
den Angeln. Innen erkenne ich einen Dachboden mit Heu, darunter eine Art Schlitten und Werkzeug. Links davon ist noch
Platz für mein Bike. Hektisch schiebe ich es in die Lücke und
schließe das brüchige Tor von innen. Erst mal gerettet!

Das war knapp. Ich schüttel die Nässe von den Klamotten. Sie
sind feucht. Na, wenigstens nicht klatschnass. Ein Feuer könnte
man hier nicht anzünden, ohne gleich die ganze Bude abzufa-
ckeln. Düster ist es, bis auf die Momente, in denen draußen die
Blitze zucken und das Innere in grelles Licht tauchen. Meine Augen gewöhnen sich nur langsam an den Wechsel von Hell zu
Dunkel. Die Hütte scheint gar nicht mal so klein. Rechts von
meinem Bike steht ein vorsintflutlicher Pferdeschlitten mit riesigen, gebogenen Kufen, hinten in der Ecke ein Sägebock und

allerlei Werkzeug, langstielige Äxte, eine große Sense und eine Heugabel. An der Wand hängt ein Geschirr aus Leder und Holz, wohl für den Schlitten. Dahinter führt eine morsche Stiege auf den Heuboden. Wackelig sieht sie aus, die Querbalken des Bodens wirken dagegen massiv. Unter dem Heuboden führt ein Durchgang bis zur gegenüber liegenden Seite. Rechts und links allerlei Gerümpel, antike Holzmöbel, Blechkanister, in der Mitte Platz für einen Traktor. Der fehlt allerdings. Ich gehe zur Vorderseite durch. Sie ist noch maroder als die, zu der ich reingekommen bin, lose Bretter, Ritzen, klaffende Löcher. Ich linse durch eine Spalte. Draußen pechschwarze Nacht, im nächsten Moment zuckende Blitze, nicht weit entfernt eine Tannengruppe. Die Wipfelsilhouette zackt gegen den taghell erleuchteten Himmel aus, Blitz und Donner fast gleichzeitig. Das Wetter hängt jetzt genau drüber, ohrenbetäubend der Donner. Hagelkörner in Kirschkerngröße prasseln wie Geschosse auf das Schuppendach, Pfützen und Rinnsale laufen von draußen unter den kaputten Holzbrettern gurgelnd ins Innere. Wieder taucht ein Blitz die Tannengruppe in helles Licht. Sofort folgt eine Serie von Explosionen. Ich weiche von meinem Spähposten zurück. Hoffentlich schlägt der Blitz nicht ein. Es riecht gefährlich nach Schwefel, aber auch nach Heu und Schmiermittel für den Bulldog. Mittlerweile ist die Tageshitze der Gewitterkühle gewichen. Frieren würde ich trotzdem nicht, die Kombi ist schon wieder trocken.

Langsam übermannt mich Müdigkeit. Mal den Boden in Augenschein nehmen. Ich geh kurz zum Bike, nehm das Gepäck ab und steig die klapprige Leiter hoch. Die Bodendielen knarren unter meinen Stiefeln. Auf der einen Seite hats blanke Bretter, auf der anderen gestapeltes Heu bis zu den Dachschindeln. In einem Heuballen steckt eine dreizinkige Forke. Irgendetwas wischt flatternd an meinem Kopf vorbei, ich spüre den Luftzug, eine

Fledermaus. Wahrscheinlich hängen sie in Kolonien kopfüber unter den Balken. Nahrung hätten sie reichlich, bei all dem Ungeziefer. Hoffentlich saugen sie mir nicht mein Blut aus, die kleinen Vampire. Eine größere Gefahr sind Zecken, da hab ich echt Bedenken. Die Viecher können monatelang ohne Nahrung überleben und stürzen sich dann blutgierig auf ihr Opfer. Die kleinen sieht man kaum, krabbeln in irgendwelche warmen, feuchten Körperfalten, bohren sich da fest mit ihren widerhakenbewehrten Minirüsseln und saugen sich mit Blut voll. Gefährlich. Sollte ich vor dem Einschlafen die Handschuhe anziehen.

Erst mal ein Schluck Grappa. Ich zieh die volle Flasche aus dem Tankrucksack, hatte sie zusammen mit der Hartwurst gestern auf die Schnelle in Außervillgraten in dem kleinen Lebensmittelladen gekauft. Der Alkohol schießt sofort ins Blut. Jetzt spür ich auch meinen Nacken, die Oberschenkel, Waden und Handgelenke. Dagegen hilft noch ein Schlückchen. So, Schluss für heute. Lass es blitzen, lass es krachen. Ich zerre den halben Hartwurstkringel aus dem Tankrucksack, reiß mit den Zähnen die Pelle ab, spucke sie ins Heu und beiß in die Wurst. Lecker. Etwas salzig, fehlt ein Stück Brot. Na, dann noch einen Schluck Grappa. Bleierne Müdigkeit kriecht in mir hoch. Die Wurst ist weg. Mit der Grappaflasche in der linken Hand hol ich die Forke und schichte Heu als Lager auf. Schluck Grappa. Ob es hier Mäuse oder Ratten gibt? Ringsherum raschelt es verdächtig. Egal, steck ich doch in der Kombi. Den Jackenkragen zieh ich vorsichtshalber hoch und die Lederhandschuhe an, zum Schutz vor krabbelnden Kleinviechern. Noch die Minitaschenlampe in Griffnähe und die Brille in den Helm. Letzter Schluck Grappa. Der Tankrucksack dient als Kopfkissen. Schon bin ich weggedämmert.

Ein gewaltiger Donnerschlag weckt mich. Sofort steh ich senkrecht. Ganz in der Nähe ist der Blitz eingeschlagen. Die Bodenplanken zittern, die Hütte ächzt in den Fugen. Nach der Explosion herrscht Stille, dann Regenprasseln. Wieder ein Blitz, der den Heuboden kurzzeitig taghell ausleuchtet. Kanonenartiges Donnerkrachen folgt sofort. Das Gewitter will nicht weichen, es steht direkt über der Hütte. Ein Schlückchen Grappa für die Nerven, die Flasche ist nur mehr viertelst voll. Da! Was ist das! Direkt hinter mir ein Geräusch. Nichts, nur die Heugabel, sie ist umgekippt. Jetzt quietscht irgendwas in den Angeln. Ein Fenster, aufgestoßen vom Wind. Eine Unruhe hier!

Ich muss mal. Auf den Heuboden will ich nicht pieseln, also quäl ich mich die Stiege runter. Alles tut weh, Schmerz in sämtlichen Gliedern. Besonders die Oberschenkel brennen, als ich vorwärts die Leiter runterklettere. Auf der vorletzten Sprosse rutsch ich ab und knall mit den Stiefeln bis unten durch. Ich taste mich zur Frontseite. So, jetzt muss ich doch in die Hütte pinkeln, draußen regnet es junge Hunde, und die Blitze zucken in kurzer Folge, man weiß ja nie, lieber Vorsicht! Obwohl, hier drinnen bin ich auch nicht sicher, der Blitz könnte ebenso in die Hütte einschlagen. Dann würde sie mit dem ganzen Heu sofort lichterloh in Flammen stehen, der Tankinhalt meines Bikes und das Bulldogschmiermittel als zusätzliche Brandbeschleuniger. Ich lehne den linken Arm angewinkelt über den Kopf an die raue Bretterwand und achte darauf, mir beim Öffnen des Reißverschlusses nichts einzuklemmen. Dann lass ich es laufen. Aah, tut das guut. Die Bretterwand ist stellenweise unten ausgebrochen, soll es drunter rauslaufen. Wo Regenrinnsale reinlaufen, kann schließlich auch Pippi rauslaufen. Es läuft aber nicht raus, sondern Richtung Stiefel. Ich verbreitere meine Schrittstellung. Jetzt habe ich Sicht nach draußen, denn in Augenhöhe fehlt ein halbes Brett. Im Sekundenabstand erleuchten Blitze die Landschaft. Da! Was ist das! Bei der Tannengruppe! Die Zweige zucken im Blitzlichtgewitter. Davor eine Gestalt! Jetzt wieder dunkel. Der nächste Blitz. Eine riesige Gestalt! Schwarze Kutte, das Gesicht halb im Dunkel verborgen. Verdammt! Dunkel. Blitz. Die Gestalt breitet die Arme aus, setzt sich in Bewegung und kommt auf die Hütte zu! Meine Nackenhaare richten sich auf. Unwillkürlich weich ich zurück. Ringsum wankt der Boden. Ich greif zum Grappa und genehmige mir einen Schluck. Jetzt wieder taghell. Die Erscheinung ist verschwunden. Schwarze Nacht. Blitz. Hell. Nichts. Weg ist der Riese. Wenn der gleich durchs Tor splittert, bin ich geliefert. Wo ist die Heugabel? Ich spring zu den Werkzeugen hinter dem Pferdeschlitten. Die Axt! Oder nehm ich die Sense? Nein, die Heugabel. Da ist sie. Ich ergreif sie mit beiden Händen und bleib bei dem Schlitten stehen, trau mich nicht in Richtung Toreingang, wo der Riese gleich auftaucht. Vielleicht gleitet er auch lautlos durch die Wand und steht dann plötzlich neben mir. Ich stell mich hinter einen Pfosten. Zuckende Helle. Die Zinken der Gabel blitzen auf. Wo bleibt der Dämon? Krampfhaft umklammere ich die Heugabel, verlager mein Gewicht auf das vordere Bein und geh in Angriffsstellung, die Forke erhoben. Nichts. Ich schaue hinter mich. Vielleicht bricht er durch die hintere Tür?

Jetzt mal ruhig, Alter! Was war das gerade? Halluzinationen, Alk? Die Flasche ist fast leer. Hab einen halben Liter Grappa intus, aber die Erscheinung war eindeutig da! Vielleicht ist der Dämon längst bei mir in der Hütte, hat sich leise hereingeschlichen, versteckt sich hinter den Gerätschaften oder lauert im Heu! Ich klettre die morsche Leiter wieder hoch. Die beiden unteren Sprossen sind durchbrochen. Oben auf dem Heuboden lass ich meine Taschenlampe kurz aufblitzen. Niemand hier. Ich lege mich ins Heu und horche. Es raschelt. Mäuse wohl, vielleicht auch Ratten, aber keine stampfenden Schritte. So, der letzte Schluck Grappa soll auch nicht allein in der Flasche bleiben. Ich werd schläfrig, der Alkohol haut mich aus den Latschen. Der Dämon ist weg. Oder war er gar nicht da? Alles Einbildung, Grappaquatsch? Eine Gestalt mit schwarzer Kutte, die im Gewitter einen einsamen Biker in einer Holzhütte bedroht, wo gibt's denn sowas? Vorsichtshalber platziere ich die Heugabel aber doch neben mein Lager. Kann ja nicht schaden. Ich dämmere in den Schlaf.

8 Mezzocorona Zeck Attack

Ich wache auf. Ringsum Stille. Kein Donnerkrachen, kein Regenprasseln, keine gurgelnden Rinnsale. Das Unwetter hat sich verzogen. Es riecht nach Heu und Holz und Wagenschmiere. Dort
liegt die leere Grappaflasche. Keine Kopfschmerzen, guter Stoff.
Hüftsteif wühle ich mich aus dem Heu, spüre jeden einzelnen
Knochen. Im Nacken zwickt es, die Oberschenkel- und Waden-
muskeln schmerzen. Ob ich derart ramponiert die Stiege run-
terkomm? Ich greif mein Gepäck, rutsch vorwärts und krach
wieder durch die letzten beiden durchgeknacksten Sprossen.
Unten geh ich durch die Hütte und öffne das Tor zur Wetter-
seite. Vor mir liegt das weite Tal. Die Sonne verbirgt sich noch
hinter den Bergen. Vorne die Tannen, vor denen in der Nacht
die schwarze Gestalt erschienen war, nass glitzernd. Die Wiese
ersäuft in Nässe, Nebelschwaden hängen über dem Tal, darüber
klarer Himmel. In Kürze wird die Sonne hinter dem östlichen
Massiv erscheinen und alles erwärmen, ein schöner Tag kündigt sich an. Ich setze mich auf einen Hackklotz im Toreingang,
lege das Gepäck auf einen Holzstapel und warte auf die ersten
Sonnenstrahlen. Unter der Regenrinne steht eine hölzerne
Wassertonne, komplett gefüllt. Pllpp, tropft es von oben hinein.
Schwallartig läuft die Tonne über.

Was war das letzte Nacht? Die Nerven, Synapsenfeuer? Grap-
pahalluzination? Wie auch immer, die Geschichte eignet sich für
die Familienchronik. Den Enkelkindern werde ich erzählen, ich
hätte – mit nix als einer Sense bewaffnet – einen riesenhaften
schwarzen Dämon heldenhaft in die Flucht getrieben. In stock-
finstrer Nacht. In die Flucht getrieben? Erschlagen! Mit dem
schartigen Sensenblatt den Kopf vom Rumpf getrennt. Abge-
hackt. Da lag er nun, der blutigrote Kopf im weißen Schnee.
Nein, ginge nicht, die Szene spielt im Juni.

Da lag er nun, der blutrote Kopf auf dem nassbraunen Waldboden. Auch nicht gut, fehlt der Farbkontrast.

Was aus dem getöteten Dämon geworden ist? Wissen die Götter allein! Zorniger Zeus schleuderte zuckende Blitze auf den zerhackten Kadaver, und zurück blieb eine verschmorte Schmauchspur im Waldboden bei den Tannen und ein giftiger Schwefelgestank. So war's gewesen, bei der Ehre eures Großvaters!

Da hatte ich ahnungslos mitten im Pandämonium übernachtet! In dieser Hütte der Teufelsbrut. Wie Schuppen fällt es mir von den Augen: Das ist der Geburtsort meines Teufli, hier hatte er das Licht der Welt erblickt! Ob er mich in Zukunft in Ruhe ließe? Sein Erzeuger, der schwarze Riesendämon, war doch schließlich auch von der Bildfläche verschwunden.

Zeus straft Frevler. Sogar Prometheus musste dran glauben, halb Gott und halb Titan, wollte die Zukunft des Menschengeschlechtes voraussehen, den Gang der Dinge. Und ich? Auch ich hatte doch auf die Zukunft gewettet. Meinte vorauszuwissen, 20 Pässe in 10 Tagen zu schaffen. Da wird es wohl auch mich treffen. An den Fennberg wird Zeus mich schmieden, mit einer Motorradkette.

Nein, für mich haben die Götter eine andere Strafe vorgesehen. Zecken. Gerade juckt es wieder am Rücken. Irgendwas krabbelt da. Vor dem Einschlafen hatte ich zwar die Handschuhe angezogen, aber das Getier konnte durch den Jackenkragen reingekrochen sein. Wäre auch naiv, anzunehmen, auf einem Heuboden gäb's keine Zecken. Wahrscheinlich wimmelt es dort von den ekligen Schmarotzern. Die haben nur auf mich gewartet. Monatelang ausgehungert, um dann über mich – grappatrunken im Tiefschlaf – herzufallen. Wer weiß, wo die Viecher sich überall mit ihren gierigen Rüsseln festgesaugt haben. Es kribbelt schon wieder, eher so eine Art juckender Schmerz, zwischen den Schulterblättern.

Wenn sich Zecken erst mal reingebohrt haben, kriegt man sie schwer wieder weg. Dazu werden verschiedene Möglichkeiten angepriesen, z.B. mit Öl, um das Getier zu ersticken. Aber diese Methode ist umstritten, und Öl hab ich nicht dabei. Vielleicht könnt ich das Bulldogschmiermittel verwenden? Unklar auch, ob man sie links oder rechts herum rausdreht. Wenn man Pech hat, bleibt der Kopf dabei in der Haut stecken. Borreliose droht. Gefährlich! Zunächst muss man sie aber finden, besonders die Kleinen, welche sich in Körperfalten einnisten.

Ich muss etwas unternehmen! Sofort! Hastig entblöße ich den Oberkörper, um mich abzutasten. Unten herum spür ich nichts, da haben sie sich wohl nicht hingetraut, die feigen Viecher. Was mich irritiert, ist die Stelle zwischen den Schulterblättern, aber da komm ich nicht ran. Niedertracht! Haben sich den einzigen Ort ausgesucht, an den ich nicht dran komm! Ich pul das Necessaire aus dem Tankrucksack, nehm den kleinen Spiegel und versuche ihn so zu halten, dass die entsprechende Stelle ins Visier gerät. Das funktioniert nicht. Außerdem ist der Spiegel stellenweise blind, Mistding! Die Zecken würden sich ins Fäustchen lachen. Na warte! Mit nacktem Oberkörper und schlappender Kombi stolper ich in die Ecke mit den Werkzeugen. Die Heugabel würde nichts nützen, ebenso wenig die Axt, auch nicht der Hammer. Aber die Sense. Damit müsste ich mich doch an der kritischen Stelle kratzen können. Leider ist das Sensenblatt schartig ausgebrochen und rostig dazu. Das würde nichts bringen, außer einer Blutvergiftung.

Plan B: In Molveno spring ich in den See und ersäuf das Ungeziefer, gnadenlos. Diese Idee beruhigt mich erst mal.

Jetzt hat sich die Sonne über die südöstliche Gebirgskette erhoben und taucht das Tal in ein helles, warmes Licht. Sofort wird es wärmer. Die Wiese dampft, die Nebelschwaden haben sich verzogen. Wenige Meter hinter der Hütte ragt der Fennberg fast 1000 Meter empor, gewaltig. Wahrzeichen für meinen heldenhaften Kampf gegen den Dämon. Die Erinnerung wird mein Heldentum noch großartiger malen.

Ein Kaffee muss jetzt her. Ich nehm das Gepäck und schleppe es zu meiner Kawa. Sie hat das Unwetter schadlos überstanden. Rückwärts schieb ich sie durch das baufällige Tor hinaus, stelle sie vorsichtig auf den Seitenständer, lass den Motor an und montier mein Gepäck. Rundumcheck, alles klar. Der Feldweg sieht gar nicht so übel aus, feucht zwar, aber fest. Bis zur Hauptstraße sind es nur dreihundert Meter.

Am Ortsausgang von Mezzocorona Richtung Molveno finde ich ein Cafè. Auf dem unbefestigten Parkplatz stehen LKW, 38-Tonner, zwei Sattelschlepperzugfahrzeuge und einige Kleintransporter.

Drinnen wirkt alles geräumig, eine hohe Theke zieht sich die rechte Seite entlang, einige Sitz- und Stehtische sowie zwei hohe, beleuchtete Getränkekühlschränke befinden sich an der linken Wand. Ein halbes Dutzend LKW-Fahrer bevölkert den Raum, dazu noch einige Männer in hellen Anzügen, schicken Lederschuhen und ein alter Mann mit dunkler Sonnenbrille, allein an seinem Tisch. Hinter der Theke im Durchgang zur Küche wuselt eine grauhaarige Frau, vorne arbeitet die Bedienung, eine junge, schwarzhaarige Schöne. Schepperndes Radiogequäke tönt aus den Lautsprechern, gerade Gianna Nanini. Die Getränkekühlschränke haben kurzzeitig ihr Brummen eingestellt. Dafür macht die Espressomaschine einen Höllenlärm.

Ich geh zur Theke, um der schönen Signorina meine Bestellung zuzuschreien. Auf dem Weg dorthin muss ich an einem Trupp

Trucker vorbei. Sie mustern mich kurz, ohne ihr Gespräch zu unterbrechen. Die Männer tragen Jeans und verschwitzte, dunkle Baumwollunterhemden über kräftigen, tatooverzierten Oberarmen und wild wucherndem, schwarz hervorquellendem Brusthaar. Zwei oder drei rauchen Zigaretten, einem hängt ein nasser Zigarrenstumpen im Mundwinkel. Tabakschwaden schwängern die Luft. Es riecht nach Zigaretten, Schweiß und Knoblauch.

Auf der Theke haben sie allerlei Zeug drapiert: Zeitungen, Zeitschriften, Zigaretten, Tabak, Bonbons, Kaugummi. Unter Plexiglas glänzen Dolci in vielerlei Farben, von grün bis rot über orange und gelb. Küchlein, rund und eckig, einige mit hellrot kandierten Kirschen. Hm. Lecker. Daneben Sandwiches, angeröstete Brotscheiben mit verschiedenen Käsesorten, Mortadella, Schinken, garniert mit grünen und schwarzen Oliven. Ich suche mir ein geröstetes Brot mit Prosciutto und Pomodori secci aus, deute mit dem Zeigefinger drauf und brauche so die schöne Signorina nicht anschreien. Haare schwarz wie die Nacht, leicht lockig, tief dunkle Augen, Lidschatten braucht sie nicht, Mund dick geschminkt, kirschrot und leicht verschmiert. Ihr enges, grünes Shirt und die schwarze, knackige Jeans betonen die richtigen Stellen. Dazu trägt sie neonfarbene Laufschuhe. Alles an ihr ist jung und heiß und lasziv, vor allem ihre tigerartigen Bewegungen. Da muss Mama, die ältere, dunkel gekleidete Dame mit den silbergrauen Haaren, aber gut aufpassen. Ich stell mir vor, dass Maria – sie heißt Maria, wie sonst – den Truckern auch noch andere Dienste anbietet. Die Order des Prosciuttobrotes geht klar, hat sie verstanden. Ich bestelle noch ein Aqua Minerale con gas, frizzante und einen großen, schwarzen Kaffee. Wie heißt das jetzt? Ich versuche es mit Café solo doppio. Die Kussmundsignorina versteht mich und stellt den Café und das Mineralwasser auf die Theke. Dazu gibt sie einen unverständlichen Kommentar, mit einer tiefen, sonoren Stimme, während sich ihr Blick in der Ferne verliert. Augenblicklich wird mir ganz anders zumute. Dann durchzuckt mich die Idee, ob sie mir in der Zeckenangelegenheit helfen könne. Kaum denk ich daran, juckt es schon wieder zwischen den Schulterblättern. Wie aber soll ich mich verständlich machen? Das wäre schon auf Deutsch nicht ganz einfach.

„Signorina, äh, ich hätte da einen Wunsch ... nein, nicht was Sie denken, äh ..... . Sofort ginge sie rüber zu Mama, der älteren Signora, und beide würden mich aus dem Durchgang zur Küche anstarren, ungläubig zunächst, dann zutiefst empört und schließlich böse. Die Grauhaarige liefe stracks zu dem Alten mit der schwarzen Sonnenbrille, tuschel, tuschel, dieser spränge behände auf die Beine und würde den Sachverhalt mit knarzender Stimme den LKW-Fahrern zuschreien, so laut, dass es auch die jungen Männer mit den Anzügen und den hellbraunen Lederschuhen in der entfernten Ecke mitbekämen, und die Meute der schweißnassen, schwarzbehaarten Italotrucker, ihre muskulösen Arme schwingend, würde auf mich eindreschen, tatkräftig unterstützt von dem Greis, der mir seinen Krückstock auf den Schädel hieb, flankiert von Signora, der Mutter, auf mich einteufelnd und Madonna mia beschwörend. Und nachdem ich mich dann draußen, übel zugerichtet, am Schädel blutend, mit blauem Auge und gebrochenem Schlüsselbein mühselig aus dem Staub des Parkplatzes hochgerappelt hätte, würde die junge Signorina, mit ihren blutrot-verschmiert geschminkten Lippen, die, die den Truckern nebenbei diverse Dienste anbot, allen im Restaurant noch einmal erklären, was da eigentlich los gewesen war: Sie hätte an dem Perversen da draußen rummachen sollen, und zwar nicht, wo richtige Männer ihren Hammer, sondern zwischen den Schulterblättern, irgendwas mit kleinen Tieren, ekelhaft.

Aber so einfach würden sie mich hier nicht los! Dummerweise kann ich das Mineralwasser, die Kaffeetasse und das Bruscetta nicht gleichzeitig tragen und muss mich auf dem Weg zu meinem Stehtisch zweimal durch die feindselige Truckermeute drängen. Jetzt rieche ich es ganz genau, Knoblauch und Schweiß, Bier und Wein. Einige der Männer stärken sich offenbar morgens um sieben mit einem Gläschen für ihren Fahrauftrag. Ich stelle den Teller mit dem Prosciuttobruschetta, das Mineralwasserglas und die Tasse mit dem solo doppio auf den Stehtisch, direkt neben dem Tisch des alten Mannes. Er sitzt aufrecht, den Blick erhoben. Starrt er mich an? Das lässt sich hinter seiner schwarzen, klobigen Sonnenbrille mit den fast quadratischen Gläsern nicht genau erkennen. Ich schätze ihn auf achtzig, faltiges Gesicht, Schnäuzer, Bartstoppel, schmallippig, zackig gemusterte Strickjacke in grau-schwarz und ein kleines, hellbraunes Cordhütchen auf dem schütteren Haupthaar. Die rechte Hand liegt verkrampft auf seinem Oberschenkel, als wolle er ein Zittern unter Kontrolle bringen. Die linke umgreift seinen edlen, polierten Nussbaumkrückstock. Vor ihm auf dem Tisch steht ein Glas Weißwein, kalt, beschlagen, außen perlt Feuchtigkeit herunter. Soll er mich anstarren, mir doch egal!
Etwas heftig greif ich nach meinem Bruschetta und stoß dabei an die scharfe Tischkante. Au.
Hm. Wenn ich mich jetzt um 180 Grad drehe und dabei in die Knie gehe, könnte ich mit der Tischkante vielleicht die Zecken erwischen. Geht nicht, die Blicke aller in diesem Lokal würden mich durchbohren.
Ich beiß in mein geröstetes Brot mit dem Schinken, hauchdünn, der Fettrand noch dran. Köstlich. Dann schütte ich drei Tütchen Zucker in den Café doppio. Er ist noch heiß, duftet aromatisch und versöhnt mich mit der Welt.

Der Alte schaut nun freundlicher. Die Truckermeute löst sich langsam auf, nur ein kleines Trüppchen bleibt zurück, und Signorina – was ist das denn? – bringt mir unaufgefordert noch einen Café. Mille gracie, Signorina!

Jetzt habe ich meinen inneren Frieden wieder gefunden und kann die Molveno-Strecke in Angriff nehmen. Ich zahle, leg noch ein üppiges Trinkgeld drauf und verlasse das Cafè. Das Bike steht unberührt an seinem Platz. Ich bring das Aggregat im Leerlauf zum Brabbeln. Dann steig ich auf und lass den Motor kurz hochtourig fauchen. Soll sie noch mal aufhorchen, Signorina, die schwarze Schöne. Da fährt er nun hin, der heiße deutsche Typ, und sie, Maria, muss mit den schwarzbehaarten Tatootruckern vorlieb nehmen. Obwohl. Vielleicht ist es genau das, was sie will.

In Molveno gibt es irgendein Großevent und massenhaft italienische Sonntagsausflügler. Nichts wie raus. Danach wird es ruhiger.

An einer Holzbank mit schöner Aussicht auf den dunkelblauen See tief unten halt ich an. Nach einer Weile kommt ein älteres deutsches Paar auf einer schweren Maschine und setzt sich zu mir. Der Mann erklärt, sie transportierten ihr Motorrad auf einem Hänger bis zu ihrem Urlaubsort und machen von dort aus Tagesrundfahrten. Schließlich würde man auch nicht jünger. An dem Kennzeichen erkenne ich, die beiden kommen aus EN, Ennepe-Ruhrkreis. Aufs Geratewohl frage ich den Mann, ob er Zahnarzt in Schwelm sei. Woher ich das wisse, bestätigt er verblüfft. Das Gespräch plätschert ein wenig hin und her. Plötzlich kommt mir die Idee.

„Doktor, ich hätte da ein Anliegen, unter Bikern, unter Männern, um präzise zu sein." Obgleich ich leise spreche, kriegt seine Frau, die rechts neben ihm sitzt, meine Worte mit und schaut pikiert. Auch der Doktor selbst trägt ein Fragezeichen im Gesicht. Die Zweideutigkeit meiner Formulierung bemerkend, schiebe ich nach:

„… ein medizinisches Problem, wenn auch etwas heikel", ob er bereit sei, sich das mal anzuschauen. Er willigt ein. Ich schlage vor, ein paar Schritte zu gehen. Auf der anderen Straßenseite gibt's einen Schotterparkplatz mit einem riesigen Reklameschild, ein guter Sichtschutz. Ich sprinte über die Straße, mein medizinischer Betreuer schlurft etwas lendenlahm hinterher. Durch die Werbefläche vom Verkehr abgeschirmt, entblöße ich den Oberkörper, berichte von der Heubodennacht und erkläre ihm das Zeckenproblem. Bei dem Fachmann hat sich mittlerweile das Berufsinteresse durchgesetzt. Er schaut sich meinen Rücken an und entdeckt auch prompt eine Zecke, genau zwischen den Schulterblättern, wie ich es vermutet habe. Beherzt dreht er sie heraus, linksherum. „So, erledigt", meint er, „sogar den Kopf hab ich erwischt, Superoperation, wenn auch mit dreckigen Fingernägeln. Ich geh mal davon aus, du wirst es überleben."

Ich bedanke mich, wirklich erleichtert. „Mille gracie, Dottore, für die OP auf offenem Feld. Bewahrt mich wahrscheinlich vor Enzephalitis und vorzeitiger Demenz, kann ich noch ein paar Jahre länger Moppet fahrn". Der Arzt ist sichtlich erfreut, sowohl über seinen medizinischen Eingriff als auch über meine Dankesbekundungen.

In diesem Moment rollte ein Gespann auf den Parkplatz, ein riesiger Wohnwagen und ein etwas zu schwach ausgestattetes Zugfahrzeug, japanische Mittelklasse, beide nicht mehr ganz neu. Im PKW: Vater, Mutter, zwei Kinder, Mädchen und Junge, ungefähr acht und zehn Jahre alt.

„Vati, was machen die zwei Männer in den Lederanzügen da, guck mal, der eine ist fast nackig und der andere dahinter?"

Das ist mehr, als Vati beantworten kann oder will, und Mami findet auch keinen Spaß daran.

„Ist doch klar", erklärt jetzt der Junge seiner kleinen Schwester, „sind Schwulis, der Dicke fickt den Dünnen von hinten!"

„Sag sowas nicht", mischt sich nun doch die Mutter ein, „da ist Lisa noch zu klein für."

„Gaaanich, hamwa schon gehabt, in Sachkunde", meint Lisa, „müssen die aber Gummis nehmen."

Mit der ersehnten Pause auf dem schönen Schotterrastplatz gibt es nun nichts mehr. Vati disponiert um, tritt das Gaspedal durch bis zum Bodenblech, dass die Kiesel rechts und links nur so hinwegstieben, bis das Gespann wieder festen Asphalt unter den Reifen hat.

„Kann man nichts machen", sage ich, während ich mich wieder anzieh. Wir überqueren die Straße, diesmal in umgekehrter Richtung, und mein Medizinmann würde die erfolgreiche, aber trotzdem irgendwie schräge Aktion seiner besseren Hälfte erklären müssen. In der meinen Enkeln vorbehaltenen Version des heldenhaften Kampfes gegen den Dämon würde dieser Teil der Geschichte nicht vorkommen.

9 South Point Idro

Die Strecke über Ponte Arche Richtung Lavenone bietet kaum Kurven. Langweilig. Jetzt bin ich bereits südlich von Breguzzo, rutsche im Sattel hin und her. Tempo 140, ob ich mit geschlossenen Augen bis zehn zählen kann? Alter, lass es und freu dich an dem Superwetter. Wer weiß, obs morgen hält.

Vielleicht sollte ich umkehren, den Idrosee auslassen, Richtung Nord fahren und heute noch Pässe schrubben. Idro bringt nix, ist zwar der südlichste Punkt meiner Tour, für die Wette aber witzlos. Heute Nachmittag und morgen Vormittag krieg ich keine Pässe aufs Konto.

Na ja, vielleicht gefällt mir der See. Tu ich halt was für den Seelenfrieden. Relax, take it easy, den Dingen ihren Lauf lassen. Genau, die Aufgabe lautet: die Dinge ruhig und relaxed auf mich zukommen lassen.

Deswegen gönn ich mir jetzt auch einen Espresso, hier in Lavenone. Bikermassen krachen durch den Ort, ein einziges röhrendes und dröhnendes Inferno. Ich such mir einen Platz in einem kleinen Restaurant und bestell einen Latte. Rechts sitzen zwei italienische Kerle mit ihren Mädels, schwarz-weiße Lederkombis mit Knieschleifern, futuristische Stiefel, die Männer. Sie haben die Oberkörper entblößt, Kombioberteil hinten runter schlappend, eine Hitze! Die Ischen trinken irgendein giftgrünes Gemisch mit klimpernden Eiswürfeln drin. Ich schlürf den Restschaum und zahle.

Idro ist ein ruhiges, kleines Städtchen am Südostufer des Sees. Bei der Fahrt durch den Ort halte ich Abstand von Läufern und Läuferinnen auf einem abgetrennten, markierten Teil der Straße. Sie schlängelt sich östlich am See entlang. Italienische Großfamilien belagern das Ufer, haben für ihren Sonntagsausflug den kompletten Hausstand mitgebracht: Tische und Stühle und Kühlboxen und Hängematten und Plastikspielzeug und Musikrekorder und Gaskocher und Geschirr und Laptops. Babys quäken, Kinder und Hunde wuseln kreuz und quer, Teeniegirls gackern, während das männliche Pubertätsgemüse mit Hämmern irgendwelche Gegenstände platt haut, Mütter kochen Pasta, und wohlbeleibte Väter diskutieren das Weltgeschehen. Ein Durcheinander und ein mordsmäßiger Krach. Wenn ich stehen bliebe, würde ich sofort eingeladen. Also schnell weiter. Schließlich finde ich eine schattige Stelle unterhalb der Straße am See. Die Uferböschung fällt steil ab, die Bäume drohen, in den See zu rutschen. Ich entdecke eine handtuchgroße ebene Stelle. Das Bike muss ich diesmal oben außerhalb meines Blickfeldes stehen lassen, den Tankrucksack nehm ich allerdings ab. Unten am See zieh ich Stiefel und Socken aus und halte die Füße ins Wasser. Aaah, schön kühl. Da! Vorne springt ein Fisch, ein riesiger Brocken. Nehm ich die Füße besser wieder raus. Sand klebt dran. Eine Libelle umsaust mich mit ruckartigen Flugbewegungen und bleibt mitten in der Luft stehen. Die Oberfläche des Sees kräuselt sich, das Wasser schimmert blaugrün. Der Wind trocknet meine nassen Füße. Die Sonne blinzelt durchs Geäst der schiefen, verkrüppelten Bäume. Ich kauere mich zusammen, so dass ich komplett im Schatten liege und werde langsam schläfrig. Wieder springt der Fisch aus dem Wasser, schnappt nach Insekten. Ich nicke ein.

Wach werde ich, als eine Welle über meine Zehen schwappt. Mittlerweile hat es böig aufgefrischt. Am gegenüber liegenden Seeufer steuert ein Segler sein krängendes Boot hart am Wind, wendet und holt sein weißes Tuch zügig dicht. An seiner Seeseite bläst es frischer, logo, deswegen segelt er dort. Ich kraxle die steile Böschung hoch zu meinem Brummer und tucker gemächlich Richtung Idro. Die Straße ist bald wieder für den Wettbewerb halb gesperrt, hier liegt der Wendepunkt. Immer noch quälen sich vereinzelt Läufer über die Strecke.

Dies ist der Idroman-Triathlon, die Idroman-Hölle, wie es mir auf einem riesigen rot-gelben Poster entgegenprangt. Bei der Siegerehrung im Zieleinlauf kündigt der Sprecher mit dem Mikro jeden Finisher als Sieger an. Hier kommt gerade einer, zwei Kilometer ist er im See gekrault, danach 19 Kilometer mit dem Rennrad pedaliert und jetzt beendet er seinen Halbmarathon. Die Anzeigentafel zeigt in großen Ziffern 6:32.

Die Stimmung ist entspannt. In Seenähe haben die Veranstalter ein großes Zelt mit Bühne aufgebaut. Ringsherum im Park stehen die Athleten in kleinen Grüppchen. Auf Massagetischen lassen sich die Bedürftigen von jungen Sportstudentinnen die malträtierte Muskulatur massieren. Vor mir stöhnt ein halbnackter Muskelmann unter den starken Händen einer vollbusigen Blondine. Das würde mir jetzt auch gefallen, ob ich mich unter die Wartenden schummeln soll? Nein, das wäre erschlichen, nicht verdient.

Zurück zum Bike, ich hatte es allzu lässig an den Straßenrand gestellt. Mit schleifenden Beinen und Helm am Arm fahr ich langsam um eine Parkinsel mit einer farbenprächtigen Blumenrabatte in der Mitte und erspähe am Ende einen freien Platz, auf den nur ein Zweirad passt. Meins. Als ich den Blick hebe, lädt mich direkt vor mir das kleine Hotel Gabriela ein. Draußen unter einer Pergola sitzen alte italienische Männer und nippen an ihrem Rotwein. Innen hält sich um diese Zeit niemand auf. Ein pepittagemusterter Steinfußboden im Stil der sechziger Jahre sorgt für angenehme Kühle. Links eine lange Bar mit Kaffeemaschine, oben rechts im Raum hängt der quäkende Fernseher.

Jetzt lässt sich der Kellner blicken. Ich bestelle Espresso und frage nach einem Zimmer. Eines sei frei, aber noch nicht hergerichtet. Also noch ein Hörnchen. Der Kellner will was von mir wissen, wahrscheinlich ob mit Marmelade oder Schoko, ich versteh Bahnhof, sag „si", Hörnchen kommt mit Nougat. Auch gut. Danach räume ich meine Klamotten aufs Zimmer. Es präsentiert sich ebenfalls im Stil der Sechziger; Steinfußboden, zwei getrennte Betten, Mahagonyschrank, Papstbild an der Wand, schon der Neue. Nebenan ein Bad mit Dusche und Ausblick auf einen lauschigen Hinterhof.

Zunächst teste ich die Betten, indem ich mich rückwärts drauf fallen lasse, eine einzige wabbelige Katastrophe. Kann man nichts machen, muss ich ja nur eine Nacht drin rumwackeln. Die Fenster, abgeschattet durch heruntergelassene Jalousien, stehen offen. Ich hänge die Motorradkluft an einen nackten Drahtbügel und spring unter die Dusche.

Unten im Restaurant, immer noch der einzige Gast, bestelle ich Spaghetti Bolognese und einen trockenen Rotwein. Ich bediene mich reichlich mit Parmesankäse, der in einem Schüsselchen auf dem Tisch steht, verspeise alles bis zur letzten Nudel und wische den Rest Olivenöl auf dem Teller mit Weißbrot auf.

Jetzt kommen ungefähr zwanzig Italiener in das Restaurant. Bereits bei der Bestellung der Vorspeisen und Getränke schreien sie sich derartig an, dass ich fluchtartig das Lokal verlasse. Draußen herrscht eine wohltuende Ruhe. Die Idromanveranstalter packen ihr letztes Equipment in Laster. Über dem See liegt eine friedliche Stimmung, bald würde die Sonne hinter den westlichen Bergen abtauchen. Ich schlendere am Ufer entlang, komme an einer Eisdiele vorbei, die noch gut besucht ist. An einem Tisch am Rande lass ich mich nieder, bestelle einen Espresso und einen doppelten Grappa.

Jetzt muss ich mich noch mal durch die lärmenden Italiener im Hotel durchkämpfen. Ich haste auf mein Zimmer in der oberen Etage, versenke mich in das Wackelpuddingbett und zieh das Kopfkissen über die Ohren. Das Stimmengewirr im Gastraum unten verliert an Lautstärke und erstirbt. Bei offenen Fenstern schlaf ich ein.

In der Nacht wütet ein fürchterliches Gewitter. Blitze zucken, der Donner kracht ohrenbetäubend, Regen prasselt auf Wellblechvordächer, die Flügel meines Badezimmerfensters scheppern im Wind. Stehe ich auf, um sie zu schließen? Nein, das Bad ist sowieso schon überschwemmt. Grollend und murrend verzieht sich das Gewitter bis zum Morgen. Mein Badezimmer gleicht einem Schwimmbad, der Duschvorhang klebt an den Wandfliesen, die Handtücher hängen pitschnass über ihren Drahtbügeln. Ein Blick durchs offene Fenster ersetzt mir den Wetterbericht: Die Wolken ziehen schnell und tief, zerrissene Schwaden fetzen durch das Tal, der Regen peitscht sich biegende Bäume. Die Berge liegen im Nebel, und die schwüle Idromanhölle hat sich in einen nasskalten Eiskeller verwandelt. Na, das wird ein toller Motorradtag.

10 Luigis Helm

Zum Frühstück gibt es harte Brötchen von gestern. Eine dürre, alte Vettel knallt Kaffee in einer Thermoskanne auf den Tisch. Während ich versuche, das Brötchen zu zersägen, bringt der Bäcker eine große Tüte mit frischen Backwaren. Die Schnepfe bequemt sich aber nicht, mir auch nur ein einziges frisches Teil anzubieten. Ich geh rüber zu der Gebäcktüte – Zementsackgröße, braunes, grobes, knittriges Papier – fingere mir ein Brötchen heraus und gucke die Frau dabei direkt an. Ha! Und noch ein Hörnchen. So! Sie kneift den Mund zu und sagt kein Wort.

Nach dem Frühstück packe ich zögerlich meine Sachen. Regenkombi? Immer so ein Eiertanz. Bei Dauerregen gibt's kein Gefackel. Anders, wenn es leicht bedeckt zu tröpfeln beginnt. Ein kurzer Schauer, denkt man, da komm ich drunter durch. Dann wächst sich der kurze Schauer zu einem konstanten Landregen aus, und schon ist man nass. Da hilft die Regenpelle auch nicht mehr. Bei Temperaturen im einstelligen Bereich ist der Motorradtag vorbei, kann man nur noch ein Hotel ansteuern und sich so lange ins Bett legen, bis die Klamotten wieder trocken sind. Wehe dem, der unter solchen Bedingungen auf ein Zelt angewiesen ist!

Schnell noch an die Tankstelle, sie liegt mitten im Ort am Seeufer. Hier unter dem Dach kann ich die Kombi überstreifen. Ah, da will sich noch jemand vor dem Nieselregen schützen, ein Oldtimer-Paar samt Gefährt, Jaguar Kougar vom Edelsten, dunkelrot, oben offen, innen feines Leder, da muss das Faltdach hochgezogen werden.

Der Fahrer ist gerade dabei. Groß ist er und hager, rüstig für sein Alter, über achtzig. Er trägt ein rotkariertes Hemd, eine bayerische Lederhose seitlich geschnürte Schuhe, beides in hellbraun, herausgeputzt wie aus dem Modesalon.

Seine Beifahrerin ist wesentlich jünger. Sie hat lebhafte dunkle Augen, Lippen pink, nails grün, ansonsten Partnerlook. Bei ihr sitzt die Lederhose allerdings strammer. Als Kopfbedeckung trägt sie eine schwarzlederne Pilotenkappe, frech, sexy.

Vielleicht sollte ich sie gleich mal fragen, ob sie mir in die Regenpelle hilft. Als hätte sie mir den Wunsch von den Augen abgelesen, kommt sie auf mich zu

„Na, mein heißer Biker, wir wollen doch nicht nass werden, oder?"

„Vielen Dank…"

„Silvia"

„Herzlichen Dank, Silvia!"

Sie tritt an mich heran, nah, und zieht den Reißverschluss meines Regenanzugs hoch. Er klemmt wie immer. Sie zippt ihn noch mal etwas runter, fährt mit der Hand zwischen Gummi und Leder, um die Verzahnung gleitfähig zu kriegen und führt den Verschluss dann wieder nach oben. So, jetzt schließt er am Hals. Sie glättet das Bündchen und streift dabei meine Nackenhaare mit ihren superlangen grün lackierten Fingernägeln.

„Edel", haucht sie mir ins Ohr.

Was soll an meiner Funktionspelle edel sein? Gummi für 35 Eu.

„So, Cowboy, jetzt wirst zumindest du nicht nass…"

Sie tritt einen halben Schritt zurück und schaut mich an. Ihre dunklen Augen blitzen frech. Lustig. Angriffslustig. Ohne Worte verabschiedet sie sich mit einem langen Blick. Ihr Partner hat mittlerweile das Faltdach hochgezogen und hupt sie schon herbei. Hüftschwingend schreitet sie zu ihm hinüber. Dabei schaut sie sich noch einmal um, wirft mir ein Kusshändchen zu.

Einen Moment noch bleibe ich stehen, verpackt in meine Regenkluft, bevor ich tanke. Der Sprit läuft über, mit einem Papiertuch wische ich das Gerinnsel weg.

Dann fahre ich durch den Ort ans gegenüber liegende Seeufer, nordwärts, auf derselben Strecke, die ich gestern hergekommen bin. Ab und zu lässt der Regen für kurze Zeit nach, als ob er Anlauf nähme, um dann umso kräftiger zu schütten.

Die Straße führt bis Breguzzo fast nur geradeaus. In den wenigen Kurven teste ich, wann mein Hinterreifen weg will. Die Gummis haben einen Supernassgripp, geben präzise Rückmeldung, wann sie wegzuschmieren drohen. Macht Spaß. Trocken kann jeder.

Die Regenkombi hält dicht. Die einzige Stelle, wo Nässe reinsickert, ist zwischen Helm und Kragenbündchen im Nacken. Da hatte Silvia wohl nicht richtig aufgepasst.

Am Horizont hängen schwarze Wolken tief über der Straße. Dicke Tropfen prasseln auf meinen Helm, der Fahrtwind drückt die Schlieren auf dem Visier nach oben. Ich wische die Scheibe mit der Abstreiflamelle des Handschuhs frei, es nützt nichts, sofort ist die Sicht wieder weg. Auch ein Blick in den Rückspiegel ist zwecklos, die Optik versagt ihren Dienst. Hoffentlich überholt mich gerade kein schneller Flitzer von links hinten.

Den fetten Brummer seh ich erst, als ich in seine Gischt rausche. Wassermassen fluten mir entgegen, schwere Sturzseen. Jetzt bin ich gleichauf. Der Laster saugt mich an. Im nächsten Moment falle ich aus seinem Windschatten, und es verbläst mich Richtung Leitplanke. Vorbei, noch mal gut gegangen!

Am Horizont hellt es auf, der Regen schwächelt, es nieselt nur noch. Das Wasser hat schlammige Streifen auf dem Asphalt hinterlassen und Riesenpfützen am Straßenrand. Im Nu trocknet der Fahrtwind mein Visier. Bis auf eine feuchte Stelle im Nacken bin ich trocken geblieben. Die Kombi lass ich an, denn es geht hinauf nach Madonna di Campiglio, und oben sinkt die Temperatur. In dem früheren Worldcup-Skiort reiht sich ein Betonklotz an den nächsten, etliche Hochhaushotels. Oben auf dem

Passo Campo Carlo Magno sackt die Temperatur bis an die Frostgrenze, eine feuchte Kälte, aber die Regenkombi hält nicht nur trocken, sondern auch warm.

Auf einem Parkplatz neben zwei 1300er BMW leg ich einen kurzen Stopp ein, ich muss mal. Der Nachteil der Schutzpelle schlägt voll durch. Eine nervenaufreibende Fummelei, kombiniert mit hoher Wahrscheinlichkeit, sich an diversen Reißverschlüssen was einzuklemmen.

Jetzt kommen die älteren BMW-Herrschaften auf mich zu und erkundigen sich nach dem Wetter südlich. Leider kann ich ihnen nichts Gutes berichten. Währenddessen naht von unten, aus derselben Richtung, aus der auch ich gekommen bin, eine Panigale. Rot ist die Karre, einfach nur rot, aus Bologna. Dezenter Ducati-Schriftzug über dem linken, schräg hochgezogenen Scheinwerferauge. Der Biker hüpft von seiner Maschine und stellt sie auf den Seitenständer. 1,75/70, der Mann, eng sitzende Lederkombi in schwarz mit blau-weiß-roten Inlays wie aus dem Duc-Shop, futuristische Stiefel, verstärkte Handschuhe, glänzender Helm, bitumenschwarz, dunkles Visier, weder Markenbezeichnung noch Logo. Mein Dämon schleudert mir einen kurzen Blitz zu: „I can see from his outfit, that he is a racer."

Ma kucken, was der Typ macht. Gleich nimmt er den Helm ab und zieht die Handschuhe aus, damit er am Smartphone telefonieren kann.

Nein, er schiebt sein Visier hoch und beginnt zu sprechen. Aha, Multifunktionshelm, mit allem Zipp und Zapp, alles dran und drin. Wahrscheinlich sogar Kameras, zumindest ragt nichts Klobiges nach oben weg. Wortfetzen dringen herüber. Ich kann nicht alles verstehen. Auf jeden Fall spricht er nicht mit seiner Geliebten, sondern mit einem Mann. Sein Monteur?

„Alessandro, ecce Luigi."

Aha, Luigi, der Testfahrer mit dem Supermaterial. Kurze Runde, Bologna, Gardasee Westufer, Gávia, Stilfser Joch, Bozen, Bologna.

„Alessandro, du endgeiler Schrauber, leg mal kurz den Schlüssel zur Seite, gute Nachrichten. Also, bei mir alles paletti. Etwas Sorge bereiten mir die Reifen, ein Hauch zu weich vielleicht. Wenn die durchhalten, sind wir fein raus. Apropos, hast du die Pirellis eingeladen? Na, die Pirellileute, die uns den Supercorsa geliefert haben? OK. Getränke kalt? Champagner für die Chefriege, die blonden Girls sollen da mal 'n bisschen rummachen, denen um die Beine streichen. Also, wenn alles nach Plan läuft, bin ich abends wieder in Bologna und zünd die Release-Party. Claro, dass der Helm so viel wert ist wie Bike plus Equipment tutti completto, wer weiß das besser als ich, arbeitet auch super, unser Hightech Produkt, alle Funktionen top. Na, dass die Sprechverbindung glasklar ist, hörst du doch. Ich dich auch, als wenn du direkt neben mir stehst. Ja, auch die Sprachsteuerung. Vitesse, U/min, Schräglagensensor, EBC, Traktion, Navi, logo, auch die Warnhinweise. Das Schärfste ist die grüne Ideallinie, der Hit, kann man gar nichts mehr falsch machen. Alles gestochen scharf und ohne Sichteinschränkung. Ich sag dir was, Alessandro, 'nen Helm bauen kann jeder, aber wir, wir haben die Schnittstellen im Griff. Wir sind weiter als die Amis, viel weiter. Und was wollen die US-Boys überhaupt mit den ganzen Daten, ob die Harley bei zwei- oder dreitausend U/min im Drehzahlkeller schnarcht, kann denen doch egal sein. Gut, die wollen ihr Teil auch in Europa vermarkten, aber, Alessandro, ich sag's dir, wir sind meilenweit vorn. Die Schnittstellen! Die 12.000/min interessieren mich doch nur, wenn der Schräglagensensor mitspielt, bei getrennten ABS-Systemen, logisch, damit das Motormanagement weiß, wann es gefragt ist. Und, Alessandro, die Kameras, das Head-up-Display, schärfer geht's nicht. Die Go-Pro-

Dinger sind ein einziger Mist dagegen, wie Türme oben drauf montiert, die Scheißdinger, damits auch jeder sieht. Diese Egomanen. Was soll ich denn mit 'nem Campanile aufm Kopp, zerstört mir das ganze Helmprofil. Ich sag's dir, Alessandro, du siehst mich ja jetzt gerade in Echtzeit, ich hoffe, du hast den Sound im Griff. Das zeigen wir dann auf der großen Leinwand, Endlosschleife. Champagner. Und später, wenn die Gäste alle hacke sind, unsere Soundprogramme für das E-Bike, nein, lieber doch nicht, sollten wir noch unter Verschluss halten.

Ich mach jetzt mal Folgendes. Aktuelle Lage: Das System zeigt mir 682m m.s.l., ist korrekt, steht hier auch aufm Schild, Passo Campo Carlo Magno, 682m, 3 Grad Celsius, Nieselregen, alles korrekt, es nieselt. Nur den Pass sollten sie umbenennen, Passo Duce Grosso schlage ich vor, Raffaele soll mal mit dem hiesigen Politheini sprechen, muss doch machbar sein.

Hier noch drei Biker im Rentenalter, zwei Monolithen aus München und eine schwarze Kawa aus B, was heißt B, Bologna kann das nicht heißen. Balin? Wie das schon klingt! Hör dagegen: Bologna! Rrroma!! Rroma eterrna! Egal. Weiß nicht, in welche Richtung die fahrn. Wenn die in meine fahrn, die hau ich weg! Ich glaub, die Kawa will auch nach Nord, macht sich startklar. Kommt mir grade recht. Ich mach uns schöne Videos, lass ihn erst mal fahren, den Kawaheini. In der Ebene unten bei Dimaro bringt nichts, da geht's nur gradeaus. Schieß den ab, wenn wir in die Berge kommen, wenn die Kurven passen und der Bildhintergrund stimmt. Blauer Horizont, Panorama, dann Totale, schwarze Kawa. Klapp ich ab, 45 Grad, während ich an dem vorbeidonner, und der Nordlandfoffo hockt stocksteif und aufrecht im Sattel von seinem Opabike, als hätt er 'nen Besenstiel verschluckt, wie auf 'nem trojanischen Holzpferd. Lassen wir dann alles in Endlosschleife laufen. Hoffe, der Sound geht klar. Alessandro, der Sound ist die halbe Miete. Die Girls sollen den

Chef mit Champagner kirre machen. Wenn's mich juckt, bring ich noch piemonteser Trüffel für die VIPs mit, von Bolzano bis Bologna, bin ich erst auf der Bahn, brauch ich sowieso nur 1:30. So, ich mach mal Schluss, der Reisschüsselrentner kommt hier vorbei."

Vorbei an Luigi gehe ich, nachdem ich mich von den BMW-Typen verabschiedet hab, rüber zu meiner Schwarzen. Was der da die ganze Zeit am Helm erzählt, was laberst du da, Amigo? Nervös scheint er, will noch eine rauchen. Mit einer flüssigen Bewegung nimmt er den Helm ab, streift ihn sich in die Armbeuge und zückt seine Fluppen. Bei allen, die ich kenne, würden jetzt die Haare platt an der Kopfhaut kleben, nicht so bei ihm. Sie fallen, mittellang und genauso schwarz und glänzend wie der magische Helm, von alleine in die richtige Lage. Nur einmal kurz das Haupt geschüttelt, und die Tolle gießt sich automatisch in Wellenform, whow! Das Feuerzeug blitzt auf, blauer Rauch ringelt sich in die eisige Luft.

Lässig schlendere ich an Luigi vorbei. Er schaut durch mich hindurch. Irgendwo in der Ferne muss es was Interessantes zu sehen geben. Ich mach mich fahrbereit, starte mein Bike und lass es im Leerlauf drehen. Meins grummelt anders als deins, Amigo, bei tausend Touren in Kampfbereitschaft, jederzeit bereit für die geilen Obertöne. Deins klingt niedertourig so, als würd man fünf Kilo Schrauben in einer Blechbüchse schütteln. Aber jeder nach seiner Facon, und im Leerlauf entscheidet sich sowieso nix. Komm du mir mal in die Quere, Twin-Pilot!"

Als ich an ihm vorbei rolle, hat er sein Aggregat bereits gestartet. Die Twin-Akustik, als ob Schrauben in einer Blechwanne rasseln. Zugegeben, wenn dieser Motor hochtourig aufbrüllt, lassen Zartbesaitete vor Schreck schon mal den Gasgriff los. Ich nicht. Kommt der Italoheld mir jetzt hinterher? High Noon am Campo Carlo Magno?

Ich fahr nach Nord, den Pass runter. Im Rückspiegel seh ich die Duc hundert Meter hinter mir, den Abstand haltend. Eine Kurve reiht sich an die nächste. Bergab wird es wärmer, der Wald üppiger. Sehr schön, aber etwas stört mich doch. Die Straßenarbeiter in ihren orangenen Schutzjacken, den gelben Gummihosen mit den Reflektoren und den klobigen schwarzen Arbeitsschuhen haben das frisch gemähte Gras über die halbe Straße verteilt, grüne Schmiere auf schwarzem Asphalt. Ich nehme weite Kurvenradien, ein Fehler, der Belag wirkt am Rand wie eingeseift, und ich kann nur aufrecht fahren. Im Rückspiegel sehe ich, Luigi macht es besser. Clever, nah am Mittelstreifen bleibt er, da, wo kein frisches Gras liegt, kann er mehr Schräglage riskieren. Ich wette, er hat sein EBC ausgeschaltet. Dass ihm der Motor das Heck in die Kurve bremst, könnte er bei dem Schmierasphalt garantiert schlecht vertragen. Welche Reifen hat der drauf? Wahrscheinlich Supercorsa, muss er gut aufpassen, dass ihm das Gummi nicht nach fuffzig Serpentinen von der Karkasse fliegt. Meine BT 016 halten auf jeden Fall länger und beißen sich trotzdem in den Asphalt wie Bullterrier in Kampfstier, geile Mische, die Bridgestone.

Unten in Dimaro an der Bolzano-Sondrio-Verbindung muss ich zum Tonale nach links abbiegen. Die Duc hat den Blinker – so viel seh ich im Rückspiegel – rechts gesetzt, will wohl nach Bozen. Schade, das wäre doch mal ein interessanter Battle geworden. Feigling!

Da! Er setzt den Blinker links! Na, das kann was geben!

Bis Cusiano sind es zehn Kilometer, nach Vermiglio noch mal fünf und dann noch ein paar Meter in die Berge. Bis dahin geht's geradeaus. Wenn der Duce will, hat er mich dann schon drei Mal abgeräumt. Schließlich fährt er den stärksten Twin aller Zeiten, das komplette Elektronik-Arsenal an Bord. Fast doppelt so viel PS wie meine Schwarze hat die Panigale, incl. Fahrer – zehn Kilo weniger wiegt er als ich – ergibt das ein Leistungsgewicht von glatten 2:1. Der zupft am Gas, schnupft mich auf, und ist über alle Berge.

Tut er aber nicht, Fehlanzeige, hinter mir passiert nichts. Das Licht aus den schrägen Scheinwerferschlitzen der Duc blinzelt mich aus 150 Metern Entfernung lauernd von hinten an. Warum macht der nix? Jetzt schießt er heran. 100 Meter, 50, 20. Tänzelt. Leicht angedeuteter Slalom. Kein Gegenverkehr. Könnte mich jetzt locker abschießen, ich fahr 145. Nein, er lässt sich wieder zurückfallen.

Durchsichtig, der Plan: In der Ebene überholt er nicht. Wäre ihm zu läppisch, unter seiner Würde. Jetzt ginge es sowieso nicht, wir rauschen gerade beide durch Cusiano, mit 80 Sachen, hoffentlich machen die Carabinieri Mittagspause. Luigi bleibt auf Abstand. Er wartet bis in die Berge. Raus aus der Ortschaft. Na gut, soll er warten mit seiner Attacke. Bis dahin teste ich mal, ob er die Nerven verliert, schluff mit 110 über die linealgerade Landstraße ohne Gegenverkehr. Lässt sich nicht reizen, der Mann, hält eisern 150 Meter Abstand. Ich geh runter auf 80, er bleibt hinten.

„Gut so", meldet sich mein Dämon, „mach ihn mürbe, leg ihm die Nerven blank, bis er ausflippt und sich verschaltet!"

„Halt dich da raus Teufli, das ist nicht dein Fachbereich, außerdem macht er nichts falsch, der nicht." Taktik ist nicht die Stärke meines geschwänzten Begleiters, Strategie schon gar nicht, spielt immer nur die Klaviatur der schrillen Töne. So viel ist klar, der Duc-Pilot macht keine Fehler, zumindest kann ich meine Taktik nicht darauf aufbauen. Es gibt überhaupt nur eine Möglichkeit, und die ist einfach: Ich darf ihn nicht vorbei lassen!

„Genau!", schaltet sich mein selbst ernannter Berater wieder ein, „der kocht auch nur mit Wasser! Schneid ihm in den Serpentinen den Weg ab! Mach die Räume dicht! Soll er doch in den Gegenverkehr rauschen, die gegelte Italoschwuchtel!"

In einer Hinsicht hat mein Teufli Recht, die Berge begünstigen mich. Zwar schrumpft die Brachialgewalt der Duc am Berg nicht zusammen, aber hier muss der Driver die 195 PS erst mal auf den Asphalt bringen. Gerade der große Twin hängt bei Kälte nicht ganz so sauber am Gas, und wenn Luigi nervös wird, hebt es ihm vielleicht die Vorderhand. Mittlerweile haben wir auch schon Vermiglio hinter uns, ein paar Häuser, die erste Kehre des Tonale naht, mal schaun, wann er angreift.

Je enger die Kurven, desto besser für mich. Die Fahrtechnik gewinnt gegenüber dem Material an Bedeutung. Unten sind die Kehren noch moderat, hier muss ich besonders aufpassen, nach oben wird's dann steiler und enger, da bin ich im Vorteil. Der Straßenbelag geht so, zumindest kein Geröll, kein Schotter. Allerdings fehlt teilweise die Mittellinie, und auf Leitplanken haben sie ganz verzichtet. Gerade gähnt links der Abgrund. Wer hier stürzt, ist tot. So oder so. Entweder in der Schlucht zerschmettert, oder er klebt an der harten Felswand.

Erste Rechtskurve. Ich muss runter in den kleinsten Gang, um den Motor tourengierig zu halten. Das wird jetzt bis zur Passhöhe so bleiben, bei allen Kehren runter in den ersten. Ich kipp mein Bike in Schräglage, Fußrasten knapp vorm Anschlag. Bei 12.000 schalt ich hoch in den Zweiten. Ein kurzer Blick in den Rückspiegel, die Panigale schießt heran, will mich links überholen. Gegenverkehr, sie kommt nicht vorbei.

Ende der Geraden. Bevor ich im roten Drehzahlbereich bin, naht die nächste Linkskurve. Ich bleib im Ersten und mach mich flach. Von oben kommt keiner, also rüber auf die Gegenfahrbahn. Der Duce versuchts wieder links, ich geh noch weiter

rüber, sperr ihn ab. Zhang, schwingt er im Kurvenausgang ur-
plötzlich nach rechts. Ich zieh rechts rüber, etwas spät, mach
den Raum dicht. Ist er schon gleichauf oder noch hinter mir? Er
sitzt mir im Nacken. Keine Zeit für den Rückspiegel. Er bleibt
hinten, war noch nicht auf gleicher Höhe. Eines weiß ich jetzt
genau, die Regeln der StVO haben wir abgewählt, ab sofort gelten andere, die fürs Überleben, Rennkampf unter Straßenbe-
dingungen. Kein abgesperrter Parcours, keine gepolsterten
Leitplanken, kein Kiesbett! Gähnender Schlund zur einen,
schroff empor ragender Fels zur andern Seite.

Dritte Rechtskurve, gefolgt von einer langen Geraden. Kurz bevor ich in den Zweiten schalte, um nicht in den Begrenzer zu
pfeffern, packt er mich. Zieht links vorbei. Verflucht und ver-
dammich. Sein Motorgebrüll haut mir als Echo der glatten Felswand um die Ohren, mischt sich mit meinem kreischenden Aggregat zu einer infernalischen Kakophonie.

„Bleib dran!", faucht mein Dämon, „ kämpf um jeden Meter!"

„Gut gebrüllt, du Affe, wie denn?"

Der Duce vergrößert den Abstand. Bei der nächsten Serpentine
liegt er 150 Meter vorne. Wir schalten beide gleichzeitig runter
in den Ersten. Während ich die Kupplung schnell, aber dosiert
kommen lasse, schiebt es die Panigale quer. Das EBC hat's ver-
saut, zu viel Motorbremse für die feuchte Kurve, da versagt sogar der Corsagripp. Ich bin wieder im Rennen, hauchdünn hinter ihm. Mit dem Rutscher hat er nicht gerechnet. Tatsächlich,
er reagiert zu heftig, reißt das Gas auf, sein Bike lupft das Vorderrad. Die ganze Gerade über tänzelt es unruhig.

„Greif an!", hetzt mein Dämon. Die Linkskurve naht. Der Duce
nimmt sie mittig. Unbefestigt ist die Straße hier, gegen den gähnenden Abgrund geneigt und nicht gesichert, weder durch Leitplanke noch Begrenzungspfosten. Er rechnet nicht mit einer Attacke. An dieser Stelle würde nur ein Wahnsinniger angreifen.

Ich. Wenn überhaupt, dann hier! Im Ersten mach ich mich klein, neig mich dem Asphalt entgegen. Wo meine Reifen Straßenkontakt haben, muss früher die weiße Begrenzungslinie gewesen sein. Meine linke Fußraste kann nicht aufsetzen, da ist nichts. Mein Oberkörper ragt über den Abgrund. Kein Sandkorn darf jetzt auf der Straße liegen. Die Bridgestone radieren zur Kurvenaußenseite und lassen Gummi auf dem Asphalt. Luigi kriegt mit, dass ich links von ihm auf gleicher Höhe bin. Nervös wirkt sein Bike, nicht satt das Vorderrad, tänzelnd. Ich bin vorbei. Jetzt nur nicht in den Begrenzer donnern, bei 16.000 in den Zweiten. Schon ist die nächste Rechtskurve da. Ich klapp nach rechts ab, Ideallinie. Rückspiegel. Die Duc ist 50 Meter hinten. Hat er sich verschaltet? Für Analyse bleibt keine Zeit. Taktik wie vorher: Lass ihn nicht vorbei!

„Halt ihn bis zur Passhöhe hinten!", raunzt mein Einheizer. Braucht er mir gar nicht zuzurufen, weiß ich selbst.

Oben! Vor uns liegt die Hochebene, und ich bin vorn. Wenn Luigi die Spielregel einhält, überholt er nicht, nicht hier auf gerader Strecke. Mal schaun, ob er unruhig wird, ob er das aushalten kann, wenn ich im vierten Gang mit 80 Sachen vor ihm her krieche. Kann er, er bleibt hundert Meter hinten. Respekt. Cool. Na, lieber in den dritten runterschalten, falls er sich's doch anders überlegt, könnte er, verfügt schließlich über deutlich mehr Wumm aus dem Drehzahlkeller.

Das scheint hier der Passo del Tonale zu sein, ja, da steht's auf einem Schild, 1884 Meter. Temu, ein Skiressort. Nackt liegt der Ort auf der kahlen Ebene, Skilifte zerschneiden die Landschaft, als ob ein Pathologe das Skalpell geführt hätte, ringsherum vergammeln in die Jahre gekommene, schäbige Hochhäuser, kein Postkartenmotiv.

Also den Blick wieder auf die Straße. Kuhfladen, bloß nicht die Reifen ansaften! Im Rückspiegel erkenne ich, Luigi hält Abstand. Nimmt er den Abzweig zum Gávia? Nein, er folgt mir, entscheidet sich gegen den wolkenverhangenen Pass. Auch in Édolo biegt er nicht ab, hier könnte er sich über Bergamo und Brescia auf den Heimweg nach Bologna machen, aber er heftet sich an meine Fersen. Gut, Luigi, dann zeig mal, was du bergab drauf hast, Kurvenhatz am Passo d'Aprico! Schade, diesen Pass würd ich gern gemütlich runterbummeln. Geht nicht, mit Luigi im Nacken. Mal schaun, ob er aus seiner Heckschleuderei gelernt hat, sein EBC abschaltet.

Also Gas! Kurve links, Kurve rechts, Rückspiegel. Keine Gefahr. Links, rechts, Rückspiegel, ganz hinten schleicht er, Luigi, was ist los? Schnelle Schikane, alle Zeit der Welt, um im Rückspiegel zu betrachten, was Luigi gerade anstellt. Wass'n los, Amigo, machen die Supercorsa schon schlapp? Nicht mal die Räume dichtmachen muss ich, in Straßenmitte kann ich um die Kurven biegen, der Kerl hampelt hinten rum.

Da, ein Parkplatz. Sollte glatt mal rausfahrn, wenn ich den Seitenständer schnell genug und die Handykamera, o,o,o, Amigo, noch vor der letzten Serpentine schleichst du, vielleicht mal Foto von machen, wie mein Italoracer mit seiner Roten um die Tornanti kriecht, mach ich Video von, ab nach Facebook, können deine Leutchen in Bologna gleich reinkucken, in Echtzeit, Alessandro, dem heißen Schrauber fällt sofort der 13er aus der Pranke, und die ganze Chefriege, würden Luigi noch mal 'nen Fahrkurs für Anfänger verordnen müssen.

Na, lieber auf die Fotosession verzichten, man weiß ja nie. Das waren die letzten Tornanti, Passo finito, schön war der d'Aprica, leider nichts von mitgekriegt, noch 10 Kilometer bis Tresenda.

Jetzt wieder gerade Strecke, da darf er nicht überholen, wenn die Spielregeln gelten. Das war's dann gewesen, Game over!

Obwohl. Besser noch ein Kontrollblick in den Rückspiegel. Ich trau meinen Augen nicht. Da kommt er angeflogen, auf gerader Strecke, mit 150 Sachen, Boden-Boden-Rakete. Ich schalte runter in den Zweiten und reiße das Gas auf. Ob ich die finale Attacke abblocken kann? 800 Meter vor dem Ziel, bis zur Kreuzung in Tresenda, 300 Meter jetzt, das Stoppschild und den weißen Querbalken auf dem Asphalt kann ich schon erkennen.

Gleich hat er mich gepackt. Von hinten rechts. Will er mich rechts überholen? Mit 100 Sachen? 80 Meter vor der Kreuzung? Das geht schief.

20 Meter vor dem Stoppschild ist er gleichauf, rechts. Mein Tacho zeigt 50. Wir hacken in die Eisen, beide gleichzeitig. Meine Brembos beißen in die Scheiben. Hinten brutalst, kurz vorm Blockiern, vorne brutal dosiert. Die Karre knickt vorne ein, das Hinterrad will vom Boden abheben. SSSSTT. Stand. Auf dem weißen Querbalken vor dem Stoppschild, mit dem Vorderrad, mittig. In neun Metern von fuffzig auf null. Wenn die US-Navy ihre F-18 Hornets am Fanghaken so runterbremst, kann sie ihre Flugzeugträgerdecks gleich mal um die Hälfte verkürzen. Das soll mir mal einer nachmachen, ohne ABS. Das macht mir keiner nach!

Doch. Luigi. Steht direkt neben mir, rechts. Vorderrad exakt auf gleicher Höhe. Keinen Millimeter davor, keinen dahinter.

Er schaut zu mir herüber und nickt leicht mit dem Helm. Ich grüß zurück. Sein Visier bleibt dicht, meins auch. Dann setzt er den Blinker rechts und biegt ab, ich setz den Blinker links und fahre in die andere Richtung.

Bergab Richtung Sondrio lass ich das Bike rollern, bei 5.000 im Vierten. Pffftt, die Luft ist raus, ermattet bin ich und ausgelaugt. Die wunderschöne Landschaft hätte ich genießen können, auf den letzten, sanft geschwungenen Tornanti des Passo d'Aprica. Lichtgeflutet die Berghänge, die Fichten neigen ihre Häupter im lauen Nachmittagshauch und fächeln mir ihre betörenden Düfte ins halb geöffnete Visier.

Stattdessen Wettkampf.

„Du warst der Bessre!", raunt mir mein Dämon zu.

„Halts Maul, du Schwefelfurz, hast du keinen blassen Schimmer von! Dem hat sein Motormanagement die Karre quergeschoben, konnte er nichts gegen ausrichten. Wäre auch nicht anders gelaufen, wenn Márquez unterm Helm gesteckt hätte.

„Aber sein ABS hat's entschieden, kein Mensch kann ABS toppen, ohne das hätte er's vermasselt, dich nicht mehr in Tresenda eingeholt!"

„Wer weiß, welche Systeme der überhaupt aktiviert hatte! Also halt den Rand und gib Ruh!"

Nichts kann mein Dämon differenziert einschätzen, nur Sieger und Verlierer kennt er. Dass vielleicht die Gummimischung der Pneus oder drei Zehntel atü mehr oder weniger auf den Schluffen einen Rennausgang entscheiden können, geht über seinen Horizont. Jenseits definierter Rennstreckenbedingungen lässt sich überhaupt nichts vergleichen, aber darüber brauchte ich mit meinem Möchtegernsieger gar nicht erst diskutieren. Kapiert er nicht.

Immer noch geht es leicht bergab Richtung Sondrio. Mittlerweile läuft mir der Schweiß aus allen Poren, tropft mir hinter den Ohren runter und rinnt in den Nacken. Oben auf dem Campo Carlo Magno war es Winter, während unserer Hetzjagd Frühling, und hier unten im Tal herrscht hochsommerliche Hitze. Sag ich doch! Bei solchen Temperaturdifferenzen entscheidet die Gummimischung. Meine Reifen haben den Temperaturunterschied besser weggesteckt als Luigis Wackelpuddings.

Das Visier beschlägt, wo führt die Straße längs? Ich öffne es einen Spalt, sofort haut mir der Fahrtwind auf die Augen, trotz Brille, auch die ist beschlagen. Also Visier wieder zu. Sicht wieder Null. Ich öffne es zum zweiten Mal und rupf das Pinlock raus, hat mich noch nie überzeugt. Stattdessen versuch ich es mal damit, die Sichtblende einen kleinen Spalt zu öffnen, nur eine halbe Rasterposition. Schon seh ich klar, na bitte, funktioniert doch! Pinlock in die Büsche, weg mit dem Ding!

Die Kombi ist von innen komplett nass, ich suppe im eigenen Saft, als ob ich gerade aus der Badewanne gestiegen wäre. Vorne eine riesige Platane auf einer schönen Wiese. Auf dem unbefestigten Seitenstreifen geh ich in die Bremsen, ein Kinderspiel gegen den Bremsbattle bei Tresenda. Seitenständer raus, Karre steht. Ich reiß mir die Klamotten vom Leib, Handschuhe, Helm, Regenpelle, lass alles in die Wiese fallen. „Aaah! Besser!" Der warme Talwind fächelt mir um die Nase und trocknet meine kurzen Haare im Nu. Ringsum Ruhe, nur der Kawamotor knistert.

Versehentlich stoße ich mit der Fußspitze gegen den Helm. Er kullert die leicht abschüssige Wiese hinunter und bleibt unten im grünen Moos bei einem Rinnsal liegen, schweißgetränkt das Stoffpolster über dem Styrofoam und mittlerweile ohne Pinlock.

Dagegen Luigis Helm! Der wäre innen wahrscheinlich knochentrocken, bereits ein Hauch von Nässe würde ihm seine ganze Elektronik durcheinander hauen, Kurzschluss in der empfindlichen Sensorik, und dann ginge gar nichts mehr. Totalausfall des Head-up-Display mit der integrierten Datenbrille, der eingespielten Parameter, und der Pilot checkt es nicht, weder Geschwindigkeit noch Umdrehung, weder ABS noch Traktion. In welchen Gang hat das Mapping gerade runtergeschaltet?

Fehlt nur noch der Human Factor, Gewicht, wieviel Spaghetti hab ich gestern Abend gegessen, wieviel Glas Roten dazu, Restalkohol, Tagesform, kann das System auch bald erkennen. Wetter sowieso. Streckenzustand? Easy! Aber ob ich mit dem Bike dann noch Spaß hab?

Könnte man noch Persönlichkeitsfaktoren in das System einfüttern, verdichtet zu Bikertypen. Spielt der Helm die Moldau für den intellektuellen Cruiser, wenn er am Flüssli längs fährt, Heavy Metal für den Rocker, der durch Hagen-Süd donnert und soft Songs für den Café-Racer, der sich von Modern Talking bedudeln lässt.

Und, das Wichtigste, alles im IST/SOLL-Vergleich. Bringt sonst ja nix, wenn man nicht weiß, wie dolle man bei Abweichungen beschleunigen oder verzögern muss, um zur grünen Ideallinie zurückzukehren. Oder machen das die Systeme auch eigenständig?

Da liegt er nun, mein alter Helm, dreckig, im grünen Moos und kann nichts.

Tja, auf jeden Fall muss ich ihn wieder aufsetzen, obwohl er innen trieft, schließlich will ich heute noch zum Comer See. Also rein in die Klamotten und rauf aufs Bike mit dem ramponierten Hintern.

11 Lecco mio

Madonna mia, was war das gerade überhaupt für 'ne Nummer mit Luigi, am Limit von Mensch und Maschine.

„Du warst der Bessre!" knurrt mein Dämon.

„Halts Maul, Geschwänzter, du blöder Einpeitscher. Immer geht's dir nur darum, wer den Kürzeren zieht, wer hat den Längsten. Wettkampf, immer nur Kampf, Battle am Passo del Tonale, Battle am Passo d'Aprico! Besser gewesen wäre O-Saft mit Campari. Relax ich mit Luigi, in Sondrio, in der Altstadt, unterm Sonnenschirm, erfreun wir uns an den Girlies in ihren hellen, buntgepunkteten Röckchen, an den jungen Männern in Bermudas, Flipflops, Rollbrett unterm Arm. Das wär mal ein cooles Chillout gewesen. Aber nein, gib Männern ein Bike, und sofort werden sie wieder kleine Jungs, nur dass sie nicht mit ihrem rot-gelben Plastikdreirad am Sandkastenrand längs rutschen, sondern mit ihren PS-starken Hammerboliden alles in Grund und Boden flammen, Monster, Diavel, oder wie die martialischen Geschosse alle heißen.

Geschieht mir nur recht, wenn ich mich jetzt Richtung Morbegno quäle. Die Strecke nervt. Verkehr, heiß, Stoßstange an Stoßstange. Unter den Argusaugen der Carabinieri will ich mich nicht zwischen den Autos durchschlängeln. Ein Kreisverkehr nach dem anderen, die immer gleiche Routine: in den Kreisverkehr rein, Blinker, aus dem Kreisverkehr raus, Blinker aus, weiter.

Wann hab ich zum letzten Mal getankt, was steht auf dem Display? Vor 180 Kilometern. Da wird sich wohl bald die Tankanzeige melden. Soll ich vorsorglich tanken? Tankstellen links und rechts, eine nach der anderen. Nein, ich wart ab, wann die Reserve blinkt. Mein Tacho zeigt mittlerweile Kilometerstand 210,

der Sprit reicht heute reichlich weit bei der Raserei. Die Tankuhr blinkt nicht. Hinter Delebio kündigen Straßenschilder eine
Gabelung an, Lecco links, Menaggio rechts. Hier müsste doch eigentlich Gravedona oder Dongo ausgeschildert sein, mein Ziel
am Westufer des Comer Sees. Kein Hinweis. Bleib ich lieber auf
der großen Strecke geradeaus Richtung Lecco.

Falsche Entscheidung! Zu spät, vorbei, der Abzweig. Zack, bin
ich hellwach! Lecco mio an Menaggio! Also U-Turn. Während
ich nach einer günstigen Stelle zum Umdrehen suche, mutiert
die Straße unversehens zur Autobahn. Nix mit U-Turn. Fahr ich
halt die nächste Ausfahrt runter. Es kommt aber keine nächste
Ausfahrt. Stattdessen ein Tunnel. Dunkel in dem Tunnel. Umso
heller blinkt jetzt die Tankleuchte. Anstelle einer Abfahrt
kommt noch ein Tunnel. Und noch ein Tunnel. Einer schwärzer
als der andere. Und noch ein Tunnel. Keine Abfahrt. Wie weit
reicht die Spritreserve? 30 Kilometer? 40 Kilometer? Die
größte Spritmenge, die ich jemals in den Tank gekriegt habe,
beträgt etwas mehr als zwölf Liter. Jetzt rechnen wir mal drei
Liter Reserve, macht Pi mal dicken Hammer bei meinem jetzi-
gen Tempo 50 Kilometer. Oder 40? Lieber etwas langsamer fahren. Das gelingt mir aber auch nicht, weil ich schnell von der
Autostrada runter will.

Wahrscheinlich kommen vor der nächsten Abfahrt noch Dutzende Tunnel. Im letzten wird mir mittendrin der Sprit ausgehen. Im stockdunklen Loch werde ich mein Handy nicht finden.
Falls doch, keine Notrufnummer. Die Autos preschen mit 200
Sachen vorbei, jedes wild blinkend und hupend, besonders die
Monstertrucks mit ihren Fanfaren und Sirenen. Die Carabinieri
sind bereits alarmiert. Mit Handschellen rücken sie an, den Ab-
schleppdienst bringen sie gleich mit. Rotes Funkellicht. Bärbei-
ßige, ölverschmierte Kerle hieven das schöne Motorrad auf ihre

zerbeulte Abschleppkarre und fixieren mein filigranes Wunderwerk mit ihren verrosteten, scharfkantigen Stahlkrallen. Längst ist die Autobahn gesperrt. 100.000 Euro für den Einsatz muss ich berappen plus 50.000 Schmiergeld für die Polizei, pro Person, versteht sich, damit sie mich nicht sofort abknallen.

Noch ist es aber nicht so weit. Weil ich von dieser Bahn runter will, fahre ich mittlerweile hohes Tempo. Nächster Tunnel, rein. Raus aus dem Dunklen, gleißendes Sonnenlicht blendet mich von vorn. Ausfahrt! Fast vorbei, hacke ich in beide Bremsen. Hinten taumelt mein Heck. Rübber! Drei Meter vor Ende der Abfahrt kratz ich die Kurve, keine Zeit für einen Blick in den Rückspiegel, zum Glück kein Verkehr von hinten. Die ersehnte Ausfahrt, Uscita Bellano.

Vier, fünf Haarnadelkurven geht's bergab. Sicher wird gleich die Zapfstelle kommen. Unten kommt aber erst mal eine geschlossene Schranke, vor der sich eine Autoschlange bildet. Ich fahr vorbei bis nach vorne, nützt aber nichts, weil die Regionalbahn auf sich warten lässt. Schließlich schleicht sie durch, die Schranken öffnen sich. Schon bin ich im Ort. Es geht nur nach links oder rechts. Diagonal rechts, auf der Straßenseite gegenüber liegt die Tankstelle. Hin! Ich krieg die Karre nicht richtig geparkt, weil die Fläche bei den Zapfsäulen sich schräg abschüssig neigt. Egal, klemm ich mir meinen durstigen Bock zwischen die Beine, greif zum Zapfhahn und stelle fest: Es fließt kein Sprit, Tankstelle chiuso, geschlossen. Na super! Bzw. nix mit Super. Aus dem Augenwinkel erspähe ich 500 Meter weiter auf der anderen Straßenseite eine geöffnete Agip. Ich weiß nicht mehr, ob diesmal 14 Liter in den Tank passten, der Tankwart erledigte den Job.

Jetzt geht es entgegen meiner ursprünglichen Planung am Ostufer des Comer Sees nach Norden. Die Nebenstraße schlängelt sich durch kleinere Ortschaften, links glitzert der blaue See.

Überall schäumen kleine Krönchen, die Böen fauchen und schlagen tiefblaue Schlieren ins Wasser. In ungeschützten Lagen schüttelt es mich durch, in den Ortschaften fächelt mir eine Melange betörender Düfte ins leicht geöffnete Visier. Weiß blühende Kakteen, Bougainvilleas in violett, Blütenmeere, ein prachtvolles Wogen im warmen Wind.

Am Nordufer in Delebio, wo ich vor Stunden den Abzweig nach Menaggio verbaselt habe, verhaspeln sich auch diesmal die Straßen: Spaghettiknoten; Kreisverkehrabzweige, die in Baustellen enden.

Ab Nuova Olonia Richtung Westufer wird es wieder schön. Der See liegt südlich, links von mir, die Sonne steht tief über den bewaldeten, hügeligen Bergen. Zypressen und Pinien säumen die Strecke. Die kleineren Orte, die ich durchfahre, verströmen italienisches Flair, aber ich kann keine Einzelheiten mehr wahrnehmen, bin schon zu müde. Gelbe Tankstelle mit dem sechsbeinigen Hund links, Campanile rechts, eine Unterkunft muss her.

In Sorico erspähen meine müden Augen einen unscheinbaren Hinweis auf ein Hotel abseits der Hauptstraße. Die Stufen zur Rezeption liegen noch in der Sonne, der Hoteleingang schon im Schatten. Ich parke mein Bike in Sichtweite und betrete die kleine Hotelhalle, mein Gepäck untern Arm geklemmt.

Der Patron persönlich begrüßt mich freundlich. Er hat noch ein gemütliches Zimmer frei, mit einem phantastischen Ausblick auf den See. Hinter vorgehaltener Hand, als ob niemand es hören dürfe, flüstert er mir zu, dass Signora heute Abend Pasta kocht.

Kaum bin ich im Zimmer, drängt es mich nach draußen zum See. Satt-blau liegt er vor dem Monte Legnone in der Abendsonne, dunkelgrün in den abgeschatteten Bereichen. Überall Schaumkronen. Mal geht dem Wind die Puste aus, sofort verflachen die

Wellen. Im nächsten Moment hämmert eine Böe rein, und von den schäumenden Krönchen fliegt weiß die Gischt. Meine weite, leichte Hose und meinen Pulli fetzt es hin und her. Ich nehm die Cap ab und spüre, wie die Windstöße meine Stoppelhaare platt bügeln.

Mein Handy wimmert. Hatte ich den Ton leiser gestellt? Der Windlärm übertönt alle anderen Geräusche. In den Wanten der vertäuten Segelboote pfeift und surrt und scheppert es. Am Handy höre ich eine entfernte Stimme, die ich nicht erkennen kann. Wahrscheinlich meine Frau; denkt sich, der Kerl wird immer tauber.

Im Restaurant herrscht Stille. Ich wähle einen Tisch mit Blick auf das östliche Bergmassiv. Kleinere Schneefelder in den oberen Gipfeln blitzen hell, die unteren Bergflanken und das Nordufer des Sees ruhen bereits vollständig im Schatten.

Im Speisesaal sitzt eine junge Familie, Vater, Mutter, Kind. Das kleine Mädchen hängt schief im Kindersitz, zu müde zum Quengeln. Die Augen fallen ihr zu, das Eis würde sie nicht mehr aufessen. Nörgelte sie, würde die junge Mutter mit ihr aufs Zimmer gehen, die Tochter liebevoll ins Bett legen, sich daneben packen und sofort mit ihr einschlafen. Der Vater bliebe noch einen Moment sitzen, um sein Bier auszutrinken.

Der Hausherr nähert sich und fragt nach meinem Getränkewunsch. Ich bestelle den trockenen Roten des Hauses zur Pasta. „Die Menükarte, lass sie dir bringen!" mischt sich mein Teufelchen ein, „denk nur, welche Köstlichkeiten dir entgehen!"

„Halt die Klappe! Pasta, Basta!"

Falls ich nicht satt würde, schmunzelt der Patron – jeder wäre bisher von Mamas Pasta satt geworden – könne er mir als Nachtisch ein Nutellabrot bringen.

Durch die offene Tür zur Küche sehe ich Signora zwischen ihren Kupfertöpfen mit dem Matarello kneten und rollen. Gerade fischt sie die verschiedenen Pastasorten aus dem sprudelnden Wasser, Farfalle, Tagliatelle und Tortelloni mit einer Ricottafüllung. Dazu gibt es diverse Gemüse al dente und eine herrliche Parmesancrèmesauce, mit einem Hauch von Safran. Köstlich. Das Nutellabrot brauche ich nicht, ich verzichte auf jegliches Dessert.

Welch ein Tag! Weiß der Teufel, ob ich ohne Luigis Tonale-d'Aprica-Attacke heute Abend hier bei Ricotta-Pasta gelandet wäre.

Und ohne meinen Versuch, den Tankinhalt bis zur Neige auszuloten und den verhunzten U-Turn hätte ich niemals das wunderschöne Ostufer des Comer Sees zu sehen gekriegt. Dafür sorgen, dass die Dinge so kommen, wie man sie nehmen möchte? Von wegen!

In meinem straffen Bett sinke ich sofort in Tiefschlaf. Einmal muss ich in der Nacht raus. Mondbeschienen liegt die obere Bergflanke des Monte Legnone am jenseitigen Seeufer. Bis zum Morgen schlaf ich tief und traumlos.

12 Jenseits von Gut und Böse

Die Strecke vom Comer See bis hier herauf war wunderschön. Über Nuova Olonia und Vercéia führte sie durch ein grünes Tal, vorbei am Lago di Mezzola über Chiavenna und weiter Richtung Castasegna. Danach stieg die Straße an, schlängelte sich durch Fichtenwald, Superkurven, nicht zu eng, gut einsehbar, kaum Verkehr. Dann allerdings Schauer, je höher es in die Berge ging. Nun muss ich doch noch die Regenkombi überziehen, allein, keine Menschenseele weit und breit hier an dieser einsamen Hütte. Keine Silvia, die mir hilft und mich dabei aus dunklen Augen anblitzt wie gestern am Idrosee. Wie sie den Reißverschluss hochzog! Vor allem aber: ihn runterzog! „Damit du dir nichts einklemmst, Cowboy!", flüsterte sie. Und wie sie dann mit der Hand hineinglitt, zwischen Gummi und Leder. Mit ihren langen, grünlackierten Fingernägeln meine Nackenhaare streifte, scheinbar zufällig. „Edel", hauchte sie mir ins Ohr. Oder hatte ich mich verhört, sagte sie „Leder"? Leder-Latex-Fraktion? Abteilung geiles Gummi? Deshalb die harsche Rückrufaktion ihres Begleiters? Deshalb schleuderte er böse Blicke, während er um seinen Jaguar stapfte und das Faltdach schloss!

So Krieger, lass ma gut sein, vergaloppiert sich sonst noch die Phantasie. Schon wenn ich an die Regenhaut denke, krieg ich die Krätze. Die Gummipelle will nicht über den Rücken rutschen, ruckartig zerre ich sie hinten über die Schultern, bis sich der Reißverschlusszip packen lässt. Zuziehen. So, zwischen Kragen und Helm ist alles dicht.

Schnell noch einen Blick auf die Karte. Malojapass, Sils Maria. Sils Maria? Da war doch was. Richtig, ein wichtiger Ort im Leben Friedrich Nietzsches. Gut, dass ich das jetzt noch entdecke. Also Planänderung, ich werd mir das Nietzschehaus anschauen.

Der Maloja bietet ein Dutzend 180°-Kehren. Leider kann ich sie nicht auskosten, steh stattdessen bei Nieselregen vor einer roten Baustellenampel. Oben beginnt die weitläufige, von Bergen umsäumte Hochebene des Oberengadins, erstreckt sich vom Pass über den Silser und Silvaplana See nach St. Moritz und weiter bis zum Nationalpark bei Zernez.

In Sils Maria finde ich schnell das Nietzschemuseum, links an einen kleinen, bewaldeten Bergrücken gedrängt. Leider ist es erst nachmittags geöffnet, und die Uhr zeigt gerade mal elf. Hm. Geh ich links um das Haus herum, dann rechts herum, lese die Gedenktafel, betrachte das Bronzekunstwerk Giuliano Pedrettis und setz mich schließlich auf ein Bänkchen neben die Eingangstür. Ich will da rein! Andererseits möchte ich aber auch nicht so lange warten. Plötzlich öffnet sich die Tür, und eine betagte Dame streckt den Kopf heraus. Sie zögert, mich hereinzulassen. Soll ich ihr erzählen, ich käm gerade aus dem Gebirg wie einst Zarathustra?

„Zur Weiterreise bereits entschlossen", sprech ich sie an, auf die Pedretti-Bronze deutend, „mahnte mich diese Skulptur zur Geduld, vor allem Nietzsches Zeigefinger. Wille zum Durchhalten, schien er mir zu signalisieren, und so stehe ich hier vor Ihnen und hoffe, dass Sie mir Einlass gewähren!" Die Dame schmunzelt und lässt mich rein.

In Wahrheit missfällt mir der ausgestreckte Zeigefinger, scheint er doch zu drohen, sogar mit einem Anflug von Moral. Das passt nicht zu Nietzsche, der die Genealogie der Moral jenseits von Gut und Böse wissen wollte und nicht so kleinkariert wie ...tja, wie wer? Tatsächlich! Der spitze Zeigefinger! Das Buch auf dem Rücken! Lehrer Lämpel, der Max und Moritz, den bösen Jungs, Weisheit einbimsen wollte. Und damit nicht genug, auch noch Vergnügen sollten sie dabei empfinden! „Sondern auch der

Weisheit Lehren muß man mit Vergnügen hören." Will ich mal annehmen, Pedretti hatte diese Ähnlichkeit nicht beabsichtigt.

Die Dame humpelt mit ihrer Gehhilfe vor mir her. Ich folge ihr durch den dunklen Flur. Sie kann kaum Treppen steigen und lässt mich vor. Oben links betrete ich Nietzsches Zimmer. Es ist klein, etwa drei mal vier Meter. Ein winziges Fenster zur Ostseite lässt nur spärlich Licht herein. Schräg davor steht ein Holztisch, links das Bett mit einem undefinierbaren weißen Plastikmonstrum darauf. Was soll das denn darstellen?

Wie mag der Mann hier geschrieben haben? Beim kargen Licht der Petroleumfunzel auf dem Tisch, mit seinem Augenleiden, das ihn gezwungen hatte, den Kopf ganz nahe über das Papier zu beugen? Mich fröstelt. Sogar im Sommer wird er hier gefroren haben. Und doch rechnete er das zu seinen geringsten Problemen, hinfällig war er und krank. Seit seiner Kindheit hatte er ständig unter Kopfschmerzen, rheumatischen Beschwerden und Anfällen gelitten, die ihn tagelang ans Bett fesselten. An Besserung glaubte er gar nicht mehr, geschweige denn an Genesung, nur noch Aushalten-Können wollte er. Ernährte sich von Tee und trockenem Brot, manchmal einer dünnen Suppe. Seine Stellung als Universitätsprofessor in Basel hatte er längst aufgegeben, um frei von den Zwängen des Wissenschaftsbetriebes philosophieren zu können. Viel mehr als den Tod wusste er nicht vor sich, die furchtbare Marter seines Lebens ließ ihn nach dem Ende dürsten.

Auf meinem Weg die Stiege hinab unterhalte ich mich mit der alten Dame. Sie macht sich über das neumodische Vermarktungszeug lustig. Das weiße Plastikungetüm auf Nietzsches Bett solle seinen Moustache darstellen, seinen gewaltigen Schnurrbart, die Idee irgendeines jungen Künstlerschnösels, spottet sie. Nietzsche auf seinen Schnurrbart reduziert, und auch noch aus

Plastik, weiß, poliert! Ich bedanke mich herzlich, bevor ich das Nietzschehaus verlasse, das sie eigens für mich geöffnet hat.

Aus dem Ort rolle ich Richtung Silvaplana See, St. Moritz. Groß wird Nietzsches Aktionsradius nicht gewesen sein, zu Fuß, ohne Gefährt. Seine Spaziergänge in den Wäldern am Surlej-Felsen sollen ihn spirituell beflügelt haben.

Der Wind faucht über den See und türmt Schaumkrönchen auf. Ich halte an, um die Landschaft ohne Motorgebrumm zu genießen. Just in diesem Moment macht sich mein Handy bemerkbar. Trotz der Windgeräusche kann ich die vertraute Stimme deutlich verstehen.

„Hallo Frau, was gibt's Neues?"

„Na, das ist nicht viel. Schön, deine Stimme zu hören"

„Vor Muottags Muragl, du weißt schon, die unaussprechlichen räteromanischen Ortsnamen"

„Ja, hinter Sils Maria"

„Wette, Wette, Straßenglätte, als ob das so wichtig wäre! Wichtig ist doch, dass ich mit heilen Knochen nach Hause komme und an Erfahrung reicher."

„Möglich, dass sich das vor einer Woche noch ganz anders angehört hatte. Man wird schließlich auch weiser. Habe ich Nietzsche zu verdanken."

„Wie ich auf den komme? Na, der hat hier im Oberengadin in seinen späten Jahren die Sommermonate verbracht."

„Auch aus gesundheitlichen Gründen, ja. Der arme Mann hat tagsüber schwachen Tee getrunken und sich zum Abend von seinem Pensionswirt eine Bettelmannssuppe bereiten lassen."

„Ja, mit Andreas Lou-Salomé, aber auch das ging nicht so glatt."

„Eine Wette war nicht im Spiel, nein."

„Wette, Wette, Murmeltier. Hier vorne sehe ich gerade ein Murmeltier, keine fünf Meter entfernt, putziger Nager. Es pfeift. Willst du mal hören?"

Ich halt mein Handy in den Wind, der mittlerweile ruppige Wellen in den See furcht und tatsächlich hörbar pfeift.

„Das ist der Wind, du Ei. Das ist kein Murmeltier", sagt sie jetzt.

„Wie viele Pässe bist du gefahren?"

„Kommt drauf an, wie man zählt"

„Red kein Blech. Entweder du fährst da drübber oder nich. Wie viele?"

„Na ja, Tre Croci bin ich zweimal gefahren und gestern Vormittag, zwischen Mezzolombardo und Cavedago, weiß nicht, ob das überhaupt einer war, ob das als Pass zählt. Sagen wir, bis heute mit Maloja, 14."

„20 schaffst du nicht, vor dir liegen nur noch Ofenpass, Stilfser Joch und Jaufen, also zähle ich 17. Umbrail gilt nicht, der ist quasi Anfahrt zum Stilfser Joch, und die Alte Gerlospassstraße geht vor der eigentlichen Passhöhe bergab."

„Wenn Umbrail kein vollwertiger Pass ist, dann weiß ich's nicht. Außerdem hast du Brenner und Pass Thurn vergessen, und wenn ich auf Nummer sicher geh, fahr ich auch noch Gerlos, macht Summa summarum 21. Dann hab ich die Wette glasklar gewonnen."

„Ob Nietzsche Motorrad gefahren wäre? Damals hatte es doch noch gar keine gegeben. Tss!"

„Ja, hätt ich mir denken können, dass deine Geschichtskenntnisse so löchrig nun auch wieder nicht sind. Obwohl! Gar nicht so verkehrt, die Vorstellung. Das Rauschhafte hatte Nietzsche schließlich in höchsten Tönen gerühmt. Der Übermensch! Geniale Kraftnatur, souveräner Player, nimmt sich das Gesetz des Handelns, wächst über sich hinaus! Der ideale Bikertypus. Na gut, Nietzsche wäre wohl kaum auf so ein Knatterding gestiegen, aber Zarathustra! Der war der Typ! Zehn Jahre Überlebenskampf im Hochgebirge, Outdoor-Training vom härtesten."

„So ein Unsinn, jetzt versteigst du dich aber!"

„Nein, überleg doch! Der wäre mit 200 PS berauscht, also wie berauscht, mein ich, durchs Gebirge gebrettert, geflogen sozusagen, abgehoben, der Zauber des Dionysischen."

„Komm runter! Zarathustra predigt Pathos. Schon der Pfaffenton! Und dann sollen die Leutchen auf dem Marktplatz sich nicht von überirdischen Hoffnungen verführen lassen! Völlige Fehleinschätzung. Die sind actiongeil, den wär's am liebsten, wenn sich der Seiltänzer die Gräten bricht."

„Na gut, da magst du Recht haben, aber großartige lyrics im Zarathustra."

„Wo? Sag!"

„Na die Rede von den drei Verwandlungen"

„Genau. Und du bist das Kamel."

„Nein. Das Kamel trägt die Last des Müssens. Ich doch nicht! Ich muss nämlich überhaupt nix, auch keine 20 Pässe fahren. Das schüttle ich ab."

„So kommst du mir nicht! Wär ja noch schöner. Die Wette aufweichen, und dann auch noch Nietzsche als Begründung hinterherschieben. Nix da! Aber du hältst dich für den Löwen, stimmt's?"

„Genau! Der Löwe brüllt 'Ich will!', und dafür kämpft er."

„Mehr aber auch nicht. Der verkrampft vor lauter Trotz und Rebellion. Kerl, bleib mal locker! Pass auf, ich steck hier gerade in einer anderen Sache mit Monia."

Entweder legt sie jetzt auf oder schiebt noch das mit der Peitsche hinterher.

„Hat Nietzsche seinen Zarathustra nicht auch predigen lassen, die Frau habe zur Erholung des Kriegers zu dienen? Nein, mein lieber Roman, verkrampfter Krieger du, da mach ich nicht mit. Weder als Kamel will ich dich, noch als Löwe. Wenn schon, dann als Kind."

„Das passt nu aber gar nicht. Zu unschuldig, fehlt der Sex."

„Konnte Nietzsche auch nicht. Ich bezweifele, dass er auch nur einmal in seinem Leben mit einer Frau geschlafen hat. Wenn der sich mal richtig verausgabt hätte, sexuell oder mit dem Motorrad, dann…"

„Was, dann…?"

„Tja, weiß ich auch nicht, dann hätte die Sache mit Lou schon ganz anders ausgesehen. Sie hat ihn einfach nicht geliebt, und er ist damit nicht klar gekommen. Ich muss jetzt Schluss machen, der Postbote bringt mir gerade eine Sendung, und die packen wir dann, also Monia und ich, gemeinsam aus."

Sie legt auf.

Ich fahre weiter.

Frechheit! Legt einfach auf! Außerdem, irgendetwas stimmt da nicht. Monia ist doch in Kambodscha, mit der kann sie unmöglich irgendwelche Pakete auspacken.

War das gerade der Ofenpass? Verfahr ich mich schon zum zweiten Mal. Zunächst wär ich beinah in Pontresina gelandet, und jetzt verpasse ich in Sta. Maria den Abzweig zum Umbrail und bin auf dem Weg nach Mustair. Da will ich doch gar nicht hin!

Irgendwas stimmt da nicht zu Hause, ganz und gar nicht.

Dass sie Lou verteidigt? Nein, das ist es nicht. Obwohl! Da machte die Salomé mit dem Reé rum, und Nietzsche blieb das dritte Rad am Wagen. „Gehst du zum Weibe, vergiss die Peitsche nicht!" Wusste er doch! Hätte er den Konkurrenten rechtzeitig aus dem Weg geräumt! Dass die Freundschaft unter solchen Dreiecksgeschichten früher oder später in die Brüche geht, ist doch logisch!

Könnte mir nicht passieren, hab ich doch Ella als Option. Reserve für den Fall, dass die Frau nicht spurt, wenn ich siegreich in die Heimatmanège einreite. Mal schaun, wie sie mich empfängt. Muss zwar nicht devot auf Knien vor mir rumrutschen, stehende Ovationen reichen mir schon und Champagner, aber bitte nicht der Märchenwaldfusel vom Billigdiscounter. Und klare Worte will ich hören: Du hast die Wette gewonnen, du bist der Bessere, DER BESSERE BIST DU.

Wenn nicht, dann Ella.

Am besten, ich ruf gleich noch mal an. Aber aufgepasst, nicht zu siegesgewiss, sonst geht sie sofort aus den Ketten.

In einer Parkbucht stell ich das Bike auf den Seitenständer und schnapp mir mein Handy.

„Hallo Mausi"

„Was denn noch!"

Im Hintergrund läuft Musik, und ich höre eine männliche Stimme. Wer ist das denn?

„Sag mal, Frau, wer ist da bei dir?"

„Wie wer?"

„Na, ich hör doch eine Stimme."

„Da ist keiner."

Stille. Sie deckt den Lautsprecher mit der Hand ab, dann wiederholt sie:

„Da ist keiner."

Ich habe eindeutig eine dunkle Stimme gehört, das habe ich mir doch nicht eingebildet. Was geht da vor?

„Ich muss Schluss machen. Da kommt der Postbote und bringt das Paket."

Ich steig auf mein Bike und fahr los. Eine männliche Stimme. Wer ist der Mann? Oder sind das erste Anzeichen von Paranoia, mein ganz spezielles Surlej-Erlebnis, akustische Halluzinationen? Wenn die Frau mich betrügt, find ich das raus. So was kann sie nicht verheimlichen. Das krieg ich raus, bin ich ein Rauskrieger!

Wer war der Sackträger? Kann eigentlich nur der Singleheini aus dem Konditraining sein, die Tanzschwuchtel aus der Weibergruppe, wie hieß der noch gleich? Richtig, Eduardo.

Die Wette! Da fahr ich mir die Eier wund, soll bittschön auch noch die Wette verliern und hernach der Dame ein blitzblankes neues Bike hinstellen, damit sie sich in meiner Abwesenheit mit einem Lover amüsiert! Nix da! Diese Wette ist gestorben. Mausetot! Neues Bike gibt's nicht! Kann sie sich abschminken!

Dem Stecher tacker ich die Vorhaut an die Brustwarzen. Die Eier hau ich dem platt! Die Sackhaare flamm ich ihm weg. Bis der untenherum aussieht wie ein Grillhuhn. Geteert wurden sie früher und gefedert aufs Rad gespannt, die Ehebrecher, und dann zu Tal gerollt, als lebendige Fackel, bis die gellenden Schreie verstummten und nur noch ein Häuflein Asche übrig blieb und Knochenreste.

Gerade jetzt muss mir das passieren, wo die Hammerpässe vor mir liegen, Umbrail und Stilfser Joch.

Tja.

Mach was draus, Alter!

Lass ich mir die schönsten Pässe versauen, nur weil die Dame zu Hause möglicherweise mit ner Tanzmaus techtelmechtelt? Nein, lass ich nicht, nicht ich!

13 Stilfser Schmach

Da ich mich sowieso schon verfahren hab, tanke ich in Mustair. Jetzt zurück und hoch den Umbrail. Schnell fahren kann man nicht, die Straße besteht aus Schotter, glücklicherweise einigermaßen fest gewalzt. Höher und höher geht's, und dabei wird es kälter und kälter. Oben liegt die Passhöhe inmitten von Schneefeldern. Ich parke mein Bike und knipse ein Panoramafoto, schwarze ZX vor weißen Schneewechten. Machst du Selfie, tustu Facebook. Das ist der Beweis: Umbrailpass, zweitausend Meter. Dann packe ich meine kalten Knochen wieder auf die Kawa. Jetzt bittschön bergab, und wärmer möge es werden. Pustekuchen, nix da! Kurz nach der schweizerisch-italienischen Grenzstation geht's stattdessen bergan, die restlichen Meter zur Passhöhe des Stilfser Jochs.

Oben ist der Teufel los, ein Rummel! Zwischen aufgetürmten Schneebergen ist kaum ein Parkplatz zu finden, Bike an Bike. Ich parke neben einem – Rennrad! Wie der Fahrer hier hoch gekommen ist, auf 2757 Meter Höhe! Alle Achtung. Kaum klappe ich den Seitenständer aus, parkt mich links ein Japaner zu, schätzungsweise 1,50 Meter, 50 Kilo. Sein großhubraumiger, tonnenschwerer Brachialbrummer wiegt wahrscheinlich zehnmal so viel wie er selbst. Der Japse parkt mich also zu und lächelt dabei freundlich. Na ja, vielleicht fährt er vor mir wieder weg. Ich schlendere durch den Schneematsch, mal hier hin, mal dort hin und überlege, ob es an der berühmten Bude eine Bratwurst mit Vinschgerl sein darf, verzichte dann aber darauf, Sauerkraut muss nicht. Mein Blick schweift vom Ortlermassiv im ewigen Eis zur Nordrampe mit ihren 48 Tornanti. Darüber drohen dunkle Wolken, tief hängend, Schneeregen. Der japanische Kollege mit seinem Monsterbike hat mittlerweile das Feld geräumt. Stattdessen haben mich Tschechen mit 1400ern zugestellt, die aber auch schon in Aufbruchsstimmung sind. Die drei Kerle wiegen so viel wie zehn Japaner, ihre Mädels sind auch kräftig gebaut. Sie benutzen die hinteren Fußrasten zum Aufsteigen wie eine Trittleiter.

In grauer Vorzeit war ich das Stilfser Joch selbst mal mit einer Sozia gefahren, allerdings in Nord-Süd-Richtung, mit einer soliden ZZR 600. Mein Fahrspaß hielt sich damals in Grenzen, meine Beifahrerin klebte hinten klammernd an mir dran, ihr war bis Bormio übel. Egal, heute bin ich solo, da heiz ich mal schnell runter.

Stellenweise liegt Schneematsch auf der Straße, auch Split, Schlaglöcher reihen sich aneinander. Auf meiner früheren Tour schienen die Radien deutlich weiter. In den 180°-Kehren gerate ich über den Mittelstreifen, brauch die komplette Gegenfahrbahn. Hoffentlich sieht das keiner. Die japanische Mickymaus von vorhin wedelt wahrscheinlich mit ihrem 400-Kilo-Bike weiter unten leicht und locker durch die Kurven, die Tschechen mit ihren 1400ern pfeifen in Ideallinie über den Parcours, während ihre dicken Bräute hinten drauf begeistert juchzen.

Zu allem Überfluss meldet sich auch noch mein rotes Teufli. „Kinderkram, die Kurven! Gib Gummi, hau dich da rein, Gas!"

„Halt die Klappe, für dich hab ich jetzt keine Zeit!"

Ich schau ins Tal. Weiter unten kommen unüberschaubare Kurven. Horrorvorstellungen kriechen in mein Hirn. Was, wenn der Gegenverkehr nicht weit vor der Kurve gnädig abbremst, um mir Platz zu gewähren? Wenn ein Reisebus auf seinem Recht besteht? Der braucht schließlich auch beide Fahrspuren. Dann stehe ich da, auf der Gegenfahrbahn, einen Meter vor dem Busmonster, Aug in Aug mit dem Fahrer, der sein Handy zieht und die Carabinieri anruft. Ein Deutscher auf der falschen Fahrbahn. Verkehrsbehinderung. § 1 der Straßenverkehrsordnung. Gilt auch in Italien. Die Carabinieri nähern sich mit Funkellicht und Sirene. Die Busgäste, allesamt italienische Hooligans auf dem Weg zum Fußballspiel Inter Mailand gegen Hertha BSC, steigen aus und greifen zur Selbsthilfe. Schnappen sich mein Bike und knallen es in den Straßengraben. Da liegt es nun, zerbeult und zerdeppert. Jetzt sind auch schon die italienischen Polizisten da. Einer nimmt mir sofort die Pappe weg, der andere ruft den Abschleppwagen an. Mittlerweile staut es sich von Bormio bis Meran. Die Touris kriegen richtig was zu sehen, mich nämlich, und meinen Karrenschrott im Straßengraben. Alle zücken ihr Handy, im Nu steht alles auf Facebook, eine Million Klicks, Lady Gagas Applause Release-Video locker in den Schatten gestellt. Am nächsten Tag kennen die Zeitungen nur eine Schlagzeile: Komplettchaos am Stilfser Joch. Deutscher Mopedopa legt norditalienische Alpen lahm!

Also, Stilfser Joch fahr ich nicht mehr. War das letzte Mal. Kann mir gestohlen bleiben. Na, Schwamm drüber, hat ja keiner gesehen.

Weiter unten geht es besser. Sobald die Straße trocken ist, erwische ich mich schon wieder bei rasanten Schräglagen.

Da, ein Restaurant. Ich parke meine Karre direkt neben den 1400er Tschechenkrachern. Auf der Terrasse sitzen die Mannsbilder mit ihren Mädeln. Die Männer telefonieren am Handy, die Ischen giggeln, alle trinken Bier aus großen Pötten. Ich bestelle einen Espresso doppio. Mittlerweile bin ich wieder entspannt.

Unten in Spondinig halte ich mich östlich nach Meran. Die Temperaturen steigen. Ich muss aus der Regenkombi und fahre in Schlanders auf einen Supermarktparkplatz. Mühsam schäle ich mich aus der Pelle, quetsche sie ins Top Case und geh in den Laden. Die Verkäuferin hinter der Theke will wissen, ob ich hier Urlaub mache. Hier im Vinschgau, erzählt sie, werde italienisch gesprochen, und die erste Fremdsprache sei deutsch. Oder war das umgekehrt? Draußen verputz ich die gekaufte Nougatschokolade.

Zwei Biker biegen auf den Parkplatz ein und stellen ihre Maschinen neben meiner ab, eine 636 Triple Triumph und eine Fazer. Wir kommen ins Gespräch, das übliche WoherWohin. Die beiden wollen nach Bormio.

„Heute noch?"

„Logo", antwortet der Kleinere.

„Übers Stilfser Joch?"

„Den Mist kann ich mir nicht mehr geben!", sagt wieder der Kleine, der Größere spricht nicht.

„Zig mal schon Stilfser Joch, kann ich gar nicht mehr zählen", wieder der Erste, „wir fahren Umbrail."

Der wäre aber nicht durchgehend asphaltiert, gebe ich zu bedenken. „Egal, heizen wir drübba, null Problemo."

Ich weiß eigentlich nicht so recht, warum ich mit den Typen rede, der eine sagt nichts, der andere ist bockig. Letzter Versuch. Ob sie von dem Triumph-Event in Neukirchen gehört hätten.

„So 'n Massenscheiß kann ich mir nicht ziehn", meint der Kleinere. Ich wünsche denn mal weiterhin gute Fahrt und gehe zu meinem Bike.

Locker schwinge ich Richtung Meran, immer leicht bergab, cruising-style, 5000 Touren im fünften. Die Sonne steht bereits tief und wärmt mir den Rücken. Eine friedliche Stimmung liegt über dem Tal. Senkrecht empor steigende Rauchsäulen erfüllen die milde Abendluft mit dem würzigen Geruch jahrzehntealter Weinstöcke aus offenen Feuern.

Dann passiert es rasend schnell. Die grüne Kawa aus der Gegenrichtung hat vor der Kurve noch gut und gerne 140 Sachen drauf. Der Fahrer versucht, sein Renntempo durch Schräglage wett zu machen und geht gleichzeitig in die Bremsen. Es reicht nicht, ich seh es kommen, es reicht nicht, das geht schief! Er kann sich nicht mehr auf der Straße halten, schleudert über die Begrenzung in den Schotter rechts daneben und shreddert seine Karre an dem einzigen Baum weit und breit. In Zeitlupe fällt das Bike um. Der Fahrer reagiert nicht. Die Maschine liegt im Staub, der Mann steht breitbeinig drüber, wie ein Cowboy über seinem erschossenen Gaul. Reglos bleibt er stehen. Jetzt taucht sein Kumpel auf, ebenfalls auf einer grünen Kawa. Gleichzeitig schieße ich durch eine Lücke des Gegenverkehrs links rüber zu den beiden, stelle mein Bike mit dem Ständer auf einen flachen Stein und geh hin. Der zweite Mann redet auf den Unglücksraben ein:

„Olli, was machst du denn! Bist du völlig übergeschnappt! Das sah man doch!"

Olli steht da wie ein Pfosten in der Landschaft. Ich wuchte sein Bike hoch und stelle es auf den Seitenständer. Der linke Spiegel hängt runter. Sonst scheint alles in Ordnung, sogar die Verkleidung, die schnell mal einen Riss abkriegt und dann komplett ausgetauscht werden muss. „Alles OK, bis auf den Spiegel", sage ich. Ollis Kumpel teufelt immer noch auf ihn ein. Dieser faselt jetzt was von „no risk, no fun". Und dann sprudelt es aus ihm raus: „Scheißkurve ... verkackter Split ... blöder Autofahrer ... Sonne geblendet ... jetzt lass uns mal zügig weiter ... Stilfser Joch."

Ich geh rüber zu meinem Bike und hol Tape, Bombertape, das graue, mit dem man ner MIG 21 den abgebrochenen Flügel wieder antapen kann, und kleb Olli den Spiegel fest. Das würde halten, bis ihm die Vertragswerkstatt für die korrekte Reparatur zwei große Scheine abnimmt. Erst jetzt bemerkt mich Olli und murmelt so was wie danke.

„Jungs, die Sonne steht schon tief, Stilfser Joch wär für heute verschenkt. In Eure Richtung kommen schöne Wirtshäuser am

Wegesrand, die haben gutes Bier. Das wär's doch für den Abend, oder?"

Der zweite Mann guckt mich dankbar an. Olli grummelt Unverständliches vor sich hin. Ich wünsche den beiden viel Glück und gehe mit der Taperolle zu meinem Bike, muss mich jetzt selbst um eine Bleibe kümmern.

14 Der Besserwisser

Meran. Die Gegend mit den Pensionen liegt nördlich, außerhalb des Stadtkerns. Ich frage zwei Spaziergänger nach einer Unterkunft. Sie sprechen deutsch. „Gleich vorne, Hotel Mitte", erklärt mir der Mann, „da sind wir schon seit einer Woche, tolles Frühstücksbuffet, Schwimmbad, helle freundliche Zimmer, für 40 Euro."

An der Rezeption sitzt eine Dame in einem Pepitakostüm und sagt 70 Euro. Nein Danke, weiter. Mittlerweile bin ich im Kreis gefahren und wieder im Zentrum angelangt. Aus den Augenwinkeln sehe ich die Jugendherberge. Sie ist überfüllt. Verdammt, ich fahr jetzt wieder raus aus der Stadt, vielleicht find ich was außerhalb. Rechts ein riesiger Krankenhauskomplex, hier will ich auch nicht übernachten. Plötzlich eine Pizzeria mit einem kleinen Schild „Rooms". Nichts wie hin, Karre am Bordstein geparkt, ich ergattere ein Zimmer für 38 Euro.

Nach der heißen Dusche sieht die Welt sofort ganz anders aus. Und jetzt eine kurze Biege zu Fuß durch die Stadt, Hunger hab ich noch nicht, Ollis Crash ist mir auf den Magen geschlagen. Vorbei am Bahnhof schlendere ich durch kleine Einkaufsgassen. Die Sonne taucht hinter der nordwestlichen Bergkette ab, es ist immer noch warm. Der Bergwind lässt die Fahnen vor den majestätischen Hotels flattern und fächelt mir die Düfte der Pizzeria meiner nahen Unterkunft in die Nase. Hm, jetzt könnt ich doch mal eine Nudel um die Gabel drehen. Schnell noch die Karre richtig geparkt, hatte sie vorhin einfach am Straßenrand abgestellt.

Ich fahr in den Innenhof der Pizzeria-Pension. Dort steht bereits ein Motorrad, hochgebockt auf dem Mittelständer. Links daneben ein gelber Plastikeimer mit allerlei Putztüchern und Tuben.

Das Zweirad, eine F 800 GS mit Koffern, wird von seinem Besitzer fotografiert, einem Mann mittleren Alters. Blassbraune Haare, Hose mittellang in beige, dunkelbraune Gesundheitssandalen, hellbraune Socken. Er versucht, den Putzeimer aus dem Bildausschnitt zu kriegen. Ich parke meinen Hobel mit etwas Abstand zu seinem Glanzstück. Aus den Augenwinkeln erkenne ich, dass ihm das nicht passt. Er würde jetzt seine blitzblanke GS nicht mehr ohne meine Dreckschleuder aufs Foto bekommen. Eingesaut vom Schneematsch des Stilfser Jochs bis zur Höhe von Sitz und Tank. Der Typ sollte lieber seinen pissgelben Putzeimer aus dem Weg räumen. Sonst stoße ich vielleicht versehentlich mit der Fußspitze dran, reflexartig quasi, und die dreckige Lauge läuft dem strahlenden Putzhelden in seine kackbraunen Sandalen.

Ich verkneif mir eine Bemerkung und sage „Hallo".

„Hi", grüßt er zurück. Während ich mein Gepäck abmontier, macht er weitere Fotos und versucht, sein Objekt ins Visier zu kriegen, und zwar – wie vermutet – ohne meine Kawa im Hintergrund. Dabei gockelt er herum und spiegelt sich im Chromglanz seiner Maschine.

Vor der Pizzeria haben sie Tische auf einer erhöhten Veranda aufgestellt. Sie sind gut besetzt. Mitarbeiter des nahe gelegenen Krankenhauses? Ich steuere einen freien Tisch an. Er ist bereits mit Besteck und Gläsern auf einer rot-weiß-karierten Tischdecke eingedeckt, hübsch anzusehen. So, jetzt ein Bier. Die Wirtin nähert sich, hellblond und üppig. Ob ich schon gewählt habe, fragt sie auf Deutsch. „Jawoll, Pizza Bolognese bitte und ein großes Bier". Signora entfernt sich zügig. Prompt kommt das Bier. Zisch, das halbe Glas ist leer. Aaaah, gut! Die Gespräche der Gäste am Nebentisch über Krankenhausgeschichten tropfen an mir ab.

Plötzlich taucht der GS-Biker auf. Ob er sich zu mir setzen dürfe? Dürfe er. Der Mann trägt mittlerweile ein kurzärmeliges, weißes Hemd. Die oberen Knöpfe sind offen, ein Büschel blassgrauer Haare quillt heraus. Levis, gepflegte Lederschuhe, hellbraun. Bei seiner Putzaktion vorhin hatte er offene Sandalen getragen, hat also mindestens drei Paar Schuhe im Gepäck, Motorradstiefel, Lederschuhe, Sandalen, wahrscheinlich noch Bergsteigerstiefel und Pantoffeln für Indoor-Aktivitäten. Randlose Brille, Mittelscheitel wie mit dem Lineal gezogen. Dreitagebart. Eingerastetes Dauergrinsen. Dazu schleppt er sein sämtliches Motorradzubehör unterm Arm mit sich herum und breitet es jetzt am Tischende aus: Helm, Handschuhe, Kamera. Bevor er etwas sagen kann, erscheint die Bedienung, diesmal nicht die Wirtin, sondern ihr jüngeres Ebenbild, die Tochter? Mein Tischnachbar ordert eine Minestrone, einen großen Sportsalat und ein Weizenbier. Ich bestell noch ein großes Helles, meine Spaghetti lassen auf sich warten. Womit würde der Bikerkollege das Gespräch eröffnen? Mit dem üblichen „WoherWohin?" oder direkt mit den Vorzügen seines Materials, F 800 GS Launch Edition, Multihelm X-lite ?

„Dein Bike ist aber ganz schön dreckig."

Aha, die Anschleichvariante. Die nächste Frage würde lauten, wo denn das so dreckig geworden wäre.

„Wo ist denn das so dreckig geworden?"

„In Italien"

Dazu will er nichts wissen. Dann legt er los.

„Also, ich komm heute vom Comer See, dann Umbrail und dann Stilfser Joch. Ich bin schon seit elf Tagen unterwegs, und ich habe noch eine Woche Zeit. Ich betrachte meine Tour als Auszeit vom beruflichen Stress. Überall habe ich wundervolle Menschen kennengelernt."

Die Bedienung, Mutter plus Tochter, rauschen mit der kompletten Bestellung an, die Biere auch dabei. Das junge Mädel reicht meine Spaghetti Bolognese dem Tischnachbarn und mir die Minestrone. Der Mann gerät aus dem Häuschen, braust über die falsche Zuordnung auf. Vegetarier sei er! Ich schieb ihm die Minestrone rüber und greif die Spaghetti. Hhmmm, lecker. Die Fleischsauce glänzt ihn feucht an. Jetzt noch einen Riesenlöffel Parmesan drüber und die Nudeln auf die Gabel gedreht. Die Spaghetti haben den al dente-Zenit einen Hauch überschritten, genauso, wie ich sie mag. Und die Fleischsauce, ein Gedicht! Mr. Minestrone äugt skeptisch und macht sich über seine Suppe her. Er löffelt schnell, ohne dass etwas überschwappt. Das Reden hat er eingestellt. Gleichzeitig löffeln und reden kann er nicht. Den Salat lässt er vorerst unberührt, nicht aber sein Weizenbier. Das kippt er in hastigen Zügen. Jetzt geht die Minestrone zur Neige – in einem Höllentempo hat er sie sich eingeflößt – und er nimmt den Sportsalat in Angriff. Unter den Blättern verstecken sich allerdings Putenbruststreifen, was ihn sehr erzürnt. Die habe er aber nicht bestellt. Tja, nicht wunschgemäß gelaufen, die Wirtin hat es wohl zu gut gemeint und ihm eine Extraportion Fleischliches unter den Salatblättern versteckt. Nun hat er die Wahl, entweder er lässt den Salat zurückgehen oder er sortiert die Pute aus. Die erste Variante mache ich ihm zunichte.

„Auf der Karte hier steht" – ich nehm die Karte zur Hand, täusche vor, den Sportsalat zu suchen, obwohl ich die Zeile längst vor Augen habe – „also hier steht Sportsalat *an* Putenbruststreifen."

Er presst die Lippen zusammen, sagt kein Wort und malmt mit den Kiefern. Wohl oder übel macht er sich daran, die Putenstreifen auszusortieren. Penibel durchkämmt er den Salat, Blatt für Blatt. In den Paprikaspiralen haben sich einige Fleischfizzel-chen festgehakt. Auch diese sortiert er aus. Die Gäste an den Ne-bentischen – Blinddarmchirurgen aus dem nahe gelegenen Hospital, stell ich mir vor – merken auf, werfen interessierte Blicke herüber und kriegen Stilaugen. Hier können sie noch was lernen, Mr. Snatcher seziert.

Jetzt ist er fertig und fängt an zu reden. Als ob die Minestrone-löffelei und der Sezessionskrieg einen lebensgefährlichen Ge-sprächsstau verursacht hätten, bricht es drangvoll aus ihm her-vor:

„Vegetarier kennen die hier wohl nicht! Rücksichtslos!"

Ich schweige.

„Da zieht man sich schon mal gepflegt an für zu Tisch und dann so was."

Dazu sage ich auch nichts.

„Na, mindestens hatten die einen Eimer mit Lauge und Lappen für mein Motorrad zu putzen."

Aha, die diversen Putzmitteltuben und Dosen hatte er also selbst mitgebracht.

„Sieht jetzt wieder gepflegt aus, meine Liebste, war aber auch nötig, so dreckig, kann man doch keine Fotos von machen."

Wie, so dreckig? Wie meins?

„War gar nicht so leicht, meine blitzblanke BMW F 800 GS" – er nennt tatsächlich die komplette Typenbezeichnung – „ohne deine Reisschüssel in den Bildausschnitt zu kriegen. Stand ja fast daneben."

„Kollateralschaden"

„Was?"

„Schwerhörig?"

„Und außerdem, dein Helm am Boden, zerkratzt doch dabei. Hättest du wenigstens an die Fußraste hängen können!"

„Sieht dann ordentlicher aus, wa?"

„So ein schöner Helm, und dann liegt er da auf dem Boden, die Sternchen und das ganze Dekor, alles im Dreck.“

So, er hatte also meinen Helm zur Kenntnis genommen, das Design. Das war mir schon peinlich gewesen, als ich den Helm gekauft hatte. Damals hatte ich mich trotz des Dekors für dieses Modell entschieden, weil es passte und der Preis stimmte.

„Ich steh auf Multifunktionshelme“, nimmt er den Faden wieder auf.

Das war nicht zu übersehen, seiner grinst mich vom Tischende an, X-lite, irgendwas mit GT, in Silber, vom oberen Ende der Preisskala.

„Multihelme find ich Mist.“

Ihm entgleiten die Gesichtszüge, das gefrorene Dauergrinsen weicht einer Mine zwischen ungläubig und entsetzt.

„Aber ....?“

Mehr kriegt er nicht raus, schnappt nach Luft und verschluckt sich. Dann kommt nichts mehr. Wahrscheinlich ordnet er gerade im Geiste die Multifunktionshelm-Vorteile im Vergleich mit Integral- und Jethelmen und versieht die Pro-Argumente mit einem Wichtungsfaktor. Um seine Replik zu verhindern, schieb ich vorsichtshalber noch mal nach:

„Find ich Kacke!“

Ob er jetzt Ruhe gibt? Nein, er wechselt nur das Thema, den Materialbereich sozusagen.

„Welche Pneus hast du denn drauf?“

„Gute Gummis“

„Also ich fahre ...“

„Metzeler Tourance Next haben bessere Nassfahreigenschaften als deine Conti-Grobstöller, halten auch viel länger, und drei Viertel der Strecke fährst du sowieso auf Asphalt.“

Er schluckt. Woher kann ich wissen, welche Reifen er fährt, TKC 80 hat er drauf. Da hatte er sich für einen bestimmten Geländereifen entschieden und bekommt das jetzt um die Ohren gehauen, auch noch von einem Kawafahrer. Ich hatte sogar noch mehr gesehen. Der abgeriebene Teil seiner Reifen kommt nicht mal ansatzweise in die Nähe der Reifenflanke. Dieses Bike war sein Leben lang nur um Kurven getragen worden. Wie ist der überhaupt das Stilfser Joch runtergekommen?

„Sag mal, dein Helm da" – ich weise mit der Gabel Richtung Tischende – „wir sind ja beide Brillenträger, bist du mit dem Visier zufrieden?"

„Und ob! Super! Wie für Brillenträger gemacht! Und überhaupt, wenn du deinen Helm auf den Boden legst wie vorhin, zerkratzt das Visier, und mit zerkratztem Visier siehst du nur die Hälfte!"

„Und, was hilft dagegen?"

„Visier sofort austauschen!"

„Aha, bei Dunkelheit das Licht einschalten"

„Was?"

„Na, dass man nachts mit Licht fährt und nicht mit blindem oder getöntem Visier, das weiß doch jeder."

„Aber trotzdem!"

„Wie, aber trotzdem? Wenn mir jemand solche Ratschläge gibt, komme ich mir wie ein Depp vor, als wär ich blöd."

„Besser ein Tipp zu viel als einer zu wenig!"

„Ich hab heute vor Meran mit eigenen Augen gesehen, wie ein Youngster mit seiner grünen Maschine knapp dem Tod von der Schüppe gehüpft ist, weil er die Kurve viel zu schnell angefahren ist. Hat sich bei der Aktion den Spiegel abrasiert. Was soll man solchen Kollegen denn raten?"

„Muss er vor der Kurve vom Gas."

Aha.

„Und dann Ideallinie"

Oho.

„Aber das ist nicht das Problem."

„Sondern?"

„Gerade den jungen Leuten muss man klar machen, dass sie sich permanent überschätzen, und dann passiert es. Motorradfahren beginnt doch im Kopf!"

„Vielleicht", werf ich ein, „hätte er sich nur etwas flacher legen müssen, unsere Bikes vertragen doch viel mehr Schräglage als die meisten Fahrer ausnutzen?"

„Ja, genau, am liebsten würde ich solchen Typen zurufen, hallo, Freundchen, darf's ein bisschen mehr Schräglage sein!"

Vor einer Minute hatte er noch dafür plädiert, den jungen Leuten Vorsicht beizubringen, jetzt das Gegenteil.

„Wenn aber", geb ich zu bedenken, „jemand ohnehin schon am Limit fährt wie der Junge mit der Kawa und den Ratschlag befolgt, endet es vielleicht tödlich."

„Dann ist er eben selbst schuld."

Ich lass mir die Rechnung von der Wirtin aufs Zimmer legen, verabschiede mich und bleib höflich.

„Du hast ja noch Nachtisch!"

Besserwisser! Ratschläge! Junge, zieh dich warm an! Pinkel nicht gegen den Wind! Nachts nur mit Licht fahren! Zerkratztes Visier auswechseln! Jawoll, Herr Lehrer. Weiß doch jeder!

Oder die mit den gratis mitgelieferten Argumenten: Lieber Raucher, hör mit dem Qualmen auf! Kostet Geld und macht krank. Vielen Dank für die Begründung. Kann Raucher trotzdem nicht, schon tausend mal versucht.

Auf meinem Zimmer öffne ich das Fenster und teste das Bett. Straff enough. Mein Blick fällt auf ein Betthupferl aus Schokolade, Deko auf dem Nachttisch, ein niedliches Kätzchen. Keine Kohlehydrate zur Nacht! Ich beiß dem Schokotier die Ohren ab,

hm, süß, zieh mich aus, bis aufs Shirt und lass es unter der fe-
derleichten Bettdecke zwischen den Beinen baumeln. Nach einer Minute gleite ich in die Traumwelt.

15 Übern Jaufen

Früh am nächsten Morgen wecken mich die Sonnenstrahlen, die schräg durch die Jalousie dringen. Ich spring aus dem Bett, geh zum Fenster, öffne es einen Spalt, biege die Lamellen auseinander und lug hindurch. Gegenüber liegt das nördliche Gebirgsmassiv, noch im Schatten, davor graublauer Dunst. Die Latschenfelder, die in der Höhe Geröllhalden und nackten Fels freigeben, leuchten bereits in hellem Licht. Unterhalb, auf dem Kamm des hügeligen Vorgebirges, zackt tiefgrün die Silhouette der oberen Baumreihe. Zwei vereinzelte Fichtenstämme ragen kahl empor. Die ersten Strahlen der Sonne blitzen durch das Fichtentor, schon gleißt die gesamte vordere Hügelkette. Licht flutet das Tal und erwärmt es schlagartig. Ein milder Lufthauch umfächelt mein Gesicht, Vorbote eines heißen Sommertages im Kessel von Meran.

Heute wird's ein guter Tag, das spüre ich in den Zehenspitzen. Die Anstrengungen von gestern sind bis auf ein leichtes Ziehen im Nackenbereich verflogen.

Ab halb sieben gibt es Frühstück. Hoffentlich ohne den Superbiker. Mal schnell in die gute Stube runtergehüpft. Ich traue meinen Augen kaum, wer sitzt da am einzigen gedeckten Frühstückstisch?

Hilfe! Wie kann ich mich gegen weitere Ratschläge wappnen? Einige Themen hatte der Mann gestern nur gestreift, vor allem das wichtigste, sein Bike. Keineswegs werde ich über sein Bike reden, erst recht nicht im Vergleich mit meinem. Genauso gut könnte man Kanus und Kajaks vergleichen. Zwischen den Motorrädern liegen Konzeptionsunterschiede, Welten. Obwohl. Um sein ABS beneide ich ihn schon. Und mit seinen grobstölligen Reifen könnte er ins Gelände. Das ist mit meiner ZX nicht zu machen, Offroad-Qualitäten Null. Aber das wäre das Letzte, was ich dem Enduro-Helden gegenüber zugäbe, lieber würd ich meine Zunge verschlucken. Überhaupt. Ist gar keine richtige Enduro, sein Teil. Damit könnte man ihn wahrscheinlich ärgern, Softenduro. Adventure? Pfff, nichts als Makulatur! 250 Kilo im Gelände, da helfen auch keine Sturzbügel, und auf Asphalt kommt er mit seinem 88 PS-Vierteltonner nicht aus dem Quark, bisschen viel Babyspeck im Vergleich zur Basisversion.

Wohl oder übel setz ich mich zu ihm. Aus einem geflochtenen Weidenkorb duften mir frische Brötchen entgegen. Der heiße Kaffee dampft aus der geöffneten Thermoskanne. Auf einem Riesenteller liegen Käse und Wurst, große Mortadellascheiben mit grünen Pistazien überlappen die Käseauswahl, das muss dem Vegetarier ein Dorn im Auge sein. Erdbeermarmelade glitzert in einem Schälchen. Ein Thermohandschuh dient als Warmhalter für die Eier. Nur eine Kleinigkeit trübt das Bild, eine Porzellankanne mit heißer, aufgeschäumter Milch. Weg damit! Ich schiebe sie ans andere Tischende, während ich mich hinsetze, dem Kumpel direkt gegenüber. Wie heißt der eigentlich?

„Moin, Moin", grüßt er, „ich heiße übrigens Johannes."

Aha, Hannes aus Hamburg.

„Gute Nacht gehabt?", will er wissen. Wie ich heiße, interessiert ihn nicht.

„Sehr gut, und selber?"

„Auch"

„Na denn mal her mit den Brötchen!"

Ich greif mir eines, knusprig, braun, nicht die mehlweißen Pappdinger, die sie hier oft hinstellen, und bestreich es mit Butter, angel mir eine Mortadellascheibe, fast so groß wie mein Teller, lass sie gezielt auf einer Brötchenhälfte landen und beiß rein. Lecker, auch die Pistazien. Hab ich einen Hunger! Ohne an unsern Tisch zu kommen, will die Bedienung – diesmal ein anderes junges Mädel, nicht die von gestern – von ferne wissen, ob ich Kaffee oder Tee wünsche. Kaffee, geb ich ihr zu verstehen. Die Thermosflasche steht ja auf dem Tisch, und ich habe mir schon eine Tasse eingeschenkt, schwarz wie die Nacht und so heiß, dass ich einen Moment warten muss, um nicht die Lippen zu verbrennen.

Johannes hat gerade ein Brötchen in Arbeit. Käse soll da drauf. Dazu müht er sich, die Rinde ringsum abzuschneiden. Ist wohl etwas stumpf, sein Messer. Außerdem will er sie ganz knapp abtrennen, käsematerialsparend sozusagen. Schließlich hat er es geschafft und legt die restlichen Streifen parallel ausgerichtet neben seinen Teller. Bei dem dritten Schnitzen ist aber eine leichte Rundung darin. Den zerteilt er in drei Einzelstücke, um diese möglichst parallel zu den beiden längeren dazu drapieren zu können. Mit dem Ergebnis scheint er trotzdem nicht zufrieden.

„Wird heute ein heißer Tag", sagt er mürrisch.

„Ja, richtig Sommer"

„Umso wichtiger, dass man die passenden Klamotten anzieht"

Mir schwant Böses.

„Ich fahr Reschen, und oben wird's sicher kalt."

„Hm"

„Ich schwör auf meine Thermoserie, X-Bionic Energy Accumulator und Funktionssocken, Waterproof Offroad, ist ja wichtig, weil mein Bike, kann ich auch offroad mit."

Er nennt tatsächlich die Markenbezeichnungen. Außerdem hat er damit zwei Themenkreise eröffnet, sein Bike und seine Bekleidung. Dazu sage ich nichts.

„Bei so was darf man nicht an der falschen Stelle sparen!"

„Ich kannte mal einen, dem sein Vater ..."

„Dessen Vater", unterbricht er mich.

„Also gut, dessen Vater hat dem für sein bestandenes Examen 2000 Euro geschenkt. Da hat der sich ein Motorrad für gekauft."

„Was ist das denn für ein verkorkstes Deutsch, ... da hat der sich für!"

Aha, also doch, Hannes aus HH, Oberstudienrat für Deutsch.

„Na gut, dafür hat er sich ein Motorrad gekauft, genau genommen nur für einsfünf, denn für die verbleibenden 500 Schleifen wollte er auf Italientour, mit Zelt statt Pension. Davon waren 400 Eu für Sprit kalkuliert, der Rest fürs Essen. Der Plan konnte also nur mit Weißbrot und Tomaten aufgehen oder wenn ihn ab und zu mal eine gute Seele zum Essen einladen würde."

„Ja und? Wo bleibt da der Witz?"

„Wenn wir dem, also ihm, den Ratschlag gäben, nicht an der falschen Stelle zu sparen, er solle sich z.B. einen Helm wie deinen X-Lite und Thermofunktionsunterwäsche zulegen, müsste er 1000 Euro für ausgeben, ohne einen Meter gefahren zu sein."

„Muss er sich aber trotzdem kaufen, sind alles Sicherheitsfeatures!"

Aha, denke ich im Stillen, sparen wird er dabei aber nicht können, Helm kauft man schließlich nicht gebraucht und erst recht keine Unterwäsche. Sonst steht er damit vor seiner Freundin, er, der Lover mit der Thermounterhose, die Angelegenheit gerät intim, die Funktionsbuchse fängt an, Energy zu akkumulieren, im Genitalbereich zu spannen, und er sagt: „Schatzi, meine Unterbuchse hab ich gebraucht gekauft und meine Funktionssocken Waterproof Offroad auch." Das gibt dann nichts mit der Erotik.

Während Johannes redet, schmiere ich mein drittes Brötchen und überhöre seine Diskussionsbeiträge.

„Sag mal, ich will dir ja nicht die Scheibe Schinken vor der Nase wegessen?"

„Kannst du haben", antwortet er angeekelt.

Ich mach mich über mein letztes Brötchen her, Schinken drauf, und schlürf den restlichen Schluck Kaffee.

„So, ich werd dann mal."

„Warte, ich komm mit."

„Ich will erst noch aufs Zimmer und die Rechnung bezahlen."

„OK, bis gleich, ich komm nach, muss dich doch verabschieden."
Die Bedienung hat die Rechnung vorbereitet. Ich zahle und lege ihr noch etwas drauf. Meine Sachen sind schnell gepackt. Pulli? Nein, brauch ich nicht. Heute wird's ein heißer Tag. Im Innenhof hat es bereits jetzt um acht Uhr an die zwanzig Grad.

Johannes wartet schon. Da stehen sie, die beiden Bikes. Sein blitzblankes, edles Weltwunder und meine eingedreckte Schwarze.

„Mal testen, wie sich das anfühlt, deine 90 Zentimeter Sitzhöhe für die langbeinigen Boys." Ich schwing mein rechtes Bein über den Sattel. Panisches Entsetzen übermannt Johannes. Er kann nichts dagegen tun, ich sitz schon drauf.

„Hm, mal was anderes"
Beim Absteigen stoße ich mit dem Stiefel an den blank polierten Auspuff und hinterlasse einen leichten Schleier. Johannes schießt vor, ein Stofftaschentuch parat, rubbelt die schlierige Stelle wieder blank. Ich verkneif mir einen Kommentar, will jetzt auch schnell los. Obligatorischer Rundumcheck, alles klar.

„Du bist zu dünn angezogen", meint Johannes.

„Passt schon"
Gepäck rasch montiert.

„Denk an meine Worte!"

„Na dann, Hannes, mach's mal gut!"
Von wegen zu kalt. Ich würd die Karre glühen lassen!

Um die richtige Ausfahrt in nordöstlicher Richtung zum Jaufenpass zu finden, muss ich zunächst auf diversen Einbahnstraßen zurück ins Zentrum. Der Verkehr brodelt, rechts überholt ein Roller und rempelt mich leicht an. Hau ich dem was aufs Maul? Lass' gut sein, würd den schönen Morgen versauen.

Schnell aus der Stadt, strahlende Sonne, Kurven schlängeln sich durch die grüne Landschaft. Links geht's zum Timmelsjoch, das juckt gewaltig in den Fingerspitzen, aber da soll es heut nicht hin. Dann taucht auch schon rechts der Abzweig zum Jaufenpass auf. Ich hab's gut erwischt, bin fast allein auf der Strecke.

Meine Route atmet Geschichte. Am Weißen Sonntag 1809 führte Andreas Hofer einige tausend Tiroler nach Sterzing. In hellen Haufen übern Jaufen. Dort hatten sich an die 400 Bayern festgesetzt, nur ein Geschütz dabei. Hofer ließ Heuwagen auffahren, hinter denen sich seine besten Schützen verbargen und die bayerischen Kanoniere wegschossen. Dann besetzte er mit seinen Männern die Höhen um Sterzing und schnitt den feindlichen Truppen die Passage über den Brenner ab.

Izzo also ich übern Jaufen, in die Höh. Zur linken erblüht ein Regenbogen in prachtvoller Schönheit, auf den Blättern der Bäume perlt glitzernder Tau. Der Laubwald wechselt mit Nadelhölzern, es kühlt ab. Dann wird die Straße feucht, Konzentration! Je höher ich komme, desto mehr fröstelt mich. Die hochsommerlichen Temperaturen unten in Meran haben getäuscht. Da hat der Besserwisser doch Recht behalten: Ich bin zu dünn angezogen, unter der Kombi nur ein Hemd.

Erste Schneefelder säumen die Route. Schnell bin ich oben. Soll das die Passhöhe sein? Die Temperatur sinkt auf gefühlte Null Grad. Wolken hängen tief, die Straße trieft nass, ich friere wie ein geschorenes Schaf. Den Pass hab ich unterschätzt; gedacht, hüpf da eben rüber. Jetzt muss ich erst mal einen Pulli drunter ziehen. Inmitten von Schneefeldern halte ich an und krame frierend meinen einzigen Pullover heraus. Das Hemd ist feucht, bibbernd steh ich im eisigen Wind. Nach unten bleibt die Straße nass, ich rudere durch Sturzbäche, aber meine Stiefel haben mich bisher nie im Stich gelassen. Auch bei der Querung von Bachfurten halten sie trocken. Vor allem aber verbreiten sie keinen Geruch, selbst wenn sie bei hochsommerlichen Temperaturen den ganzen Tag im Einsatz sind. Perfekt, die Dinger.

Die Kurven bergab lassen sich einfach fahren, nach Sterzing runter wird es auch wieder wärmer. Unten im Tal reihen sich etliche Kreisverkehre aneinander, der Sprit wird langsam knapp. Schnell getankt und ab zur Autobahn. Plötzlich kommt mir die Idee, stattdessen die alte Brennerbundesstraße zu nehmen. Gedacht, getan. Die Straße windet sich in riesigen Kehren leicht bergan, das war früher schließlich die Haupt-Nordsüdverbindung. Ich heize fast jede Kurve im zweiten Gang hochtourig mit 120 Sachen. Huii, bringt Spaß. Schnell erreiche ich die Passhöhe, die aber gar nicht als solche auffällt.

Richtung Nord mal Regenschauer, dann wieder trocken. So, die Maut gespart. In diesem Moment will mich die Beschilderung auf die Autobahn lotsen. Ich bleibe auf der Bundesstraße und gerate ins Stubaital. Also wieder zurück und doch auf die Autobahn, allerdings sind die wenigen Kilometer bis Innsbruck mautfrei. Die alte Brennerbundesstraße musste an dieser Stelle wegen Gebirgssturz und Murenabgang gesperrt werden.

In Innsbruck fummel ich mich durch die Außenbezirke Richtung Schwaz. Links Supermärkte, soweit das Auge reicht, rechts Tankstellen, mit identischen Spritpreisen. Dann muss ich gegen meinen Willen wieder auf die Autobahn, zwei Abfahrten und zwanzig Kilometer. Ohne Vignette, soweit kommt's noch. Zillertalabzweig nach Mayrhofen. Knapp vor Zell am Ziller halte ich an einem riesengroßen Verkaufsladen für alpenländische Produkte und lasse mich draußen an einem der vielen überdachten Holztische auf einen Espresso nieder. Nebenan hat sich eine

Gruppe zünftiger Wanderer breit gemacht, Männlein und Weiblein, alle ausgestattet mit Dirndl und Kniebundhosen, Filzhüten und plakettenbewehrten Wanderstöcken. Die Frauen trinken Rotwein, die Mannsbilder lassen großkalibrige Bierhumpen aneinander krachen, dass es nur so scheppert, schäumt und spritzt. Alle reden gleichzeitig, einer lauter als der andere, schreien sich an, um sich Gehör zu verschaffen.

In engen Kehren schleich ich den Gerlospass hinauf, leider alles im Regen. Nebelschwaden umwabern mich, das Visier beschlägt, die Sicht verschlechtert sich, Autos überholen. Um Gerlos haben sie etliche Baustellen eingerichtet, überall aufgerissene Straße, Dreck und Steine. Vor der Passhöhe halte ich kurz an, um rechts den Durlaßspeicher anzuschauen. An etlichen Stellen ist die Grasnarbe zerstört. Erdrutsche haben sie weggerissen, daneben vegetationslose Rinnen mit Schlamm- und Gerölllawinen. Im Winter, wenn das Gelände schneebedeckt ist, bleiben diese Schäden unsichtbar.

So, jetzt zur alten Gerlospassstraße. Eng und holperig windet sie sich zu Tal, runter nach Wald. Mein Plan scheitert, wenige Meter nach der Gabelung haben sie das Sträßlein wegen Murenabgangs gesperrt. Also doch über den Gerlos. Besser so, bringt einen Pass mehr aufs Konto, Nummer 19, den werd ich in der Endabrechnung brauchen.

Oben am Abzweig zum Filzsteinrestaurant gibt sich das Wetter noch grau in grau, dann reißt es auf. Nicht mehr lange, und die restlichen Wolken werden sich auflösen. Erste Sonnenstrahlen erwärmen den Boden, die Straße dampft ab, von einem Moment zum nächsten ist sie trocken.

Das sieht gut aus, da geht was. Gas. Schätze, meine Gummis haben die richtige Betriebstemperatur. Ein kurzes Überbremsen des Hinterrades, der Asphalt ist griffig.

Am Aussichtspunkt „Wasserfallblick" hat die Sonne die Wolken restlos besiegt und taucht das Tal in ein helles, freundliches Licht. Weit vorn liegt Mittersil, direkt unten am Talausgang die Krimmler Wasserfälle, die höchsten Europas. Oberhalb der Fälle zieht sich das Krimmler Achental bis zum Alpenhauptkamm. Kasern auf der italienischen Seite könnte man von hier ohne Bergsteigerausrüstung in einem Tag erwandern.

Die nächsten Kurven nehm ich schneller. Jetzt naht die übersichtliche Schönmooskehre, 1400 m.s.l. Ein kurzer Blick zum Kurvenausgang, alles frei. Ich fahr auf die linke Spur rüber, bis auf den Standstreifen. Zwischen dem linken Rückspiegel und den Schneebegrenzungspfählen in schwarz-orange liegen 20 Zentimeter. Jetzt nur nicht zu früh einlenken! Mit einem Hauch von Hinterradbremse kippe ich das Bike nach innen. Hoppla, ich bin zu schnell, geh etwas kräftiger als gewollt in die hinteren Scheiben. Finger weg von der Handbremse! Die Line gelingt perfekt. Allerdings könnte ich keinen Gegenverkehr gebrauchen, denn es trägt mich ganz nach links außen, nahe an den Schotterparkplatz. Dann bin ich bereits wieder auf der Geraden. Mein Bike giert nach Drehzahl, zwischen 12 000 und 15 000 Touren im zweiten, bergab. Auf den langen Abschnitten zwischen den Serpentinen hab ich 150 Sachen drauf, vor den Kurven muss ich mächtig in die Eisen. Der Motor hängt sauber am Gas, kein Lastwechselrucken wie früher bei den alten Karren, die Lines geraten rund.

Was ist das? Rote Ampel, Baustelle. Mist! Stört meinen Rhythmus! Jetzt wieder grün. Ich zieh im ersten bis in den Begrenzer, 17 000 Touren, 100 Sachen. Bremse. Kurve rechts. Gas. In den Zweiten. Bremse. Kurve links. Da vorne, ein Auto. Parkt mit fuffzig ein, steht im Weg. Zack. Vorbei. Hölle, flammt die Karre!

Und dann passiert es. Vor dem letzten Tunnel. Ich fahr die Kurve komplett auf der linken Straßenseite an – Gegenverkehr wäre jetzt brandgefährlich – wechsel die Spur, zieh ganz nach rechts rüber und – ramm den bis an den Asphalt heran reichenden Felsvorsprung mit dem rechten Knie. Ein Ruck, ich spür einen spitzen Schlag, einen Biss. Schlagartig taumel ich im Kurvenausgang auf die Gegenfahrbahn, geh reflexhaft in beide Bremsen. Irgendwas blockiert. Ruppig reißt es mich in Gegenrichtung und verstärkt das Schleudern. Haut mich wieder zurück, und ich bin im Tunnel, Karre wieder im Griff, nichts passiert.

Das war pures Glück. Im Dunkeln seh ich nicht, ob meine Lederhose einen Riss oder ein Loch hat. Mit der rechten Hand taste ich das Knie ab. Durch den gepolsterten Handschuh kann ich nicht genau spüren, was los ist, aber da stimmt was nicht. In der Hose läuft es warm am Bein runter. Mich hat's am rechten Knie und an der Außenseite der Wade erwischt.

Nichts Schlimmes, bisschen Aua. Keiner griffbereit, dem ich was aufs Maul hauen kann. Noch nicht einmal meinem kleinen Teufli kann ich die Schuld in die Schuhe schieben, hat sich diesmal gar nicht gemeldet. No risk, no fun? Für immer gestorben. Blöder Spruch für dumme Jungs.

Auf dem Parkplatz vor dem Endbahnhof der Pinzgauer Kleinbahn unten im Tal guck ich mir mein Bein an. Bike auf den Seitenständer, Hose runter. In Unterhose auf dem Schotterplatz, ein netter Anblick für die vorbei fahrenden Autos. Das Knie blutet, unterm Schienbein klafft ein langer Riss; keine Ahnung, ob der genäht werden muss. Also ins Krankenhaus nach Mittersil. Ich spray reichlich Flüssigpflaster auf die Wunde, bis das Blut an der Wade runter rinnt, angenehm kühl.

In Mittersil park ich das Bike in der Einfahrt direkt vor der Apotheke. Die Tür öffnet sich automatisch. Der Apotheker, ein smarter Mittfünfziger, kurze graue Haare, moderne schwarz eingefasste Brille, fragt freundlich, was er für mich tun könne. Ich schildere mein Anliegen.

„Meine liebe Kollegin raucht gerade draußen eine Zigarette", sagt er, „lassen Sie mal sehen!" Damit habe ich zwar nicht gerechnet, aber umso besser. Ich würg die Lederhose runter. An der Stelle über der Wunde hat der Fels das Leder ramponiert, aber nicht aufgerissen. Wie geht das, Lederhose ohne Riss, aber im Bein eine klaffende Wunde? Die Hose schlabbert unterhalb der Knie, hängt bis zum Boden runter. Der Mann schaut sich die Verletzung an. In diesem Moment tritt die nette Kollegin durch die rückwärtige Tür, hat ihre Zigarette diesmal wohl nur zur Hälfte geraucht. Gleichzeitig öffnet sich der vordere Eingang, und herein tritt eine Kundin, Typ strenge Lehrerin, Dutt. Sie starrt auf mein blutverschmiertes Knie, dann auf meine gerippte Unterhose. Ich zieh die Lederhose wieder hoch, nicht übermäßig eilig. Die Damen haben sowieso alles gesehen, was es zu sehen gibt. Der Apotheker räuspert sich, er gäbe mir mal Betaisodona mit, mein Sprühpflaster würde in punkto Desinfizieren nicht viel nützen, und ob das genäht werden müsse, „tja, schwer zu sagen. Wenn Sie ins Krankenhaus gehen, hier gleich um die Ecke, der eine Arzt näht Ihnen das, der andere nicht." Ich bezahle, bedanke mich und verlasse die Apotheke durch die automatische Tür. Ein „Tours"-Artikel über Rennradfahrer bei der Saisonvorbereitung auf Mallorca kommt mir in den Sinn, „Blut auf der Straße und die Härte in Ewigkeit!". Ich werde mir zentimeterdick Betaisodonapaste aufs Knie und Schienbein schmieren und gut is. Scheiß auf das Krankenhaus.

16 Nordlicht über Hollersbach

Jetzt fahr ich zurück Richtung Gerlos, um im Berghof in Hollersbach zu übernachten. Hinter dem Ort schlängelt sich das Sträßlein steil und unübersichtlich bergan auf 1200 Meter Höhe. Das Gasthaus liegt inmitten einer sanft geschwungenen Wiesenlandschaft. Nur wenige Gäste haben sich hierher verirrt, und so bekomme ich problemlos ein Zimmer. Es wird sogar bewacht, von zwei präparierten, grimmig drein schauenden Tieren auf einer Kommode, einem braun-weiß gestreiften Marder und einem hellbraunen Murmeltier mit einem langen, krummen Zahn. Na, da kann mir nu nüscht passieren.

Frisch geduscht, stakse ich in den großen Gastraum runter und setz mich an einen Tisch mit Blick ins Tal.

Wie aus dem Nichts steht der hagere Mann mit seinem großen Hund vor mir. Ob er sich zu mir setzen dürfe.

„Ja", sage ich.

Allerdings ist die Gaststube bis auf zwei entlegene Tische nicht besetzt, er könnte es sich also auch woanders bequem machen. Der Mann setzt sich mir gegenüber. Sein Hund lässt sich unter den Tisch fallen, nachdem er mich kurz angeknurrt hat.

„Tobias Koll", stellt sich der Fremde vor, „und das" – er nickt mit dem Kopf Richtung Hund unterm Tisch – „ist Sancha."

„Roman Krieger. Hallo, ihr beiden"

Tobias Koll ist in meinem Alter, einsachtzig, dünn und drahtig. Er trägt eine petrolfarbene Funktionshose, dunkelbraune, derbe Lederstiefel und einen grob gestrickten hellen Janker, stark nach Schaf riechend. Sancha hingegen riecht nach Hund, logisch. Ihr dichtes, zotteliges Fell ist dunkelbraun. Marke unklar. Bei Hunden heißt es wohl Rasse. Sie streckt sich in voller Länge unter dem Tisch aus, wedelt mit dem Schwanz um meine

Waden und steckt die Schnauze zwischen die Stiefel ihres Meisters. Graue, wirre Haare springen ihm in unterschiedlichen Richtungen vom Schädel weg; buschige Brauen, blaue Augen, Rauschebart.

Die Wirtin naht. Sie hat ihre Haare hochgesteckt und trägt ein Dirndl. Mein Gesprächspartner hat noch nicht in die Speisekarte geschaut, wir bestellen beide erst mal ein großes Bier, und ob es wohl für den Hund – „ja, ein lieber Hund" – ein Schälchen Wasser gäbe? So, jetzt die Speisekarte. Die Biere kommen prompt, zusätzlich eine Plastikschüssel mit Leitungswasser. Mit der Menüwahl fackeln wir nicht lang. Wiener Schnitzel und Pommes für mich, Meister Koll wählt Kotelett mit Bratkartoffeln und Salat. Der Knochen soll wohl für den Hund übrig bleiben.

Ob das Tier denn wirklich lieb sei, will ich wissen, „der hat mich grad so angeknurrt" und was das denn für einer sei, welche Rasse, „Herr Koll?"

„Tobias. Ein Pyrenäenhund. Ich erzähl den Leuten, er sei lieb, damit sie keine Angst kriegen, aber tatsächlich ist er nicht ganz ohne."

„Wie, nicht ganz ohne?", hake ich nach und zieh unterm Tisch langsam meine Beine von dem Vieh weg. „Na ja, schon bissig, als Welpe traumatisiert." Ich winkele meine Beine an den Hintern. Die Erklärung, warum der bissig ist, nutzt mir für unterm Tisch reine gar nichts, können Tiere überhaupt ein Trauma kriegen? Solange er seine Schnauze zwischen Tobias' Füßen lässt, kann nichts passieren. Hoffentlich. Die Wirtin serviert uns riesige Teller, meiner mit Bergen von Pommes, Preiselbeeren und bunt gemischtem Salat, das panierte Schnitzel lappt über den Rand. Tobias' Kotelett hat auch ansehnliche Maße, dazu reichlich Bratkartoffeln mit Zwiebelringen und Salat.

„Prost Tobias!"

„Prost Roman!"

Das Bier zischt. Wir machen uns über unsere Teller her. Sancha hält Ruhe. Der Kotelettknochen bleibt übrig. Tobias entfernt einen groben Splitter, indem er ihn mit bloßen Fingern abbricht.

„Du hockst da krumm und schief wie ein Korkenzieher", bemerkt er beiläufig.

„Wegen deinem Hundeviech, vielleicht schnappt der mir bei einer falschen Bewegung in die Wade."

„Tut die nicht, ich bin ja hier."

„Sagen alle Hundebesitzer, kenn ich vom Joggen. Neulich hat mich so ein Riesenkläffer angesprungen und in den Oberarm gezwackt, worauf der Besitzer meinte, das täte der sonst nie, hätte der noch nie getan, der wolle nur spielen. Wen, bittschön, soll ich dann anpissen, Hund oder Herr?"

„Mich bitte nicht", meint Tobias, „und Sancha auch nicht, ist ein armes Tier, letzte Überlebende aus einem großen Wurf."

„Wie das?"

„Muss vor fünf Jahren gewesen sein, in einer stürmischen Nacht", erklärt Tobias, „orkanartig."

Er nimmt den Kotelettknochen in die Finger, um noch ein Fitzelchen Fleisch abzuzwacken.

„Nördlich von Ponferrada"

„Wo?"

„Südwestlich von Oviedo"

„Aha"

„Fast schon Portugal, westliche Pyrenäen, ist ja ein Pyrenäenhund."

Tobias trinkt einen Schluck Bier und wischt sich mit dem Hemdsärmel den Schaum aus dem Bart.

„Auf einer Brücke". Er nagt die restlichen Fleischfetzen vom Knochen.

„Holzbrücke, für LKW gesperrt, völlig morsch, an einigen Stellen fehlten Planken, konnte man nach unten durchgucken, rauschender Gebirgsbach."

Jetzt spießt er ein Salatblatt auf die Gabel, aber es will nicht hängen bleiben und fällt zurück auf den Salatteller.

„In der Dämmerung…"

Er trinkt noch einen Schluck Bier und wischt sich diesmal den Schaum mit dem rechten Zeigefinger weg.

„In der Dämmerung. Die Wolken flogen über die Berge. Wie gesagt, der Wind heulte orkanartig. Da stand jemand auf der Brücke, aber ich konnte die Gestalt nicht genau erkennen. Wie gesagt, es dämmerte bereits. Ich ging also näher ran."

„Und?"

„Ein Mann. Kräftig. Er stank nach Tabak und nach Fusel. Wirre Haare, Rotz im schwarzen Bart, verwüstetes Gesicht, blutunterlaufene Augen. Ich erinnere mich genau: an seiner speckigen Lederweste, die er über dem Hemd trug, fehlten die Knöpfe bis auf einen. Löcherige, dreckige Hose, kein Gürtel, sondern ein Stück Seil hielt sie auf der Hüfte, barfuß. Der Mann schrie und fluchte und rauchte dabei gleichzeitig, ich sah die Kippe im Halbdunkel glimmen. Seine Flüche konnte ich nicht verstehen. Mein Spanisch ist nur mäßig, und der heulende Nordwest übertönte seine Flüche."

„Und was hat das alles mit deinem Hund zu tun?"

„Na, der Kerl war dabei, einen Wurf Welpen zu ersäufen, fast schon fertig war er mit seinem tödlichen Geschäft. Als ich hinzukam, knüpfte er gerade eine ausgefranste Schnur, die er vorher an einem eckigen Gesteinsbrocken fest gebunden hatte, einem kleinen Hund um den Hals, so dass es ihn würgte.

„Numero siete, sechs hab ich schon, jetzt kommt der siebte", schrie er, sofern ich das richtig verstanden hatte. Bevor ich was dagegen tun konnte, hatte er den Welpen mit dem Fuß von der

Holzplanke gestoßen. Ich sah noch, wie das Tier fiel, danach der Stein. In der Luft überholte der Stein den Hund und riss ihn mit in die Tiefe, in die wirbelnden Wassermassen. Jetzt hatte der Mann nur noch einen winselnden Welpen vor sich liegen, den er wieder an einem Steinsbrocken fest machen wollte. Ich schoss hinzu und brüllte ihn an, er solle mir den Hund hergeben! Der haarige Kerl zögerte.

„Gib mir was dafür!", schrie er zurück.

„Ich konnte ihn nicht richtig verstehen. Wie gesagt, der Mistral heulte, und außerdem ist mein Spanisch nicht so gut."

Das wusste ich bereits.

„Und der Gnom gurgelte, kaum verständlich. Der gurgelte eher so. Ich glaub im Nachhinein, der war debil. Oder angesoffen. Oder beides. Wollte wohl Geld. Ich hatte keins dabei. Wie gesagt, ich wollte eigentlich nur einen Verdauungsspaziergang nach dem Abendessen machen."

Das hatte er noch nicht erwähnt.

„Ich hatte nichts weiter dabei als ein angebrauchtes Päckchen schwarzen Tabak. Warf ihm also den Tabak hin und riss ihm den Hund weg. „El que venga detrás, que arree", brabbelte der Unhold vor sich hin. Jetzt hielt ich den kleinen Hund. Er hatte noch kaum Fell, höchstens ein paar Tage alt war er und zitterte wie Espenlaub. Ich nahm den Kleinen unter meine Daunenjacke und machte, dass ich davon kam, zu meinem Wohnmobil, ohne mich noch einmal nach dem behaarten Kerl umzuschauen. Da hatte ich nun einen Hund, eine Hündin genauer gesagt, meine Sancha."

„Beeindruckend", sage ich.

Wir bestellen beide noch ein Bier. Sancha hatte unterm Tisch gerade mal kurz aufgemuckt, als sie ihren Namen hörte. Wir reden nichts, bis die Wirtin das Bier vor uns hinstellt.

„Prost Tobias!"

„Prost Roman!"

„Auf Sancha!"

„Auf Sancha!"

„Was hat dich hier hinauf zum Berghof geführt?", frage ich.

„Waschmaschine mit Aussicht"

„Wie?"

„Alle zwei Wochen muss ich meine Klamotten waschen. Dazu brauche ich eine Waschmaschine, in meinem Wohnmobil hab ich keine."

„Solche Dinger haben sie doch auf jedem Campingplatz."

„Schon, aber nicht mit Talblick, wie hier oben. Außerdem kann ich im Stall hinten beim Bauern mit dem Schlauch meinen Hund duschen, der hat's mal wieder nötig."

„Die Auffahrt über die enge, kurvige Straße dürfte aber mit deinem Womo nicht ganz einfach gewesen sein?"

„Geht so. Mit deinem Bike aber auch nicht, oder? Überall Split und Steine. Weshalb bist denn du hier hoch?"

„Ruhe und Entspannung, schöne Aussicht übers Pinzgau"

„Ruhe und Entspannung, hm?"

„Ja"

„Sieht aber nicht danach aus."

„Wie?"

„Sancha beißt dich nicht."

Ich hatte meine Unterschenkel unter meinen Hintern geklemmt, in meiner rechten Wade klafft noch die Wunde vom Gerloscrash. Jetzt lass ich die Beine nach vorne baumeln, vermeide allerdings den Kontakt zum Hund.

„Dein Hinterreifen ist bis bis zur Kante abgewetzt, sieht nicht so ganz entspannt aus."

Woher weiß er das? Hat er sich meine Reifen angesehen?

„Na, ich bin Pässe gefahren."

„Welche denn?"

„Jaufen, Brenner und Gerlos heute, davor noch andere, kann ich nicht alle aufzählen."

„Eher eine Handvoll oder zwei Dutzend?"

„Fast zwanzig, da ist eine Wette mit im Spiel."

Ich erzähle ihm davon, er hört interessiert zu.

„Und wenn du keine zwanzig Pässe schaffst?"

„Hab ich die Wette halt verloren."

„Schon klar, und dann?"

„Dann muss ich meiner Frau ein neues Motorrad kaufen."

„Aha. Und wenn du die Wette gewinnst?"

„Na, dann muss ich ihr eben kein neues Motorrad kaufen."

„Das geht nicht! Das ist asymmetrisch. Wenn du die Wette verlierst, musst du etwas geben, das ist klar. Genau so klar ist aber auch, dass du etwas kriegst, wenn du die Wette gewinnst. Sonst wäre das ungerecht."

Das wusste ich. Allerdings hatte ich mir bis heute noch nicht überlegt, was ich haben wollte, wenn ich die Wette gewinne.

Tobias pfriemelt schwarzen Tabak aus einem Päckchen und dreht sich eine Zigarette.

„Lass uns mal raus, ich will eine rauchen."

Wir verlassen die Gaststube. Draußen stehen Holzbänke. Tobias setzt sich. Der Hund lässt sich neben ihn fallen, als ob ihm plötzlich alle vier Beine gleichzeitig weggezogen worden seien. Ich geh um die beiden herum, mit Abstand. Tobias zündet sich die Selbstgedrehte mit einem Streichholz an. Er pafft langsam und genüsslich. Rauch kräuselt empor. Die Nacht ist mild und ruhig. An der Mondsichel über dem Bergwald wandern Schleierwölkchen vorbei. Unten in Hollersbach und in Neukirchen blitzen leuchtende Punkte. Über der nördlichen Bergkette des Großvenedigers erstrahlt ein rot-grünliches Lichtband am

dunkelblauen Nachthimmel, an- und abschwellend, in sich zu-
rücklaufend, kraftvoll, als wolle es mich hypnotisieren. Ein Zei-
chen!

Von Zeit zu Zeit glimmt Tobias' Zigarette auf. Wir schweigen.
Sancha liegt links neben ihrem Meister und wedelt ab und zu
mit dem Schwanz. Es riecht nach Hund und Tabak, mehr nach
Hund. Ihr dickes, zotteliges Fell ist lange keiner Grundreinigung
unterzogen worden, wie kriegt man eigentlich ein solches Tier
sauber? In der Badewanne? Plötzlich kommt mir die Idee, den
Hund zu streicheln. Beißen würde er mich wohl nicht. Wenn ich
ihn kraulte, müsste ich mir allerdings hinterher die Hände waschen.

„Sancha, komm!", locke ich ihn.

Sancha bleibt liegen. Tobias merkt auf, das hat er nicht von mir
erwartet.

„Sancha, komm!", versuche ich es noch mal. Sancha will nicht.

„Was muss ich tun", wende ich mich an Tobias, „damit der Hund
zu mir kommt? Gehorcht der denn nicht?"

„Sie spürt deine innere Unruhe", belehrt mich Tobias, „sie folgt
nur, wenn du innerlich bereit bist."

„Aha", sage ich und ärgere mich über meine angeblich fehlende,
innere Ruhe, soll das Viech bleiben, wo der Pfeffer wächst, wird
es eben nicht gekrault, basta!

Unruhe! Papperlapapp! So ein Quatsch! Obwohl. Mit der Ein-
schätzung der Wette liegt Tobias gar nicht mal daneben. Eigentlich hat er sogar ins Schwarze getroffen.

Was will ich denn eigentlich haben, wenn ich die Wette gewinne?

Hm.

Einen Hund.

Genau. Einen Hund. Einen schwarzen. Einen großen. Kein Sofafiffi. Schwarz, groß, gefährlich. Pyrenäenhund, sowas in der Art. Wie Sancha eben.

„Tja, liebe Frau, nun da ich die Wette gewonnen habe, möchte ich von dir einen großen, schwarzen Hund!"

Dazu muss ich aber erst mal checken, wie viele Pässe ich tatsächlich unter die Räder gebracht hatte. Die Zählerei hatte ich längst aufgegeben. Gleich morgen würde ich nachrechnen.

Da, eine Bewegung. Sancha springt auf und kommt auf schlappenden Pfoten herüber getrottet. Ich streichel ihr dichtes Fell, dann kraule ich sie hinter den buschigen Ohren. Sie scheint es zu mögen, jedenfalls lässt sie zufriedene Brummlaute hören.

Rechts von mir erlischt Tobias' Glimmstängel.

„Jetzt weißt du auch, wie sich Hund anfühlt."

„Ja, fühlt sich gut an."

„Schlaf schön"

„Du auch"

Tobias und Sancha schlurfen auf ihr Zimmer, Sancha wedelt mit dem Schwanz.

Magisches Nordlicht über Hollersbach. Ich kann nicht einschlafen, der Hund geht mir nicht aus dem Kopf. Außerdem hab ich vergessen, die Hände zu waschen, bevor ich mich ins Bett legte. Jetzt riecht alles nach Hund, sogar mein Hemd. Ob der Geruch wohl rausginge? Sonst würde meine Frau zu Hause fragen, ob ich mit einem Hund geschlafen hätte.

Wie viel Pässe bin ich gefahren? Ich rechne nach, indem ich sie vor meinem inneren Auge abspule und verhedder mich dabei ein ums andere Mal. Ich komm auf 20. Richtung Heimat käme noch der Pass Thurn hinzu, also 21. Nur würde meine Frau anders rechnen, zu ihren Gunsten: Tre Croci war ich zweimal gefahren. Das würde sie nicht gelten lassen. Mezzocorona und Passo della Morte kennt sie nicht, also ergäben sich ohne diese beiden in ihrer Addition 17; wenn sie beide akzeptierte, 19. Mir würde bei der Argumentation die Luft ausgehen. Fehlt zum Wettgewinn mindestens ein Pass. Ich will diese Wette jetzt unbedingt gewinnen, ich will einen Hund ins Haus! Morgen ist der achte Tag, da könnte ich sicherheitshalber noch Pässe schrubben, Gerlos dreimal rauf und runter.

So ein Unsinn! Pässe. Wette. Wäre. Hätte. Morgen werde ich ganz was anderes machen. Eine Idee schießt mir durch den Kopf und nimmt sofort Gestalt an. Allerdings wäre ich dabei auf die Einwilligung von Tobias angewiesen. Ach was! Den krieg ich schon rum.

17 Auf zur Söllnalm

Um fünf Uhr wache ich auf. Die Idee von gestern Abend lässt mir keine Ruh. Frühstück gäbe es erst ab sieben. In die Klamotten und ab nach draußen. Die Vögel zwitschern schon. Dunst liegt über dem Tal, blassblauer Himmel, die Mondsichel blinzelt noch herab. Ich geh um das Haus herum zur Scheune, ein riesiges Gebäude, in den abfallenden Hang gebaut. Das Tor steht offen. Innen ein roter Traktor, älteres Modell, Steyr, ein schönes Gefährt. Vorne an der Motorhaube zieren ihn lange, spitze Bullhörner, wirklich angriffslustig sieht er aus. An den Wänden allerlei Gerätschaften, Sicheln, Sensen, Heugabeln und Forken aus Holz. Links der Heuboden, in der Mitte kann ich zwischen den Planken hindurch nach unten gucken. Dort hantiert der Bauer mit einer Sense und einem Wetzstein. Mal ein paar Worte mit ihm wechseln. Dazu muss ich allerdings außen um die Scheune die nasse Wiese runter. Ich wünsche dem Bauern, gleichzeitig mein Gastwirt, einen guten Morgen. Er grüßt freundlich zurück.

„Mäht man denn heutzutage immer noch mit der Sense?", will ich wissen.

„Die großen Flächen nicht, nur das Grünzeug für die Kaninchen"

„Und die landen dann für die Gäste im Kochtopf?"

„Gott bewahre! Das sind die Lieblingstiere unserer Enkelkinder", erklärt er. Ich erfahre noch, er hätte eine Art Mischbetrieb, den Gasthof nämlich und ein Dutzend Kühe und Kleinvieh. Kühe für ihn, Küche für die Frau. Sie kümmere sich um das leibliche Wohl der Gäste, wäre bereits in Vorbereitungen für den Tag und würde mir sicher jetzt schon Frühstück bringen.

Nit amol um sexe in da Fria hat man sein Ru vor di Gäst, lese ich seine Gedanken. Er dengelt weiter seine Sense, ich kraxle die glitschige Wiese zum Wirtshaus hinauf. Mein Magen knurrt. Das bringt mich auf eine Idee. Wenn mein heutiger Plan aufgehen soll, muss ich Tobias früh aus den Federn scheuchen. Vorbei an meinen beiden Wachschutztieren, dem Marder Manfred und dem Murmeltier Uschi, schleiche ich zu Tobias' Zimmer und knurre. Sofort schlägt Sancha an. Sie hat Stimme, bassartig, sonor. Dann lässt sie ein Heulen hören, als habe sie ein ganzes Wolfsrudel verschluckt. Guter Wachhund! Ich mach mich davon, runter zum Frühstück. Fast wäre die Weckaktion aufgeflogen, denn ich stolper über einen von Tobias' Wanderstiefeln. Der andere liegt in einer schwarzen Abfalltüte daneben. Was hat das zu bedeuten, will er sie entsorgen?

Das Büfett ist noch nicht angerichtet. Die Wirtin bringt Kaffee, Brötchen, Käse, Schinken, ein Ei. Tobias erscheint, Sancha schlappt hinterher.

„Sancha hat mich wachgebellt, ist wohl eine Katze an meinem Zimmer vorbeigelaufen."

Er bedient sich mit Kaffee und sägt ein Brötchen auf.

„Tobias, während du deine Wäsche durchlaufen lässt, will ich zur Söllnalm wandern, ins Achental hoch."

„Gute Idee, Urlaub vom Motorrad. Kannst du's mal locker angehen lassen, fernab vom Benzingestank, in der schönen Natur."

„Ich würd gerne Sancha mitnehmen, wir haben gestern doch so schnell Freundschaft geschlossen, nachdem sie mich anfangs böse angeknurrt hat. Geht das?"

„Kein Problem, ist mir sofort aufgefallen, dass ihr gut miteinander klar kommt, zu anderen Menschen fasst sie nicht so schnell Zutrauen. Nimm sie mit, wird euch beiden gut tun. Sancha kriegt Bewegung und kann auf dich aufpassen. Beim Wäsche waschen kann sie mir sowieso nicht helfen."

„Das freut mich, schön, vielen Dank. Wusste nicht, ob du deinen Hund ausleihst. Irgendwelche Vorsichtsmaßnahmen?"

„Nein, ich leg ihr ein Halsband um und geb dir die Leine, für alle Fälle. Falls es Probleme mit anderen Hunden gibt – glaub ich aber nicht – lass sie in Ruhe, beide. Vor allem darfst du nicht dazwischen gehen. Nimm noch eine Hand voll Hundekuchen mit, zur Belohnung, ich hol gleich noch welche. Wenn du Sancha rufst, kommt sie. Sie hört dich, auch über weite Entfernungen."

Bereits in diesem Moment spitzt sie die Ohren, hat wohl erfasst, dass von ihr die Rede ist. Tobias will gerade in sein Brötchen beißen, legt es dann aber zurück auf den Teller. Er bemerkt, dass ich unruhig hin- und her rutsche.

„Ich hol dir mal eben die Leine und ein paar Breckies, damit ihr los könnt."

„Tobias", halt ich ihn auf, „da wär noch was. Kannst du mir auch deine Wanderschuhe leihen, ich glaub, die passen mir, mit meinen Motorradstiefeln komm ich nicht weit."

„Kein Problem, bring ich mit, die wollte ich eigentlich wegschmeißen."

Glück gehabt, da leiht mir Tobias auch noch seine Stiefel!

Ich hole meinen Rucksack vom Zimmer, hab schon das Wichtigste zusammengerafft und eingepackt.

Fünf Minuten später treffen wir uns draußen vor dem Gasthof und tauschen schnell noch die Handynummern aus. Ich rufe Sancha, sie kommt.

„Pass schön auf Roman auf!", verabschiedet sich Tobias von seinem Hund und von mir.

Jetzt bin ich mit Sancha allein. Wir schreiten zügig bergab ins Tal, Richtung Hollersbach. Im Gehen werf ich meinen kleinen Rucksack über die Schulter, in der rechten Hand die Hundeleine aus Leder. Sancha folgt brav. Der erste Lieferwagen nimmt uns mit. Wir springen auf die Ladefläche und lassen uns zwischen den Werkzeugen nieder. Wohl Schlosser, der freundliche Fahrer. Wie sich herausstellt, fährt er bis Krimml, unsere Almwanderung kann also zügig beginnen. Bei den unteren Besucherparkplätzen lässt er uns aussteigen. Ich bedanke mich. Nur wenige Autos stehen dort, allzu vielen Menschen würden wir nicht begegnen.

Wir marschieren los. Ich hüpf über einige morsche Zweige auf dem Weg und freue mich auf einen großartigen Tag! Sancha wedelt wild mit dem Schwanz, springt an mir hoch, dreht sich um die eigene Achse, mal links herum, mal rechts herum, läuft vor, um sofort wieder zurückzukehren. Ich würde den Hund nicht anleinen, ihn frei laufen lassen.

Ab jetzt geht es aufwärts. Der Wasserfall rauscht und tost, sehen kann ich ihn aber noch nicht. Die Wegschleifen sind mit groben Brettern befestigt, unterstützt vom Wurzelgeflecht der hohen Bäume. Sancha hält sich nicht an den Weg, wuselt vor und zurück, schlappt durch Pfützen. Minutenlang ist sie weg, kommt aber immer wieder zurück.

Eine ganze Weile schreite ich zügig voran. Dann mache ich eine kurze Verschnaufpause an einer grob gezimmerten Holzbrüstung bei einer Kehre. Das Geländer soll vor dem Fall in die Tiefe schützen, die sich schlundartig vor mir öffnet. Ein Hund wäre nicht gesichert, könnte locker durch die Bretterlücken rutschen. Nach unten schaue ich in den gähnenden Abgrund, ein dunkles Nichts. Auf gleicher Höhe vor mir liegt der Wasserfall. Wassermassen von oben, Kaskaden, Gischt aus allen Richtungen. Alles, was unten in der Krimmler Ache im Flussbett gebändigt dahinfließt, hier tost es wild, chaotisch. Stürzt und kracht in den Abgrund, ohrenbetäubend. Springfluten rauschen, sprudeln, spritzen, zischen. Ein Schleier liegt in der Luft, Wasserstaub im gleißenden Sonnenlicht, blau, rot, orange, hellgelb. Abwärts in dunkle Schlünde brechen sich die Wassergewalten Bahn über kantigen Fels, reißen riesige Baumstämme mit sich, alles im Wege zermalmend. Weiter unten sammelt sich das Wasser in Mulden und Seen im dunklen Blau, versickert in Felsspalten und Ritzen, läuft schäumend über Beckenränder, immer weiter talwärts.

Sprühwolken wehen zu mir herüber. Zerstäubte Tröpfchen benetzen Nacken, Haaransatz, Gesicht, meine nackten Arme und Hände. Ein Schwall durchnässt die Hose. Aus den Augenwinkeln sehe ich Sancha. Sie glitzert nass, schüttelt sich, von ihr weg stiebt es in alle Richtungen. Rutsch mir um Himmels Willen nicht in den Abgrund!

Weiter geht's bergan. Der Weg glänzt feucht und glitschig. Natürliche Treppen aus Wurzeln bieten Tritthilfe. Beidseitig des Pfades sind sie moosbewachsen, vollgesaugte Polster. Darüber filigrane Farne, gezackt, in hellem Zartgrün, bestäubt durch feinsten Sprühhauch. Wasser überall. Hier quellen Rinnsale hervor, dort versickern sie, es rieselt, plätschert, sprudelt. Aus einem kleinen Gesteinsbecken schöpfe ich Nass mit der hohlen Hand. Bevor ich davon trinken kann, rinnt es mir durch die Finger. Ich nehme meine Cap zur Hilfe. Glasklares Quellwasser. Wie das schmeckt! Unverfälscht. Na, nicht ganz, meine Kappe hat einen Schwitzrand. Ich wasch sie gleich mal aus und setze sie wieder auf. Wasser tropft mir in den Nacken. Die Hose ist immer noch pitschnass. Obwohl die Sonne kaum ein Viertel ihres Tagewegs zurückgelegt hat, wärmt sie schon kraftvoll. Da, bereits wieder Schatten, der Lichtfleck wandert. Sonnenstrahlen spielen in den hohen Laubbäumen, Licht und Schatten in schneller Bewegung. Nirgendwo ein beständiges, beschienenes Plätzchen zum Trocknen. In der weiten Ebene des Achentals werde ich das Schattendach der hohen Laubbäume noch zu schätzen wissen.

Oben! Die Hochebene öffnet sich südwärts, weitet den Blick. Blauer Himmel, der Wettergott hat vereinzelt weiße Wölkchen hingehaucht, die ruhig gen Süd ziehen. Alles wirkt hell, licht, frei und beschwingt.

Eingerahmt wird das Achental durch die hohen Berge der Groß-venedigergruppe und der Zillertaler Alpen, 3000er Gipfel, an den unteren Hängen Laubwald. Hier oben wachsen knorrige Kiefern in den Himmel, die mit Kienäpfeln um sich werfen, Fichten, die ihre Wipfel im milden Lüftchen wiegen und Tannen, die ihre tiefgrünen Häupter neigen. In Talmitte schlängelt sich die Ache durch sattgrüne Wiesen und saftige Weiden, dieselbe, die sich einige Schritte weiter unten chaotisch explodierend in Abgründe hinunterstürzt. Unter einer festen Holzbrücke fließt sie zu meinen Füßen, schnell und wild springt sie über Stein und Fels. Kein Bächlein mehr und noch nicht Fluss, nicht mehr Kind und noch nicht Frau, eine übermütige Jungfer, in Vorfreude auf das ungezügelt Freie.

Direkt unter mir steht eine Forelle. Sparsame Flossenbewegungen reichen ihr, um an einer Stelle zu verharren, auf Beute lauernd. Mit der Fußspitze schubse ich einen kleinen Kiesel von den Holzbohlen. Einen Schritt weit von dem Raubfisch entfernt trifft er die Wasseroberfläche. Sssst, schießt der Fisch davon, blitzesschnell, stellt sich in gebührendem Abstand an anderer Stelle in die Strömung. Wie kommt diese Forelle hier her? Über die Wasserfälle kann sie wohl kaum hoch gelangt sein.

Weiter. Am Wegrand liegt ein Stock. Ah, ein Wanderstock! Knorrig und knarzig zwar, aber mit einer knaufartigen Verdickung. Der Knauf schmiegt sich in die Hand, auch die Steckenlänge stimmt. Perfekt. Nur wenigen Menschen begegne ich, es ist noch früh, vielleicht elf. Der Weg schlängelt sich an der Ache entlang, mal entfernt er sich von ihr, mal führt er nah ans Ufer. Schon seit der Holzbrücke reizt mich der Bach, fordert mich zum Baden heraus. Hier ist eine gute Stelle, das Ufer neigt sich sanft, die Steine sehen nicht ganz so spitz aus. Hose hochgekrempelt. Ach was! Zieh sie gleich ganz aus. Die schwarze Unterbuchse sieht aus wie 'ne Badehose. Außerdem ist sowieso keiner in Sicht. Also gleich die Unterhose mit ausgezogen. Nein, vielleicht kommt während meines Bades eine zartbesaitete Wanderin vorbei, lieber nicht. Sancha wuselt aufgeregt herum. Sie weiß schon, was jetzt kommt. Jetzt kommt Spaß.

Ich stakse in den Bach. Die Kiesel sind doch nicht so rund, wie es von ferne den Anschein hatte, eher eckig und kantig finde ich sie jetzt. Das Wasser ist kalt, sehr kalt. Da habe ich mir wohl zu viel vorgenommen. Stürze mich hinein, habe ich mir vorgestellt, mit einem kühnen Kopfsprung. Nun nicht mehr. Das Wasser benetzt gerade die Knöchel, und ich bibbere bereits. Dem Hund macht das alles nichts aus. Springt und tobt und plantscht. Das Wasser steht mir fast bis zum Bauch, also bis über die Knie. Die verklebte Wunde am rechten Bein wird wohl nass werden, kann man nichts machen. Die Arme nach oben gestreckt, schaue ich an mir herab. Na gut, kein Waschbrettbauch, nicht mehr. Aber auch kein Waschbärbauch, noch nicht. Was jetzt? Mann oder Memme? Hilft nix, ich muss da rein. In einer beckenartigen Mulde, in der sich das Wasser angestaut hat, tauche ich ganz unter, bis das eisige Nass überm Kopf zusammenschlägt, drei Sekunden lang.

„Puuh, huuuch!" Schock! Ist das kalt! Schnell wieder raus, will ich doch keinen Achenbachbadedauerrekord aufstellen. Ich stolper ans Ufer, Sancha steht dabei und guckt von der Seite. Heldenhaft. Icke. In der Ache gebadet. Halbe Stunde. Locker. Mit bloßen Händen Forellen gefangen – würde ich den Enkeln erzählen – bis zum Hals nackt im Eiswasser, nicht so verweichlicht wie die Fliegenfischer mit ihren Gummilatzhosen bis zu den Brustwarzen!

Jetzt fehlt ein Handtuch, wer denkt denn an so was. Ich trockne mich mit dem Pulli ab. Und was mach ich nun mit der nassen Unterhose, die um die Beine schlottert? Kein Mensch in Sichtweite, auswringen, nackt jetzt. Mich fröstelt. Bisschen rennen, bisschen hüpfen, drei Mal im Kreis. Der Hund steht dabei und schaut zu. In die Hosen gesprungen, Socken und Wanderstiefel an, Hemd. Aaah, ich fühle mich erfrischt, trocken auch, bis auf die Unterhose, die feucht am Bauch klebt. Sancha will an mir hoch springen. Ich wehre sie ab, halte sie mit den Armen auf Distanz, sie soll mich nicht wieder nass machen, hat's kapiert. Dafür schüttelt sie sich nun. Tausend Tropfen sprühen in alle Richtungen, auch in meine.

Da, ein Stöckchen, „jetzt lass ich dich mal rennen, Hund!" Ich werfe es mit Schwung über den Weg, weg vom Bach. Sancha startet durch, die Kiesel spritzen hinter ihr hoch, sie wetzt hinterher. Das Spiel kennt sie anscheinend. Sie bringt das Stöckchen, legt es vor mir auf den Boden. Ich nehme es auf und werfe es wieder, diesmal in die andere Richtung, in den Bach, versehentlich. Sancha jagt hinterher ins Wasser, holt den Stock, legt ihn aber nicht ab, sondern behält ihn im Maul, lässt ihn nicht los, fasst noch mal nach und knurrt dabei furchteinflößend. Hinter den hochgezogenen Lefzen kommen ihre Fangzähne zum Vorschein, Riesenhauer. Sie knurrt lauter. Ich knurre zurück. Sancha zerrt ruckartig, reißt mir fast den Arm aus. Ihre Augen treten grimmig hervor. Na warte! Ich halt den Stock eisern fest und dreh mich nach links, schleif das 40-Kilo-Ungetüm im Kreis. Sie kann sich nicht mehr am Boden halten und hebt ab. Ich kreisele weiter, um die eigene Achse, schleuder den Hund herum wie im Kettenkarussell. Mittlerweile wird mir schwindelig, und ich bin schweißnass. In der letzten halben Runde vor der Landung wirbelt Sancha mit ihren Hinterläufen Steine auf. Ich setz sie ab, lockere den Griff und lass das Stöckchen los. Sancha auch.

Von einer Sekunde zur nächsten zeigt sie keinerlei Interesse mehr an dem Stock. Stück Holz. Liegt da am Boden. Uninteressant.

„Los, Sancha, lass uns mal …", ruf ich ihr zu, noch keuchend. Sie wedelt mit dem Schwanz.

„ …zur Söllnalm, vielleicht haben sie dort einen Knochen für dich."

Allzu weit kann es meiner Schätzung nach nicht mehr sein. Die Sonne brennt, steht fast im Zenit. Von Zeit zu Zeit befeuchte ich meine Kappe, um den Kopf zu kühlen. Im Gehen schmier ich Sonnencrème auf die Arme, dann aufs Gesicht, doppelte Schicht auf den Nacken, die Nase und die Ohren. Ich schreite zügig voran. Mein Wanderstock erweist sich als nützlich, der natürliche Knauf ein runder, glatter Handschmeichler.

Quer unter dem Weg haben sie einen Gitterrost verbaut, für den kleinen Zufluss, der hier vom Berg kommt und in die Ache mündet, im Winter wahrscheinlich ein reißender Bach. Sancha ist so schlau und läuft außen herum, um nicht mit den Pfoten im Gitter hängen zu bleiben.

Vor uns liegt eine abgezäunte Weide. Ein Hinweisschild bittet den Wanderer, das Gatter sorgfältig zu schließen, damit die Rindviecher nicht weglaufen können. Wir gehen durch. Der Riegel am Tor schnappt ein. Wo sind die Kühe überhaupt? Aha, da vorne. Eine ganze Herde, ein Dutzend Kühe, hellbraun-weiß gefleckt. Jetzt höre ich sie auch, hier ein Muh, da ein Muh, vor allem aber die Glocken. Jede Kuh trägt eine Glocke an einem Lederhalsband, sie bimmeln und läuten bei jeder Bewegung. Die Herde setzt sich in Bewegung, langsam erst, dann schneller, trabt sie auf uns zu, genau genommen auf mich, denn Sancha ist verschwunden. Wo ist mein Schutzhund jetzt, da ich ihn brauche? Vom Erdboden verschluckt, das tapfere Tier, und die

Herde trampelt heran. Plötzlich bleibt sie wie angewurzelt stehen, bis auf ein Vieh, welches mit unvermindertem Tempo auf mich zustürmt. Dann stoppt auch diese Kuh, zwei Meter entfernt. Glotzt mit großen, runden Augen. Die Glocke bimmelt. Ein Gebimmel! Eher ein Gebammel, wird mir schlagartig klar. Dieser Vertreter seiner Rasse, die vorwitzige Vorhut, scheint nicht nur etwas kleiner geraten als die anderen, nicht nur die Hörner sind kürzer, sondern da bammelt was zwischen den Hinterläufen, sein Gemächt, Eier statt Euter, und ein büschelartig bewachsener Stummel. Ein Bulle! Zum Glück ein Jungbulle, wahrscheinlich nur neugierig. Die würden hier doch keinen Kampfstier auf die Weide stellen, der die Wanderer aufspießt!

„Kann gar nichts passieren", rede ich mir zu, „vollkommen harmlos", und lass den Blick schweifen, wo Sancha wohl bleibt. Vielleicht mal mit dem Ochsen reden. Oder ist das ein Stier?

„Na, du Ochse! Lass mich vorbei!"

Das Vieh bewegt sich keinen Millimeter und glotzt mich weiter an.

„Hmmpfff!!!", lässt er jetzt durch die Nüstern hören. Was das wohl bedeuten soll? Im großen Bogen vorbeigehen oder den Stier bei den Hörnern packen? Ich trete auf das Tier zu und ergreife beide Hörner. Damit hat er nicht gerechnet, ha! Unwirsch schüttelt er ruckartig den Kopf, die schiere Kraft, ich muss loslassen. Dann dreht er sich um und trottet langsam davon. Auf einmal ist auch Sancha wieder da.

„Na, du Wachhund! Hättest mich ja mal gegen den Bullen beschützen können!"

Wir gehen gemeinsam weiter, müssen noch an der Herde vorbei. Die Kühe haben pralle Euter. Wer die wohl melkt? Wahrscheinlich der Bauer von der Söllnalm. Eine Kuh hebt den Schwanz und lässt es herausplatschen. Spritzend klatscht es auf die Weide. Auf dem Weg liegen etliche dampfende Kuhfladen.

Fliegen umschwirren sie, bei einigen ist die Kruste am Rande schon angetrocknet. Ich schaue, wo ich hintrete, denn ich will Kuhfladen im Profil der Stiefel vermeiden. Diese Vorsichtsmaßnahme, von Tobias Ausgeliehenes vor schmieriger Kuhkacke zu bewahren, geht leider am Wesentlichen vorbei. In dem fettesten aller Kuhfladen wälzt sich bereits Sancha. Und zwar gründlich. Einmal links herum, einmal rechts herum. Mein Aufschrei kommt zu spät. Sie trieft. Grünbraune Kacke klebt in ihrem Zottelfell, sogar die Ohren glänzen grünlich. Mir bleibt nichts anderes übrig als das Stöckchenspiel, Stöckchen in die Ache. Ob die Kacke dadurch ganz herausgewaschen würde? Oder ob ich mit bloßen Händen ran müsste?

Ich jage Sancha kreuz und quer durch die Ache, dreimal, viermal, fünfmal, bis die grünbraune Schmiere sich leidlich löst. Was ich zu diesem Zeitpunkt noch nicht ahne: Sanchas Bedürfnis, sich in stinkender Brühe zu wälzen, ist übermäßig ausgeprägt. Kuhscheiße ist dabei noch das kleinere Übel.

Der Weg in Talmitte steigt kaum merklich an. Mal nähert er sich dem Bach, dann wieder dem Wald auf der linken Talseite. Tobias' Wanderstiefel sind gut, komplett aus Leder, auch innen, vielleicht eine halbe Nummer zu klein.

Am Wegesrand wachsen allerlei Pflanzen, Gräser, Schachtelhalme, Brennnesseln. Was mag das für eine Blume sein, mit dem trompetenartig blauen Kelch? Und diese da, violett und stachelig? Eine Distel. Daneben gelbe Butterblumen. Vollgesogene Moospolster wechseln sich mit niedrig kriechendem Blaubeergebüsch ab, allerdings noch ohne Früchte daran. Auch Walderdbeeren, ganz kleine, nur zu erkennen, wenn man genau hinschaut. Gibt es eigentlich um diese Jahreszeit schon Schwammerl?

Die Sonne brennt. Vereinzelte Wolken am blauen Himmel sorgen immer mal wieder für schattige Abschnitte auf dem Weg. Ein Wetter, wie geschaffen zum Wandern.

Langsam kommt der Hunger.

„Sancha!", rufe ich, „Leckerli". Sie bekommt drei kleine Hundekuchen, frisst sie dankbar aus der Hand. Gleich gäbe es auch für mich was zu futtern, ich seh die Alm bereits in der Ferne und beschleunige meine Schritte.

Die Söllnalm ist eine kleine niedrige Hütte inmitten der hochalpinen Landschaft, von der Ache nur einen Steinwurf entfernt. Die Dachschindeln sind mit großen Steinen beschwert. Zur Seite hin liegen Stall und Scheune. Draußen vor der Hütte stehen Stühle und Tische. Eine Familie hat daran Platz genommen und noch ein einzelner Wanderer, die Rucksäcke und Jacken haben sie neben sich auf der Bank abgelegt. Die Kinder der jungen Eltern streifen umher und erkunden die Gegend. Ich grüße die Leute und setze mich etwas weiter hinten an einen Tisch im Schatten. Jawoll, Jause jetzt, Sitzen, auch nicht schlecht. Die Wirtin naht, kräftig gebaut und lachend. Was's denn sein derf? Ich bestelle einen Almdudler, Käse mit Brot und ob es denn etwas für den Hund gäbe?

„Joa", sagt sie, „ssicha" und geht wieder in die Hütte. Entfernt dreht ein Traktor seine Runden. Darauf sitzt der Bauer, recht flott unterwegs mit dem Gefährt, wendet Gras, macht wahrscheinlich Heu für die kalte Jahreszeit, für die Viecher. Beim Stallgebäude meckern Ziegen, Schweine grunzen und quieken. Ein Schwein läuft hinter dem Stall hervor. Es schaut merkwürdig aus, schimmert rötlich, als hätte es einen Sonnenbrand. Kann das denn sein? Gerade rennt noch eins um die Stallecke, auch rot. Na, der Bauer wird die Schweine bei dem schönen Wetter nicht ins Dunkle sperren wollen, und mit Sonnencrème einschmieren kann er sie auch nicht.

Im Innern der Hütte hantiert die Wirtin in einem kleinen Küchenwinkel. Allerlei Utensilien sehe ich dort, Flaschen, Gläser, Geschirr, Töpfe. Auf der Arbeitsfläche liegt ein großes, robustes Holzbrett, darauf ein Käselaib, Ellenbogendurchmesser. Die Wirtin schneidet gerade mit einem langen Messer ein Stück davon ab. Aha, für mich. Die Hütte besteht aus einem einzigen Raum, nein, rechts hinten scheint es noch einen zweiten, abgetrennten Bereich zu geben, die Schlafstatt und in der Mitte ein großer, weißgetünchter Kamin, oben abgeflacht, so dass eine Person darauf schlafen könnte. Die Feuerstelle zieht sich durch die Wand bis in den Nebenraum. An kühlen Tagen wird sie in beiden Räumen für wohlige Wärme sorgen.

Sancha liegt immer noch an ihrem Schattenplatz, sie hat sich nicht vom Fleck gerührt. Die Wirtin kommt mit einem Tablett: Almdudler, ein Knochen in einem Stück Zeitungspapier und ein Holzbrettchen mit dem Käse und Brot. Sancha bekommt den Knochen. Sie packt ihn mit den vorderen Fangzähnen und verzieht sich in die hinterste Ecke unterm Tisch. Sie würde den Knochen nun nicht wieder hergeben. Das ist jetzt ihrer. Noch bevor unsere Jause beendet ist, wird sie ihn zerknackt, zermalmt und aufgefressen haben. Der Knochen für Sancha, der Käse für mich. Aus dunkelbrauner Rinde glänzt er mir hellgelb entgegen, am Rande etwas bröckelig. Wie der duftet! Herzhaft, intensiv, fast streng. Genauso schmeckt er auch, übertrifft alles, was ich bisher kenne! Und dazu das leckere Krustenbrot. Von der Wirtin erfahre ich, der Käse wäre hausgemacht. In einem aufwändigen Verfahren muss er in regelmäßigen Abständen gewaschen und gewendet werden. Manche Gäste mögen ihn gar nicht, da er streng riecht und auch so schmeckt. Wahrscheinlich stammt er von der Milch der Kühe, die mich vorhin fast umgetrampelt haben.

Ob ich mal ein Foto mache? Mein schweifender Blick bleibt unwillkürlich am linken Rand der Panoramaeinstellung hängen.
Dort erkennne ich in geringer Entfernung von der Söllnhütte
die Spuren eines Murenabgangs, Gesteins- und Geröllmassen,
riesige Felsbrocken und zermalmtes Holz. Vor dem inneren Ohr
höre ich die Geräusche; die kriegt man nicht aufs Foto. Eine solche Mure kündigt sich durch einen hohen, fast sirrenden Ton
an. Man könnte vor ihr fliehen, weglaufen, denn sie bewegt sich
langsam. Aber sie zermalmt auf ihrem Weg alles, auch Hütten,
sogar aus Stein gebaute. In welcher Entfernung von der Söllnhütte hatte sich diese Mure ihren zerstörerischen Weg gebahnt,
100 Meter? 80 Meter? Da wird bei den Wirtsleuten im späten
Frühjahr bei der Schneeschmelze und im Spätherbst, wenn die
Stürme wehen, wohl immer die Angst vor Muren im Hintergrund lauern.

Oder ich mach ein freundliches Foto, Idylle, gleichsam als Kontrast zu solch brachialer Naturgewalt: Da plätschert an der anderen Seite der Hütte ein Bächlein, ein Zufluss zur Ache. Es
treibt ein Miniaturwasserwerk an, Schaufelräder bringen Holzfiguren in Bewegung, Handwerker, bunt angemalt. Ein Schmied
schwingt seinen Hammer, und ein Waldarbeiter sägt mit der
Säge, mal langsamer, mal schneller, je nachdem, wieviel Was-
serdruck der Bach liefert, lustig anzusehen.

Während ich meine Rechnung begleiche, erzählt die nette Wirtin, ihr Mann hätte gemeinsam mit den Söhnen eine steile Was-
serleitung für den Generator gebaut, schwere Arbeit im gegenüberliegenden Gebirge, gefährlich auch. Seitdem gäbe es
elektrischen Strom auf der Hütte, für die Melkmaschine, auch
fürs Licht. Letzteres wäre aber gar nicht so wichtig. Zu Bett
ginge man hier auf der Alm immer dann, wenn das Tageslicht
der Nacht weicht, im Frühjahr und im Herbst bereits am frühen
Abend.

Während ich mich zum Aufbruch bereit mache, kommt eines der beiden Kinder vom Nebentisch rüber, der Junge, etwa zehn Jahre alt. Er will Sancha streicheln.

„Darf ich den streicheln, ist der lieb?" Hm, eine komplizierte Doppelfrage. Wenn Sancha ihn in die Hand zwickt, gibt's Ärger. „Die hat sich gerade in Kuhkacke gewälzt."

Der Kleine wendet sich irritiert ab, sein Vater vom Nebentisch ruft ihn zurück, die Mutter verzieht angeekelt das Gesicht, „Iiiiiiiih!!", kommt es von der Schwester.

18 Warnsdorfer Hütte

Wir brechen auf, Sancha läuft vor. Zum Schutz gegen die senkrecht stehende Sonne habe ich meine Kappe bei den Holzfiguren am Bach gewässert, es tropft an den Ohren herunter.

Das Tauernhaus lassen wir rechts liegen. Am Ende des Tals liegt die Basisstation des Materialtransports zur Warnsdorfer Hütte, ein schlichter Drahtverhau auf einer festen Bodenplanke, der über ein Seil nach oben gezogen wird. Er versorgt die Hütte mit dem Nötigsten, damit die Wanderer und Bergsteiger nicht auf ihr Bier zur Brotzeit verzichten müssen. Für heute habe ich meinen Umkehrpunkt erreicht.

Müdigkeit überkommt mich. Ein Mittagsschläfchen wäre jetzt genau das Richtige. Ich finde einen schattigen Platz inmitten von Moospolstern und Blaubeerbüschen. Ein sanfter Wind säuselt, die Kiefern wiegen sich in den Wipfeln und verströmen einen betörend harzigen Duft. Die dunklen Tannen verneigen sich vor meinem Moosbett. Als Kopfkissen dient mir der Rucksack. Leine ich Sancha fest? Nein, mag sie springen, mag sie schnuppern. Sofort bin ich eingeschlummert.

Erfrischt wache ich auf. War ich wirklich weggenickt? Jetzt einen Espresso. Gibt's hier leider nicht.

„Los Sancha, wir machen uns auf den Rückweg! Eine Stunde zurück bis zur Söllnalm zu Kaffee und Kuchen, Sancha komm!"
Sancha kommt nicht.

„Hund, komm!"

Kein Hund. Na, wird sich schon blicken lassen. Ich geh die paar Schritte von meinem heimeligen Ruheplatz zum Weg zurück. Keine Sancha, wo ist sie?

„Sancha, hier her!"

Leichte Unruhe kribbelt in die Glieder, ihren Namen rufend suche ich sie jetzt. Da wandern Leute.

„Haben Sie einen großen, dunkelbraunen Hund gesehen?" Nein, haben sie nicht. Was jetzt? Suchen und rufen, rufen und suchen. „Sancha, Breckies!"

So ein Schmarrn, entweder sie kommt, oder sie kommt nicht, da machen Hundekuchen keinen Unterschied. Meine Unruhe wächst, der Magen krampft. Wenn sie in einen Abgrund gestürzt wäre? Nein, hier oben gibt's keine Abgründe. Wo bleibt das Hundie?!

Da kann ich gleich Tobias anrufen, sein Hund sei weg.

„Wie, weg?", würde er mich anraunzen, „gibt's doch nicht. Komm mir nicht ohne Hund wieder!" Den Anruf kann ich mir sparen.

Plötzlich höre ich eine Art Hundegebell. Spitz die Ohren, lausche. Irgendwo bellt ein Hund, hört sich aber nicht nach Sancha an, kein sonores Gebell, der Bass fehlt, eher ein klägliches Gewinsel. Wo kommt das her? Die Materialbahn! Das Winselgebell kommt aus der Materialbahn! Das darf doch nicht wahr sein, jetzt seh ich sie auch, sie fährt hoch zur Warnsdorfer Hütte und hat bereits ein Viertel des Wegs zurückgelegt. Nun erkenne ich ganz deutlich Sanchas Stimme, obwohl sie nur ab und zu ängstlich bellt. Sancha ist in der Materialbahn, NEIN! Wie ist sie da hineingeraten? Vor allem aber, kann sie da herausfallen? Das wäre ihr sicherer Tod. Vor dem Mittagsschläfchen hatte ich das Ding angeschaut, aber nur kurz im Vorbeigehn. Eine Drahtbox mit einem festen Holzboden zum Transport von Lebensmitteln, von Getränkekisten und Gepäck von Wanderern, die unbeschwert ohne ihren Rucksack den Berg hoch wollen. Ist der Kasten an den Seiten offen? Sancha kläfft, allerdings verebbt ihr Protestgebell, je weiter der Lift den Hang hochfährt. Katastrophe!

„Sancha, sitz! Platz! Fall da nicht raus! Spring da nicht runter!"

Zwecklos, mein Gebrüll. Haben Hunde Angst vor dem Abgrund? Oder können sie räumliche Tiefe gar nicht wahrnehmen? Keine Ahnung. Panik. Handy. Wo ist das Handy, her mit dem Ding! Im Rucksack? Als ich es endlich finde, kann ich mit fahrigen Fingern die Tastatur nicht bedienen.

„Keep cool!", mahne ich mich zur Ruhe. Die Nummer der Warnsdorfer Hütte, wo ist die? Meldet sich irgendein Toni oder oder Tobi.

„Pass auf, Toni", komm ich sofort zur Sache, „da kommt gleich euer Materiallift aus dem Tal, da steckt mein Hund drin!"

„Hab ich nicht bestellt", meint Toni. Nach Späßen ist mir nicht zumute.

„Die heißt Sancha, die ist lieb, die tut nichts!"

„Gut zu wissen. Schätze, da ist wieder mal die Lieferung vom Schlachter aufgeplatzt, die mit den Leberwürsten. Und was mach ich jetzt mit dem Hund, aha ich seh die Bahn da vorne schon kommen, soll der hier Urlaub machen?"

Ich bin ratlos.

„Ruf mich in zehn Minuten noch mal an", schlägt Toni vor, „wie ist gleich dein Name, also Roman, ruf mich in zehn Minuten an, ich kann grad nicht alles gleichzeitig machen, telefonieren, Material abladen, schwere Getränkekisten dabei, auch ein Bierfass, und ich weiß nicht, ob mich dein Hund anfällt, macht einen Mordskrach, wie heißt der? Aha, Sancha. Also in zehn Minuten ja, bis gleich!"

Ich trete von einem Fuß auf den andern. Guck auf die Uhr, noch acht Minuten, guck wieder auf die Uhr, was soll ich Toni sagen, guck auf die Uhr, er soll Sancha mit der Materialbahn postwendend zurückschicken, noch vier Minuten, scheiß der Hund drauf, ich ruf da jetzt an.

„Warnsdorfer Hütte, hier der Toni", meldet er sich, Sancha wäre sofort laut bellend aus der Bahn gesprungen, der Lebensmittelsack aufgerissen, drei Kilogramm Leberwurst weg. Hätte er auch schon versucht, sie wieder in die Seilbahn zu bugsieren, nichts zu machen, sie bellt und knurrt böse, wolle da nicht wieder rein!

„OK, Toni, da bleibt mir wohl nichts anderes übrig, ich komm hoch. Wie lang brauch ich?"

„Eine Stunde, wennst gut in Form bist. Tut die den Gästen nichts? Ist die lieb?"

„Absolut friedfertig, lammfromm, tut keiner Fliege was zu Leid. Gib ihr noch ein Schälchen Wasser, bitte!"

„Schon geschehen"

„Toni, bis gleich"

Na warte, Sancha! Du kriegst heute keine Hundekuchen mehr, keinen einzigen! Die Ohren zieh ich dir lang!

Los! Der Weg verjüngt sich, ist als solcher kaum noch zu erkennen, zieht sich die Bergflanke entlang, nicht besonders steil zunächst, aber holperig. Nach einigen Windungen wird es steiler, ich behalte das Tempo bei, atme tiefer. Spitze Steine, Geröll, eng, zwei Leute können hier nicht nebeneinander gehen. Was ist das denn da vorne, verflucht noch mal! Ein Steg über den Bach, nichts weiter als ein grobes Holzbrett, schmal. Wie kommt man da rüber? Auf die Knie, kriechen und mit beiden Händen das rissige Brett festgehalten. Der Stock lässt sich nicht einsetzen, jetzt rutscht auch noch der Rucksack von der Schulter, baumelt nur noch in der Armbeuge und ruckelt sich weiter abwärts bis zum Handgelenk. Gleich fällt er in den tosenden Bach. Ich krall die Fingernägel in die Holzplanke und robbe Zentimeter für Zentimeter weiter. Geschafft!

Der Weg wird steiler. Ich nutze den Stock und schau, wo ich die Füße hinsetze. Mein Atem geht schwerer. Aus Angst um Sancha bin ich den Anstieg zu schnell angegangen. Obwohl. Die liegt wahrscheinlich oben im Schatten bei der Hütte, vollgefressen, lässt sich von den Gästen hinter den Ohren kraulen und hat in ihrem Hundehirn das Seilbahnabenteuer längst vergessen.

Kurze Pause. Wo ist jetzt die Hütte? Ich seh die Hütte nicht mehr! Ist das noch der richtige Weg? Einen Abzweig gab es nicht. Weiter. Oben taucht die Hütte auf, sie war hinter einem Felsvorsprung verborgen, nur noch wenige Schritte. Ich japse, krieg keine Luft mehr. Toni begrüßt mich, ein kräftiger, fescher Kerl in Lederhose und Bergsteigerstiefeln.

„Vielen Dank für deine Hilfe", keuche ich.

„Welche Hilfe?", meint er, „zur Retourfahrt ins Tal konnte ich deinen Hund nicht überreden."

In diesem Moment stürzt Sancha um die Ecke der Warnsdorfer Hütte, hat mich wohl an der Stimme erkannt, bellt freudig und springt an mir hoch. Ich klopfe auf ihr herum und streichle sie.

„Sancha, Hund!"

Da steht sie vor mir, vollgefressen, runder Bauch, mit Kackeresten im Fell. Noch mal scharf überlegen, ob ich überhaupt einen Hund als Wettgewinn will oder ob es ein Leihhund für einen Tag nicht auch tut. Ich geh mit Toni um die Hütte herum, ein großes Gebäude mit Steinfundament, zu den Tischen und den Gästen, die mit Sancha schon Bekanntschaft gemacht haben, und winke ihnen freundlich zu.

„Sag mal, Toni, ist Schaden entstanden?"

„Nicht der Rede wert, nur die Leberwurst ist weg, müssen die Gäst halt mit Pinzgauer Kas vorlieb nehmen."

Ich bestell eine große Apfelsaftschorle und setz mich an einen freien Tisch. Der Schweiß rinnt. Sancha hat schon drei Schälchen Wasser ausgesoffen. Toni bringt die Schorle. Ich bezahle, die Leberwurst auch, und verkneif mir die Frage, ob wir mit der Materialseilbahn zu Tal fahren können.

„Vielen Dank noch mal, Toni, wir machen uns wieder auf die Socken, sind schon spät dran, kommt nicht wieder vor!"

Toni lacht.

„Bis zum nächsten Mal!"

Hoffentlich nicht. Bergab geht's schwieriger als bergan. Ich rutsch immer wieder auf Geröll aus, trotz Stockeinsatz. Sancha springt wie eine Gämse. Bis zu dem Brett über den Wildbach. Dort verweigert sie den Parcours. Was jetzt? Soll ich sie vor mich auf die Brettplanke zwingen, auf allen Vieren hinterher und sie von hinten anschieben? Nein, das ginge nicht. Wahrscheinlich würde sie sich mitten über dem Bach in fünf Meter Höhe stocksteif sperren, und dann gäbe es kein Vor und kein Zurück, weder für sie noch für mich. Ich binde mir den Rucksack fest auf den Rücken, werf den Stecken vornweg über den Bach. Reflexartig startet Sancha durch, das Stöckchenspiel, stoppt aber im letzten Moment. Beherzt greif ich den Hund, hiev ihn auf den Arm, wiegt fast so viel wie ein Kalb, jetzt strampelt die auch noch mit den Beinen. Ich nehm sie in den Klammergriff, press sie an mich und beginn die Plankenquerung. „Ruhig, Sancha, ganz ruhig, gleich haben wir's geschafft!" Schritt für Schritt taste ich vorwärts. Vooorsicht. Noch ein Schritt. Wir sind fast drüben. Nur nicht nach unten gucken! Die letzten beiden Meter schreite ich schneller, rutsch aus und lande am anderen Ufer im Matsch. Der Hund fällt mir aus den Armen, halb entgleitet er mir, halb springt er raus. Die Zehen schmerzen. Tobias' Wanderstiefel sind eben doch eine halbe Nummer zu klein. Bergan habe ich das nicht gespürt.

Da vorn, die vermaledeite Talstation des Materialtransports. Der Lift mit dem Gästemüll zuckelt gerade von oben herab ins Tal, braucht dafür nur fünf Minuten.

„Da wollen wir nichts mit zu tun haben, oder siehst du das anders, Sancha?" Sie knurrt und wedelt mit dem Schwanz.

Es ist spät geworden, schon sechs, war nicht eingeplant, die Hundeeskapade. Eine Stunde bis zur Söllnalm, eine weitere bis zum Wasserfall, das wird knapp. Also zügig! Hellgraue Wolken haben das Blau des Himmels fast vollständig verdrängt und quellen langsam. Mal das Wetter im Auge behalten!

Sancha läuft voraus. In der Nähe des Baches lässt sie sich ins Gras fallen und wälzt sich. Näher dran seh ich das Malheur, sie rollt sich in verfaultem Fisch. Eine Gräte ragt aus dem Fischkadaver, fette grün-bläulich glänzende Schmeißfliegen summen bräsig um das Aas. Es stinkt übel, schon von weitem.

Stöckchenspiel zum dritten, rein in den Bach mit dir, du Stinktier! Tobias wird den Hund in dieser Verfassung nicht zurücknehmen. Sancha wetzt dem Stöckchen nach und springt in den Bach. Ich zieh Wanderstiefel und Socken aus – die Füße sehen ramponiert aus – krempel die Hose hoch, wate in den Bach und versuche, mit einem Aststück das Gröbste von dem Hund abzukratzen. Das klappt aber nicht, ich muss die Hände zur Hilfe nehmen, versuche, die Fischkadaverackemischung aus dem Fell zu waschen und krieg den Hund einigermaßen sauber. Nicht salonfähig, aber immerhin. Dafür stinken jetzt die Hände, werde heute Abend noch mal duschen müssen. Raus aus dem eiskalten Bach. Meine Füße haben einiges abgekriegt, Rötungen und Blasen. Ich mag Socken und Stiefel nicht wieder anziehen, quäle mich hinein, wir müssen weiter. Das Wetter wird auch nicht besser, im Gegenteil. Die Wolken verdunkeln sich. Die Söllnalm haben wir bereits hinter uns gelassen, noch eine halbe Stunde bis zum Wasserfall. Besser, ich rufe Tobias mal an, er soll sich keine Sorgen machen, wenn wir etwas später eintrudeln. Kein Empfang, merkwürdig, oben hab ich doch mit der Warnsdorfer Hütte telefoniert. Mittlerweile zucken Blitze durch die dunklen Wolken, Donner grollt. Das Gewitter wird uns einholen und beim Abstieg entlang des Wasserfalls den Weg hinunterspülen.

Der Tunnel! So können wir abkürzen und Schutz im Trockenen suchen. Also weiter auf dem Fahrweg. Die Front steht jetzt über der Talmitte, Blitze zucken im Sekundentakt, es grummelt, grollt und donnert. Ich seh bereits den Tunneleingang, ein schwarzes Loch. Bevor es uns nass erwischt, traben wir los, erreichen ihn in dem Moment, in dem die ersten dicken Tropfen runterplatschen. Draußen prasselt der Regen, Sturzbäche laufen den Weg hinunter ins Innere und schleppen kleine Steine und Kiesel mit sich. Blitze tauchen den schwarzen Himmel in gespenstiges Licht. Donnerschläge krachen chaotisch und erzeugen einen dumpfen, unheimlichen Hall. Ich schreite vorsichtig talwärts, seh die Hand vor Augen nicht. War es draußen dunkel, hier drinnen ist es schwarz. Ich taste vorwärts, suche Tritt. Wenn ich mich weiterhin zentimeterweise vorarbeite, stecken wir um Mitternacht noch in diesem Loch. Die Leine! Ich fummele sie aus dem Rucksack, rufe Sancha und versuche, den Schnappverschluss an ihrem Halsband einrasten zu lassen. Wozu hat man denn einen Hund dabei! Der wird jetzt vom Wachhund zum Blindenhund umfunktioniert. „Brave Sancha!" Gut macht sie das, findet sich mühelos zurecht und zieht mich stolpernd hinterher. Aua, meine Zehen!

Wir verlassen den Tunnel und sind fast unten im Tal. Das Gewitter hat sich verzogen, der Platzregen ist in einen Dauernieselregen übergegangen. Die Kirchturmuhr in Krimml schlägt zehn. An der Straße halte ich den Daumen raus, und das erste Fahrzeug nimmt uns mit. Es ist ein Riesentraktor mit überdachter Fahrerkabine und einem leeren Anhänger. Wir springen hinten drauf. Der Fahrer, ein junger Bursche, lässt es krachen, richtig schnell, dieser Bulldog. In Hollersbach mach ich mich bemerkbar, bedanke mich per Handzeichen. Wir hüpfen vom Hänger.

Eins ist mal klar, den Berg komm ich nicht mehr hoch, meine Füße! Glück gehört auch dazu, ein später Anrainer nimmt uns fast bis nach oben mit. Den letzten Kilometer schleppe ich mich den Berg hoch, lass mich von Sancha ziehen, sie hat die Leine noch um. Durch die pechschwarzen Tannen, die das Sträßlein nach oben säumen, erscheint der Berghof, wolkenverhangen. Ich wanke durch die Tür ins Gastzimmer, geschunden wie nach tausendtägiger Pilgerfahrt. Am großen Mitteltisch sitzt Tobias beim Bier. Sancha spielt verrückt, kläfft, bellt, wedelt mit dem Schwanz, springt ihm in die Arme.

„Na, du riechst aber gut, mein dickes Stinktier!"

„Hallo Tobias, schön dich zu sehen, hier dein Hund, unversehrt und wohlgenährt, vielen Dank."

Ich schnür die Stiefel auf und bestell gleichzeitig zwei Bier, „ja, große bitte". Feucht fühlt es sich an, die Blasen sind aufgegangen, die Füße suppen in Blut.

„Tja, Tobias, deine Schuhe gehören nun endgültig in den Müll, werd sie mal wegwerfen."

Die beiden schäumenden Biere kommen, die Wirtin hat unaufgefordert einen Napf Wasser mitgebracht. Sancha schlabbert das Wasser, Tobias und ich stoßen an.

„Auf das Abenteuer!"

Tobias lauscht staunend meiner Erzählung. Sancha bestätigt meine Worte, indem sie von Zeit zu Zeit mit dem Schwanz auf den Boden klopft.

19 Bikers Inn

Marder Manfred und Murmeltier Uschi haben mich nächtens gut bewacht. Zum Frühstück setz ich mich wieder an den Tisch mit Talblick. Die Sonne kämpft sich durch die Wolken, die Kitzbüheler Alpen auf der gegenüber liegenden Seite sind noch verhangen.

Schweren Herzens verabschiede ich mich von Tobias und Sancha, die mittlerweile auch schon wach sind.

„Tobias, besuch mich Berlin und bring Sancha mit!"

„Versprochen, wollte schon lange mal in die Hauptstadt, habt ihr ja auch viele Hunde da, hör ich."

Ich bepack mein Bike und jongliere vorsichtig das schmale, kurvige Sträßchen runter nach Hollersbach.

Bevor ich auf der Hauptstraße richtig ans Gas geh, brems ich auch schon wieder ab. Direkt vor Mittersil liegt das neu erbaute, große Zentrum des Nationalparks Hohe Tauern inmitten eines Parks an einem kleinen See. Da verkaufen sie auch Souvenirs.

Während ich durch die Kunstausstellung des modernen Gebäudes schlendere und die Exponate betrachte, überlege ich, welche Mitbringsel noch in den Tankrucksack passen. Mozartkugeln für die Frau? Oder doch lieber Marillenlikör? Nein, die Mozartkugeln würden zerquetschen, und Glas sollte man nicht auf dem Zweirad mitnehmen. Mein Blick fällt auf allerlei Stofftiere und bleibt gebannt an dutzenden Exemplaren der Spezies Steinbock hängen. Ein Kuscheltier? Das geht nicht. Für wen auch? Nein, das geht gar nicht.

Außerdem ist Hasilein schon im Gepäck. Ella kommt mir plötzlich in den Sinn, wo mag sie jetzt sein?

Kauf ich den Steinbock? Nein. Aber niedlich ist er doch. Braun mit dunklen Hörnern, Puschelschwanz und Schnäuzchen, alle viere von sich gestreckt, ein grünes Halstuch umgebunden, mit der Aufschrift „Ferienregion Nationalpark Hohe Tauern". Nein, das geht überhaupt nicht!

Ich greif ein Exemplar aus der Vitrine. „Nimm mich mit!", fleht es mit traurigen Augen. Der ist aber auch süß. Außerdem wäre er ja nicht für mich, sondern ein Geschenk!

Später, zu Hause, will ihn keiner haben. Liegt mittlerweile bei mir im Kleiderschrank, das Steinbockkuscheltier, und bewacht meine Socken.

So, noch die Mozartkugeln und Obstler für mich. Teuer, würde man nebenan beim Billa um die Hälfte bekommen. Sicher besonders guter Stoff, nicht der übliche, dieser hier!

Alles, den Schnaps, die Mozartkugeln und Steinbock Reinhold quetsch ich in den Tankrucksack, wobei das süße Kuscheltier die Prozedur formvollendeter wegsteckt als die süßen Kugeln. Aber das sollte ich erst beim Auspacken merken.

Ich klack den ersten Gang rein, fahre vom Parkplatz auf die Straße, um sofort wieder zu bremsen. Keine dreihundert Meter weiter nach der ersten Kurve liegt links ein Outdoorverkauf. Solche Läden locken mich magisch an. Kurzes Zögern, diesmal widersteh ich der Versuchung. In den Tankrucksack passt sowieso nichts mehr rein. Gas!

Obwohl. Ein kleinpackbares 250-Gramm-Performance Standard Hardshell-Power Shield für 400 Euro bekäme man noch hinein. Wahlweise norse blue oder superlemon oder auch gargoyle. Preise verlangen die heutzutage! Mein fünf Jahre altes Zwei-Personen-Zelt kostete damals 29,95. Funktioniert immer noch super, auch wenn es Tag und Nacht durchregnet und orkanartig stürmt. Damit kommt man heute nicht durch, nicht mehr state of the art. Es muss schon ein Einmannzelt für 495,00 Euro sein. Zelthering „Piranha" für schlappe 7,95. Das Stück. Ein Dutzend braucht man, also Summa summarum 600 Eu. Dafür gibt's 20 Zelte meiner Hausmarke.

Der Survivalmensch verfügt über ein Handy. Dieses kann er über USB-Kabel aufladen, sofern er den entsprechenden Kocher mit Ventilator besitzt. Camp Stove für 200 Euro. Oder Solarladegerät. Vielleicht wollen die Survivalisten bei der Smartphoneoutdoorkonferenz einen Espresso trinken. Für diesen Zweck existieren Outdoorespressomaschinen. Also, mal schnell vorbei an diesem Laden!

Durch Mittersil führt die enge, verwinkelte Straße weiter zum Pass Thurn, der bei mir jedes Mal aufs Neue aus der Kategorie „Pass" rausfliegt. Pässe verbinde ich mit Hochgebirge. Aber immerhin ist das Nummer 20. Jetzt habe ich die Wette gewonnen! Auf der Abfahrt verschlechtert sich das Wetter. Berge wolkenumhangen. In Jochberg beginnt es zu nieseln, dann Sprühregen, dann schüttet es. In Kitzbühel füll ich den Tank an einer Billigtankstelle randvoll und frag einen Bikerkumpel aus der Gegenrichtung nach dem Wetter nördlich. Ganz Süddeutschland sei eine einzige Überschwemmung, berichtet er. Wohl wahr. Bereits in St. Johann steht das Wasser knöcheltief auf der Straße, und so halte ich mich Richtung Kössen statt zur Autobahn wie geplant. Nichts geht mehr, ich brauche eine Bleibe, heute komm ich nicht nach Berlin. Die Wette gewinn ich trotzdem, es bleibt noch ein Tag Reserve, heute ist der neunte. Morgen darf dann aber nichts mehr schief gehn!

Sturzbäche von oben, tausend Liter pro Sekunde auf den Quadratmeter. Mein Zeugs ist kurz vorm Durchweichen, das macht keinen Spaß. No sun, no fun! Ich will einen trockenen Platz – jetzt schon hinter Kössen auf dem Weg nach Ruhpolding und immer noch keine Pension – ich will eine heiße Dusche und eine heiße Linsensuppe, ich will einen Grog, ich will ein Bett.

Auf der linken Straßenseite taucht ein großes Wirtshaus auf, mitten im tiefen Tannenwald. Auf einem Vorbau rostet ein Ro-

ckerbike vor sich hin, Easy Rider lässt grüßen, mit einer Stroh-
puppe drauf. Helm und Stiefel haben sie ihr angezogen und
Handschuhe plus Sonnenbrille. Daneben in luftiger Höhe ein
riesiges Bretterschild mit dem Hinweis BIKERS INN. Darunter
versetzt: ... auch für die BIKERIN!

Der Vorbau entpuppt sich als Überdachung für Zweiräder. Mehr
als ein Dutzend stehen drunter, regengeschützt, alle fein säu-
berlich diagonal parallel eingeparkt: vier grüne Rennkawas aus
Gelsenkirchen, zwei dicke BMW aus München – na, die hätten
es heute doch noch bis nach Hause schaffen können – etliche
aufgepimpte Rockerkarren aus Berlin, zwei Schleudern aus Erfurt und noch einige andere. Ich stell meine Karre ab, nehm den
Tankrucksack und spring rein. An der Rezeption hinterm Tresen steht freundlich blickend der Wirt, blond, mit gezwirbeltem
Schnurrbart, lustigen Augen und einer braunen Lederschürze,
die unten herum mächtig spannt.

Er hat noch ein Zimmer. Ich krauche mit den nassen Plünnen
die Treppe hoch und häng die triefenden Klamotten in der Bude
über die Schranktür, die Heizung und die zwei Stühle. Glücklicherweise ist das Wichtigste im Tankrucksack trocken geblieben. Ich zieh mich rasch um. Noch schnell das Bett getestet, indem ich mich rückwärts drauf fallen lasse. In Ordnung. Es
quietscht und wippt etwas. Ein Mittagsschläfchen? Nein, erst
mal eine Kleinigkeit essen. Also die Treppe hinunter gestiefelt.
Die untere Etage hat geräumige Ausmaße und ist zweigeteilt:
ein riesiger Speisesaal und der Kneipenraum, getrennt durch
eine lange Theke und eine Art Durchreiche. Freiliegendes Dach-
gebälk ruht auf klotzigen Querträgern. Das Holz muss früher
mal hell gewesen sein, ist mittlerweile aber nachgedunkelt, mit
einer verräucherten Patina. Der Speiseraum wirkt durch die
Fensterseite hell und freundlich, der Kneipenraum dagegen
dunkel. Die Tapeten sind angeschmuddelt, wegen des Kamins.

Dieser hat wohl, obgleich Ende Juni im Kalender steht, vor nicht allzu langer Zeit gebrannt, es riecht rauchig. Das gesamte Mobiliar besteht aus Massivholz, riesige Tische, klobige Stühle, gebaut für Zweizentnermänner. Hinter der Theke zapft der dicke Wirt Bier in große Humpen. Eine weibliche Bedienung hilft ihm. Kräftig schaut sie aus, üppig, schwer zu sagen, ob echt oder push ups. Gerade nimmt sie sechs Zweiliter-Humpen vom Wirt entgegen, drei in jede Hand.

Im Speisesaal sitzen die Bikergrüppchen getrennt. Ich geh an einen freien Tisch. Die Rocker haben Schweinshaxe bestellt. Die Haxen glänzen knusprig, die Knödel dampfen. Dazu gibt's Krautsalat, Senf und Meerrettich. Oder sagt man hierzulande Mostrich und Kren? Nein, Kren nur in Österreich, hier samma aber schon in Bayern. Sieht alles sehr lecker aus, nur kann das kein Mensch alleine auf einmal essen. Die Rocker aber anscheinend doch. Dicke, kräftige Kerle allesamt mit Tattoos auf nackten Oberarmen. Jeder der Männer hat einen Zweiliter-Humpen mit schäumendem Bier vor sich stehn.

Weiter hinten sitzen die Kawajungs aus Gelsenkirchen. Was die gerade vor sich auf dem Teller haben, kann man nicht erkennen. Sieht auf die Entfernung aus wie Riesendoppelcurry mit Pommes Schranke. Vor sich Zweiliter-Krüge wie bei den Rockern.

Hinten rechts sitzen die BMW-Weicheier, die heute die 200 Kilometer bis nach München nicht mehr geschafft haben. Ältere Herrschaften um die sechzig, Münchener Zahnärzte oder so, Nickelbrille, distinguiert dreinblickend der eine, blasiert der andere. Ihre Menüwahl: Cordon bleu mit einem großen, gesunden Salat und ein Hefeweizen, damit die Verdauung gut in Gang kommt. Im Unterstand draußen meinte ich erkannt zu haben: zwei 1200er GT. Meine Güte, damit kommt man doch bei Sintflut trocken bis München. Ein Knopfdruck, und die Frontscheibe fährt elektronisch gesteuert hoch. Sitzheizung, beheizte Lenkgriffe. Wahrscheinlich haben die Männer noch Heizspiralen in Handschuh und Stiefel. Pampers. Allein die Ausrüstung – Lederkombi, Helm, Stiefel, Handschuhe – kostet so viel wie die Güllepumpe von dem einen Alternativfreak da hinten links am Fenster. Vielleicht komm ich auch noch in das Alter der Münchner BMW-Männer. Wahrscheinlich bin ich sogar älter und nur neidisch auf ihre Bikes. Ich erinnere mich an eine Rückfahrt mit meiner Rennschleuder von Österreich nach Berlin bei Dauerregen und einstelligen Temperaturen, schon in Nürnberg komplett durchweicht und halb erfroren. Mit einer 1200er GT wäre das nicht passiert. Den vorderen Scheibenschutz hoch, und der Regen fliegt dynamisch über den Biker weg. Alle Heizelemente einschalten und mit warmem Hintern und wohltemperierten Fingern bequem und ausgeruht nach Hause düsen. Sicherheit durch Technik! Nass, kalt und verkrampft fährt man unsicher. Nichts gegen die GTs also. Sollte mich aber einer von den alten Knackern ansprechen, nie gäbe ich das zu, niemals! Lässig würd ich meine Kawazündschlüssel auf den Tisch werfen und beiläufig fragen, ob deren dicke Dinger auch Kurve können.

Die beiden alternativen Vögel hinten am Fenster, der eine mit der 500 CRX-Güllepumpe, der andere mit 'ner 650 Enduro BMW, mampfen ihr Müsli, und was die zwei Schwulen aus Erfurt – Äfftt – speisen, – die heißen wahrscheinlich Raimund und Detlev, Detlev mit v – kann ich mir schon denken, Salat an Putenbruststreifen und dazu stilles Wasser, sollten mal aufpassen, dass sie nicht von innen verrosten, Wasser ist für Vierbeiner, Menschen finden Bier feiner, und das Pärchen im Schlepptau der beiden trachtenmäßig ausgestatteten Wandersleut hinten rechts interessiert mich sowieso nicht, die haben gar keine Motorräder, und wenn, dann nur eines, und die Ische sitzt hinten drauf.

Jetzt kommt die dampfende Linsensuppe mit den Würstln in einer tiefen Terrine, dazu ein Schälchen Senf und Meerrettich. Zum Trinken habe ich nichts bestellt. Mineralwasser, zu kalt; Bier, zu früh; Grog, passt nicht zur Linsensuppe. Ich rupf die beiden Würstl auseinander, nehm eines mit den Fingern und tauche es in den Senf, dann noch in den Kren, der an dem Senf kleben bleibt. Hm, guuut, huiuiui, scharf! Die Suppe schmeckt hervorragend und wärmt von innen. Was braucht man mehr! Außer ein kleines Nickerchen. Ob die Berliner Rocker und die Gelsenkirchener Kawajungs beim Bier bleiben? Die Berliner sowieso, die müssen nach den Schweinshaxen einen Verdauungsschnaps nehmen, und dann geht es munter mit Bier weiter, ist ja auch schon Nachmittag. Na, wurscht, was mich angeht, ich lausche jetzt mal am Kopfkissen.

Drei Stunden später schüttet es immer noch aus Kübeln. Ich habe fest geschlafen und brauche jetzt einen Kaffee. Unten im Wirtshaus hat sich die Szenerie um glatte 20 Meter verschoben, vom Speisesaal in den Kneipenraum. Ansonsten alles beim Alten, separierte Bikergrüppchen, getrennt nach Motorradmarken. Über die Boxen dröhnt Motörhead. In Bayern. Kurze Zeit später allerdings Volksmusik.

Alle Biker sind mittlerweile beim Bier angelangt. Wo pflanz ich mich hin? Eigentlich will ich mich bei keiner Gruppe dazusetzen, am wenigsten bei den Schickeria-Zahnärzten. Nein, am wenigsten bei den Schwuchteln aus Erfurt. Bei den Rockern auch nicht. Ich kann mich aber auch unmöglich alleine an einen Tisch setzen. Die Entscheidung wird mir abgenommen. Einer der Gelsenkirchener spricht mich an, der Jüngste aus der Gruppe.

„Ey, Alta, komm bei uns bei!"

So, das war's, irgendwo muss ich schließlich sitzen. Also ma Ruhrgebietsslang.

„Hass ja auch 'ne Kawa", sagt der jungsche Typ. Er ist schlaksig, ungefähr zwei Meter lang, blond, die Haare stehen wirr vom Schädel weg. Die drei Kumpels gucken ihren Youngster strafend an, weil der mich angesprochen hat, doch er lässt sich nicht das Wort verbieten.

„Mitti schwatte Kawa, in deim Alta, ey ... wie soll dat denn gehn!"

„Und du, mit dein zwei Meter, wie kommst du denn in deine Karre rein, musst dich ja regelrecht reinfalten."

„So isset, Mann!"

Das Gespräch ist eröffnet. Die drei anderen scheinen nun auch etwas weniger unwirsch. Der nächstältere ist um die 25, blondiert und fährt wie sein jüngerer Kumpel ebenfalls ZX-6R, die beiden älteren 10-R, alle vier Bikes in grün, hatte ich draußen unter dem Vordach gesehen.

„Die Lederkumpel da mit dem Metallschrott", sagt der 25-jährige „könn nur gradeaus."

Am Nebentisch macht sich Unruhe breit, vielleicht hat einer der Rocker die Ohren gespitzt und was mitgekriegt. Blondie schwadroniert unbeirrt weiter drauf los:

„Und die Heinis hier" – er deutet mit einer knappen Kopfbewegung nach hinten links – „trinken Dosenbier, aber heimlich untern Tisch."

An seinem Tonfall lässt sich nicht ausmachen, ob er das gut oder schlecht findet. Aufs Geratewohl und um irgendeine Verbindung zu Gelsenkirchen anklingen zu lassen, frag ich ihn, ob er bei Nacanco arbeitet.

„Woher weißt du das?"

Zack, hab ich richtig getroffen, füge gleich noch hinzu, dass Aludosen ein technologisches Kunstwerk, weil konisch gezogen. Auf jeden Fall zeigt sich der Junge beeindruckt, und ich habe wieder mal jemanden belehrt, kann es einfach nicht lassen.

Zumindest bleibt das Gespräch flüssig. Ich wisse doch so einiges über Gelsenkirchen, meint jetzt der etwas ältere Kumpel mit dem Bauchansatz, auf Krawall, und „watt denn noch so, erzähl ma!" Ich versuch es mit Revierderby, was aber daneben geht, weil Schalke 04 neulich gegen Dortmund 1:3 verloren und Boateng, Kevin-Prince, ehemals Hertha, einen Elfer verschossen hatte. Irgendwie muss ich schnell die Kurve kriegen, in die andere Richtung rudern, weg von Gelsenkirchen.

„In Dortmund fahrn die Rennen auf dem Nordring mit Manta, hat sich neulich einer erwischen lassen, aber abgestritten. Und jetzt ratet mal, wat der für die Grünen als Begründung gemeint hat!"

„Sach!"

„Dat kann gannich sein, weil dat geht aufm Gummi."

„Genau dat isset."

Alle am Tisch stimmen zu, die Männer werden immer zutraulicher. Als sie beim nächsten Mal ihre Zwei-Liter-Humpen aneinander scheppern lassen, prosten sie mir zu. Der zweite ältere Kollege, bekomm ich noch raus, arbeitet als Abteilungsleiter in einem Baumarkt, und der mit dem Bauchansatz ist Schließer in der Justizvollzugsanstalt.

„Schloss Munkel, wa?", hak ich ein. Dem JVA-Mann bleibt die Spucke weg. Berliner Kennzeichen. Woher weiß der Mann das? Unvermittelt steht der schlaksige Zwei-Meter-Azubi auf.

„Geh ma eine rauchen."

Dabei brabbelt er wieder was von Metallschrott, während er an den Rockern vorbei geht. Erneut kommt bei diesen Unruhe auf. Der Mann sollte wirklich aufpassen, nicht aufs Maul zu kriegen. Die Musik übertönt ihn. Erst Hardrock, jetzt Kuschelrock. Rod Stewart rockt gerade Nena und Nicole.

Da ich mittlerweile gute Karten bei den Kawaleuten habe, will ich noch mit dem 10-R-Baumarkt-Abteilungsleiter sprechen, kann meinen Scheiß nicht lassen. Vielleicht wirkt auch schon das Bier. Ich wende mich an ihn:

„Steht die Schwiegermutter mit dem Enkelkind auf der Weide mitti Schafe. Wat sacht die Alte?"

„Keine Ahnung"

„Komm bei Omma und mach dat Mäh ei!"

„Und?"

„Nix weiter"

Der Mann reagiert unbeeindruckt. Wat soll die Omma auch sonst sagen?

Der Wirt bringt frisches Bier. Die weibliche Bedienung, die vor Stunden noch Humpen heranschleppte, lässt sich seltener in der Spelunke blicken und erledigt die Arbeit am Zapfhahn.

In Punkto Bier sind mir die Männer voraus, der Alk haut rein. Am Schlimmsten hat es Blondie erwischt, er hat schon Schlagseite. Dass sich gerade der Wirt nähert, begreift er aber noch.

„No'n Bier!", geht er den Wirt an, schlecht synchronisiert mit den Kumpels, denn diese ordern mittlerweile Schnaps. Der Wirt schätzt die Lage falsch ein, vielleicht will er auch nur seinen Umsatz befeuern, und faselt was von feinen Bränden. Billigkorn hätte es jetzt auch getan. Man einigt sich auf Willis. Die Runde kommt.

„Birne kannsse wechlassn", meint der Schloss Munkel-Schließer, „tu wech die Birne!"

„Wassn dass fürn Schnaps?", will Blondie wissen.

„Iss'n Willis", erklärt der Baumarkt-Chef.

„Willi au so ein", beharrt Blondie, „gimmi au so ein!"

Zeit, dass ich da weg komm. Ich hab drei große Biere gehabt oder vier. Das geht, aber mittlerweile ist Schnaps angesagt. Hardalk killt den Mann. Das würden die Gelsenkumpels spätestens morgen merken, wenn nicht schon früher.

Ich verschwinde Richtung Klo, muss dazu an den Rockern vorbei. Einer von den Ledermännern zerrt an mir.

„Setz dich, Mann, komm zu uns ..."

Was wolln die von mir? Ich bin kein Rocker, das sieht doch jeder auf den ersten Blick.

„ ... mit deiner schwarzen Karre ... aus Balin!"

Aufgepasst! Nichts Falsches sagen, schon gar nicht über ihre Maschinen. „Karre dreht sauber?", geht nicht, weil die dreht nur einmal im Monat.

„Hoffentlich kommst du gut mit deim Bike", auch nicht, setzt sofort Haue. Besser was Neutrales, in Frageform:

„Alles paletti mit deim Moppet?" oder noch kürzer „Karre geht gut?"

Aber so klar kann ich nicht mehr denken. Der Abend ist nicht mehr jung, und die Biere haben mich angeknockt.

„Knock, knock, knocking on heavens do hoho o yeah, hey, hey, hey, hey, yeah, do hou ho", stöhnt Axel Rose aus den Boxen. Der Kumpel mir gegenüber singt die ganze Zeit mit, "Mama take this patch from me." Richtig, sollte Muttern ihm wegmachn, das Ding, weil Petrus ihn sonst nicht in den Himmel reinlassen würde, schon gar nicht mit einem Hells Angels patch. Wie auch immer, ohne es zu wollen, quasi sogar gegen meinen Willen, hör ich es aus mir heraus sagen: „GUNS N ROSES ISS WAS FÜR WEICHGELUTSCHTE SCHWUCHTELROCKER!"

Nichts passiert. Die beiden, die mich in ihre Mitte gezerrt hatten, müssen mich eindeutig verstanden haben. Trotz des Lärms von Guns N' Roses. Der Typ rechts sieht martialisch aus, zumindest von ihm hätte ich eine Reaktion erwartet. Kräftig, strähnige schwarze Haare, strammer Bauch, Popeyeoberarme, tattoogepflastert, überdimensionierter Totenkopfring am Mittelfinger, Lederweste, Lederhose, Sporenstiefel. Der Kerl links ähnelt seinem Kumpel, hat zusätzlich noch eine Kette um den

Hals, mit Rasierklingen dran. Das Auffälligste ist seine vorgestülpte Unterlippe. Baba. Forest Gumps Freund, der den Traum vom Shrimpskutter nicht mehr verwirklichen konnte, weil zu früh gestorben.

Baba reagiert verzögert.

„Welche Mucke findest du denn gut?"

„Driving South"

„Dying sauss?", fragt Baba. Spucke fliegt in meine Richtung, Nebeneffekt seiner Gesichtphysiognomie. Unauffällig wische ich mir den Rotz mit dem Hemdsärmel vom Mundwinkel, ich will den Mann nicht beleidigen. Baba, dem sein Lieutenant den Rat gegeben hatte, mit der Unterlippe nicht im Stacheldrahtzaun hängen zu bleiben.

„Wer fährt schon in den Süden, um zu sterben? Macht doch keiner! Wenn ich in den Süden fahr, Malle so, dann Party, Sonne, Saufen, Weiber."

Ich weiß nicht, was mich reitet. Da, mein kleiner Dämon, mein Teufli, diesmal in schwarz, hockt Baba auf der Schulter und grient mich diabolisch an. Außerdem hab ich Druck auf der Blase, die Jungens haben mich vorhin vorm Gang zum Pissoir abgefangen.

„Würg Baba ab, sonst kommst du nie zum Klo, hau ihm was um die Ohren, was Intellektuelles!"

„Doch!", sag ich zu Baba, „die Polizistin aus dem Film 'Auge um Auge', Frau mit Todessehnsucht"

„Kenn ich nicht, sach ma, wer fährt nach Süden, um zu sterben, in echt, gezz!"

„Also gut, die beiden aus Easy Rider"

„Dennis Hopper ist auch schon tot", meint er jetzt.

„Sag mal, Mann, schon mal einen umgepampt?"

Baba versteht nicht.

„Was seid Ihr denn für welche, habt Ihr auch ein patch?"

„Klar", meint Baba und fängt an, sich die Lederweste auszuziehen, um mir das hinten aufgenähte patch zu zeigen, wird aber von seinem martialischen Kumpel gehindert.

„Lass das, Baba und halt's Maul!"

Was?! Hat der Kerl ‘Baba' gesagt?

„Hey, Mann ... "

„Keule, nenn mich Keule!"

„Keule, hast du gerade deinen Kumpel Baba genannt?"

„Ja"

„Heißt der wirklich so?"

„Dieses Forrest Gump-Ding, der mit dem Shrimpskutter, wo der nie drauf gefahrn ist, der mit der Unterlippe von Geburt, wie bei Karl-Heinz"

Umfassende Aufklärung. Allerdings wird mir langsam mulmig. Meine Ahnungen erweisen sich heute Abend als geradezu prophetisch, zuerst die Sache mit Nacanco und jetzt Baba. Schnell weg hier, aufs Klo!

„Hey, Jungs, muss mal wo hin, war nett mit euch."

„Du bleibst jetzt ma hier!" raunzt mich der Rockerchef an, Hank, ein massiger Kerl mit blutunterlaufenen Augen. Er brummt den Wirt herbei.

„Meister, nomma ne Runde, Bier und Willis, und für den Kumpel – er deutet mit dem Daumen auf mich – diesma au n Gedeck."

„Lass ma", versuch ich.

„Quak nich rum, geht aufn Club, einer muss!"

„Na gut", einer würd gehn. Wie hatte der Wirt die harten Jungs zu Willis überredet? Und auch noch mit Birne!

Ich wende mich an meinen Nachbarn.

„Sach ma, lasst ihr die Birne drin?"

„Logisch Mann, gut für die Gesundheit, Obst."

Zügig kommt die Runde, als hätte das Thekendirndl auf Vorrat gezapft. Getaktete Routine. Auch Mucke läuft immer dieselbe,

nur zwei Lieder, „Nothing Compares to You" und Guns N' Roses.
Jetzt also Willi. Die Birne rutscht mir vom Swizzelstick, nehm
ich sie gleich in die Finger, klebt, das Zeug. Willi hinterher.
„Prost Jungs!"
Jetzt order ich eine Runde, muss ich wohl. Mal über die Schulter
gelinst, die Münchener Ärzte sind weg, sonst hätte ich nicht für
die komplette Mannschaft bestellt! Dafür robbt jetzt die Güllepumpe mit seinem Kumpel heran, die beiden Alternativfreaks.
Also Lokalrunde. Alle prosten mir zu.
„Auf dich und die geilen Karren!"
Na gut. Obwohl es da Unterschiede gibt. Das ist jetzt schon der
zweite Willi. Müsste langsam mal die Kurve kratzen, sonst wird
das morgen nix. Bahnt sich da ein Tumult zwischen den Berliner Rockern und den Gelsenkirchener Kawajungs an? Diesmal
gelingt mein Abgang. Runde Füße, komm kaum die Treppe
hoch, treff aber das Bett. Mistwillis. Mein Mittersilgrappa ist
besser, mein Obstler. Kurz ma testen, ein wänzigen Schlock,
hmjam besser als das Willigift. Auf jeden! Schmeck ich etwa
leicht Brenzliges im Abgang? Hm. Nein, absolut reiner Stoff.
Jetzt will sich der Verschluss nicht auf die Flasche drehen lassen, dieser Scheißdrehverschluss, also noch ein Schlock. Bleibt
sie eben offen, dassich aber nich Steinbock Reinhold nächtens
dran vergreift, schaff nich flasch ssu

20 Höllenritt nach Berlin

Schnuffel, schnuffel, Nase im Kopfkissen, kiek ma raus, schon hell. Hell? What's the hell! 11 Uhr! Mist, verdammter. Jetzt aber zügig, raus aus den Federn, rein in die Klamotten! Da hat gestern einer vergessen, die Obstlerflasche zuzudrehn, muss heut Nacht wer dran genuckelt ham, die is nich mehr voll, genauer gesagt fehlt ein Drittel. Mir brennt der Kopf, und auch die Leber brennt, das ist der Alk, ein teuflisch Element.

Runter zum Frühstück. Die Treppe schlingert mir entgegen. Der erste Tisch in der Gaststube ist zugemüllt, irgendwer muss schon hier gewesen sein. Da drüben sitzen die beiden Schwulies aus Erfurt, machen sich munter über ihr Müsli her. Wahrscheinlich haben die gestern nur stilles Wasser gehabt. Der Weg zum Büfett führt an ihnen vorbei.

„Hi guys", sprech ich sie an, sprachlich verwaschen Richtung gays.

„Guten Morgen", grüßen beide artig zurück, ohne mit der Wimper zu zucken.

„Woher des Wegs, wohin solls gehn?"

„Wir kommen aus Kroatien, und heute fahren wir zurück in die Heimat, nach Äfftt."

Könnte ich sie dazu bringen, das zu wiederholen?

„Wohin?"

Ich bin ein blöder Knochen, warum kann ich die nicht in Ruhe lassen! Die können nix für meinen ausgewachsenen Kater.

Nach dem Frühstück räum ich das Zimmer, zahle und schlag dem Wirt vor, Champagner aufs Büfett zu stellen, um den Restalkohol der Biker zu befeuern. Könne er ab mittags den Zapfhahn laufen lassen und die Leute eine weitere Nacht im Haus behalten. Er schmunzelt.

Als ich mein Gepäck aufs Bike montier, wen treff ich? Die Gelsenkirchener Kawacrew. Sie war es, die den abgefressenen Frühstückstisch hinterlassen hat. Dass die Kumpels sich schon auf die Straße trauen! Die sind doch noch hacke und müssen keine Wette gewinnen. Der Blondierte kotzt gerade vernehmlich in die Büsche, und die andern drei sehen im Gesicht so grün aus wie ihre Kawas.

„Morgen, Jungs!"

Unverständliches Gebrabbel. Blondie kommt zurück, nachdem er die Botanik bereichert hat. Seine Hose steht sperrangelweit offen. Der Munkelschließer verbirgt seine verschwiemelten Augen hinter einer schwarzen Sonnenbrille. Dem Baumarktchef sind die professionellen Ordnungsprinzipien abhandengekommen, seine Gepäckrolle schlappt schief übers Heck, eine der vier Spinnen baumelt lose.

Fast gleichzeitig machen wir uns fahrbereit. Auf Starterbefehl beginnen fünf Aggregate zu grollen. Konzertierte Aktion, ein wundervolles Motorenkonzert, 700 PS. Die beiden älteren mit den Tausender ZX 10-R lassen ihre Maschinen rotzig fauchen. „Abflug", sagt der eine, das Visier noch offen. Weg sind sie.

Aufm Strich gradaus gehn könnt ich jetzt nicht. Also mal rauf aufs Moppet, da fühlt man sich gleich viel sicherer. Die Karre schafft aber auch keine gerade Linie, schlingert übern Asphalt. Wiefiel Blut hab ich im Alkohol? Das ist das Gute an der Droge, kontrollierter Abbau 0,1 pro Mille und Stunde, also hab ich noch ein pro Mille intus, bloß keine Bullizei.

Ich schiele durchs Revier, äh Visier, wo bleibt der blöde Siegsdorf-Kreisel, ah da isserjaschonn. Der Kreisverkehr stürzt auf mich zu und eiert spiralförmig in mich rein. Mein Blödbike erwischt die erste Ausfahrt nicht, auch nicht die zweite, um ehrlich zu sein. Huiuiuiui, geht das rund. Sollt sofort ma umdrehn und drei Runden in Gegenrichtung fahn, damit ich die Spirale aus der Birne krieg. Brummbrummbrumm, anders rum.

Jezz ma Folgendes: Wenn mein Bike die Autobahnauffahrt Ruhpolding/Traunstein falsch trifft, bin ich gleich in Salzburg. Also aufgepasst. Es klappt, nach der Unterführung auf die Bahn Richtung München, schalt ich auf Autopilot, lass das Bike allein laufen, die Karre kennt doch die Strecke. Fahr ich mich nüchtern, bis der Alk verdampft ist, Nürnberg so.

Chiemsee rechts, weiße Segel auf blauem Wasser, Rosenheim, Mangfallbrücke, Hofoldinger Forst. München Osttangente, Erding, Flughafen, ab nach Nürnberg. Frankenwald. Die weit geschwungenen, leicht bergigen Kurven will das Bike mit Tempo 200 nehmen. 0,5 pro Mille Restalk plus Adrenalin, die Mische pusht mich auf Highspeed. Mein Teufli kriegt sich vor Freude gar nicht mehr ein.

„Geiler Kick, gib Gummi! Schneller! Schneller!"

Gar nicht so übel, mein Einpeitscher.

„Na gut, Alter, kannst du haben, zeig ich dir mal, wer der wahre Hexenmeister ist, brennen wir den Auspuff frei!"

220. Runter in den fünften, Drehzahl am Anschlag, knapp unter 17.000. Jipiih!

Vorne fährt einer links, obwohl rechts alles frei ist, kein Verkehr weit und breit. Runter vom Tempo, ach was, rechts vorbei, zack, wisch, weg! Weiter mir 220. Da, Baustelle. Stau, in die Eisen, fast der letzten Blechkiste hinten reingedonnert. Das war knapp. Was stehn die hier rum! Linke Spur gesperrt, Stopp and go. Wo ist die Baustelle? Hier wird nix gebaut, kein einziger Arbeiter weit und breit. Ich fummle mich durch, rechts, links. Aufpassen, keine Spiegel rasiern. Dass keiner plötzlich die Tür aufreißt, rausch ich rein und bin schuld, schuld ist immer der von hinten. Wo sind wir hier? Kurz vor Gera, fünf Uhr. Eine Lücke tut sich auf, ich drängle mich durch. Stauende. Go!

Kaum geht was, schon wieder Tempolimit, Hermsdorfer Kreuz. Danach Bahn frei. Die Straße ist knochentrocken, dreispurig, wenig Verkehr. Es ist leicht bewölkt, die Sonne lugt durch die Wolken. Gas! Die Landschaft fliegt vorbei. Die LKWs rechts kriechen, an den PKWs auf der mittleren Spur husch ich links vorbei.

Leipzig. Interkontinentalflughafen für Mitteldeutschland. Eine 747 im Landeanflug, hundert Meter hoch, ich seh sie aus den Augenwinkeln, ohne sie zu hören, mein eigener Motorlärm übertönt die Triebwerke.

Kurz nach sechs, Schkeuditzer Kreuz, dann wieder freie Fahrt. Vollgas! Raketengleich schnellt das Bike nach vorn. Mein Dämon gerät abermals in Wallung.

„Go! Go! Go!" trommelt er auf meinen Helm, einen scharfen, harten Rhythmus, „alles unter 200 Sachen ist Memmentempo!"

Wie eine Furie peitscht er mich vorwärts. Ich falt mich in die Maschine, verlager den Hintern zum Heck, kauer mich so weit wie möglich in den Schutz der Frontscheibe. Trotzdem zerrt der Fahrtwind oben am Helm, lässt ihn zittern, jede noch so kleine Vibration ein Stoß wie ein Hammerschlag, es will mir schier den Kopf abreißen. Das Styrofoam drückt gegen Wangenknochen und Stirn, presst mir den Schädel zusammen wie ein Schraubstock.

Nacken- und Schultermuskulatur, Stahlbeton. Der Hintern tut weh. Mein Genital spür ich nicht, taub das Teil, ist das Ding überhaupt noch dran? Vorsichtig beweg ich das Gesäß hin und her. Jetzt spür ich wieder was, die Eier kribbeln.

Kurzer Tachoblick. Die Nadel zittert um 220. Augen wieder in Fahrtrichtung. Eine Bikergruppe weit vorn, drei kleine Punkte, schnell wachsen sie heran.

„Überhol die Weicheier, die fahren nur 200. Los! Vorbei!"

Mein Tempoteufel dreht den Adrenalinhahn weiter auf, haut mir das Zeug in die Vene, als hätte er Koks & Crystal beigemischt.

Die Männer sind auf der mittleren Spur mit 200 unterwegs. Ich wisch links mit 230 Sachen vorbei, lass die Hand am Lenker, verzichte auf den   Bikergruß. Einen Moment seh ich sie noch im Rückspiegel, dann sind sie weg.

Potsdam, Kleinmachnow, Stadtgrenze. Runter vom Gas. In der Autobahnmitte mickert der Berliner Bär, Miniexemplar, zu klein für die Hauptstadt. Dreilinden.

Stau vorm Funkturm. Die Autos kriechen. Ich mogel mich durch. Ausweichen auf die rechte Standspur bringt nichts, gerade wird der Verkehr zwangsweise nach links abgeleitet, Totalsperre, am Messedamm müssen alle runter.

Fummel ich mich bis zur Auffahrt Kaiserdamm Richtung Flughafen Tegel/HH durch? Nein. Schluss. Bevor ich die Wette im letzten Augenblick versemmel, ab zur Heerstraße.

Richtige Entscheidung. Richtung Spandau fließt es zügig. Na bitte, geht doch!

In diesem Moment spotzt die Tankuhr! Gelborange. FUELFUEL. Hoffentlich reicht der Restsprit, mehr als 30 Kilometer sind das nicht bis zur Homebase. Wenn nicht, muss ich meinen verdursteten Gaul nach Hause schieben. Die Tankuhr blinkt und blinkt, FUELFUEL, schreit sie, FUELFUELFUEL! Jetzt noch tanken? Dann verpass ich die letzte Fähre, scheiß drauf!

Spandau, durch, weiter zur Anlegestelle. Glück gehabt, da tuckert die Fähre gerade herbei. Vor der Schranke warten Autos, ein Kleinlaster und Fußgänger mit Hund.

Es beginnt zu dämmern, grauer Dunst wabert über das dunkle Havelwasser. Kurz vor neun, das ist die letzte Überfahrt.

Also ma los, Käptn, mach hinne, leg sie an, deine „Hol Über I", damit das heute noch was wird! Der Schiffsbug quietscht an den

Gummireifen der Poller, der Skippergehilfe wirft die Schlaufe des dicken Taus drüber. Ruckartig öffnet sich die Schranke. Ich fahr aufs Deck, bis ganz nach vorn, will drüben als erster runter vom Schiff. Hinter mir fährt der LKW auf die Mittelspur, Buschmanns Heizöl, vorher ist schon ein 7er BMW raufgerollt, silbermetallic, auch mittschiffs. Links hinten ein Fiat Panda. An der Treppe zum Kapitänsstand klammern sich die älteren Herrschaften an der Reling fest, als wären meterhohe Wellen angesagt, leinen vorsichtshalber ihren Hundemischling an.

Es geht nicht voran. Der Kapitän übt sich in Geduld, lässt die Schranke oben, vielleicht kommt noch jemand. Der Kassierer mit der Zigarrenkiste für das Münzgeld steht sich die Beine in den Bauch und guckt ausdruckslos in den Nebel.

Irgendwas stimmt nicht. Es liegt was in der Luft. Meine Nackenhaare sirren elektrisiert, stellen sich auf wie Pfeilspitzen, Alarmstufe eins. Da! Herangestürmt kommt ein schwarzes Knäuel, eine Riesenwildsau, grunzend und quiekend als gings zum Schlachter. Die Hufe hämmern auf das Metalldeck. Das Monster trifft den Tanklaster vorne, kracht dann in die rechte Flanke des BMW, ratscht daran längs, ein eklig berstend-schleifendes Geräusch. Jetzt schießt die Sau auf mich zu. Schwarzbraune Borsten, ein dunkles Auge taucht direkt vor mir auf, die Schnauze, gelbe Hauer. Die Bestie rammt mich. Ein spitzer Biss reißt mich hoch, hebelt mich aus, ich taumel gegen mein Bike, krach mit beiden Stiefeln aufs Deck. Karre steht noch. Die Sau hat sich um die eigene Achse gedreht, verbeult den Panda und schießt auf die alten Leutchen zu. Der Opa hechtet die Treppe Richtung Kapitänskajüte hoch, lässt seine Frau unten stehn, der Hund bellt wie verrückt. Jetzt kommt das Borstenvieh wieder auf mich zugestürmt. Ich schrei so laut ich kann. Das Schwein weicht aus und springt vorne über Bord. Drei Zentner platschen ins dunkle Wasser, versinken in den Fluten, tauchen wieder auf, nur der Kopf ist sichtbar. Grunzend paddelt die Sau davon, hat das Quieken eingestellt, verschwindet im Haveldunst.

Um mich herum Chaos und Geschrei. Die Stimme der Blondine aus dem 7er überschlägt sich. Die Pandafahrerin wird von Weinkrämpfen geschüttelt. Ihr Auto sieht aus wie eine zerbeulte Blechbüchse, steht quer auf dem Deck. Der Hund bellt und bellt.

Auf einen Schlag verebbt der Lärm. Nur eine abgefallene Radkappe dreht sich scheppernd, bleibt dann ruhig liegen. Der Schiffsdiesel tuckert vor sich hin, Miniwellen plätschern gegen den Bug. Es stinkt nach Maggie und Heizöl. Der Kassierer fuchtelt mit der Zigarrenkiste. Es hat ihn erwischt, er blutet, rennt um den Kapitän rum und redet auf ihn ein. Schlimm kann es nicht sein, er hüpft noch.

Nur ein Verletzter also. Und ich. Meine Lederhose ist aufgeraut wie eine Kartoffelreibe, im linken Hosenbein klafft ein Riss knapp überm Knie. Rasierklingenscharf haben die Hauer das Leder aufgeschlitzt. Etwas läuft feucht runter. Ich fühl nach. Blut, schmierig, nur eine kleine Wunde, nicht tief. Das feste Leder hat das Ärgste verhindert. Das guck ich mir zu Hause genauer an.

Soll jetzt mal weitergehn.

„He Semmann!", sprech ich den Kapitän an, fahr dein Diesel hoch, lass ma los, rübber inn' Ort, bis dahin haben sich die Leute wieder eingekriegt, Polizei und Feuerwehr sind in Tegel schneller als hier in Spandau, hast du früher Feierabend."

Der Kapitän nimmt sein Megaphon, bittet die Leute, Ruhe zu bewahren, steigt die Treppe zu seiner Kabine hoch und bringt den Diesel auf Trab.

Die Passagiere können sich nicht beruhigen. Stimmengewirr, die Pandafrau schluchzt immer noch. Das Geschrei der 7er Blondine ist einer Schockstarre gewichen. Sie steht vor ihrer ramponierten Limousine, die vormals hochgesteckten Haare hängen ihr wirr durchs Gesicht.

Quietschend legt die Fähre in Tegelort an, die Schranke öffnet sich. Ich rolle als erster von Bord, meine Versicherungsangelegenheiten würde ich morgen mit dem Käptn klären. Jetzt wartet Wichtigeres.

21 Gewinner

Zwanzig nach neun, fast dunkel. Alle Tore zum Grundstück stehen sperrangelweit offen wie immer. Ich rausch mit 30 Sachen rein, 90-Grad-Slide in den Carport, lande die Karre millimetergenau.

Seitenständer raus, mit einem Handgriff Tankrucksack und Hecktasche gegriffen, rein ins Haus und der Liebsten klar gemacht, wie man 20 Pässe in 10 Tagen eintütet, Kinderspiel, Wette gewonnen, ein großer, schwarzer Hund kommt ins Haus. So sehn Helden aus, icke!

Die Frau erwartet mich barfuß in der offenen Tür. Sie trägt eines meiner groben Baumwollhemden und Leggins, grün-rot-schwarz geringelt.

„Komm rein!", lächelt sie.

Ich zwäng mich an ihr vorbei, wegen des Gepäcks kann ich sie nur flüchtig küssen, geh durch bis in die Küche, lass Tankrucksack und Hecktasche fallen, bugsiere beides mit der rechten Stiefelspitze in die Ecke. Auf dem Herd köcheln Spaghetti in dem großen Topf und eine tomatige Fleischsauce in der gusseisernen Pfanne.

Es riecht nach Knoblauch. Eine große Schüssel frisch geriebener Parmesan und zwei bauchige Gläser stehen auf dem Tisch. Der Rotwein wartet bereits dekantiert in der Karaffe. Im Hintergrund läuft klassische Musik. Beruhigend, Lala aus dem Radio könnte ich gerade nicht ertragen.

Ich setz mich auf meinen Platz, zieh die Stiefel aus und schlenker sie unter den Tisch.

„Mann, du stinkst! Nach Wildschweinkacke. Und deine Buchse! Zerrissen! Wohl auf 'ner Wildsau durch den Stacheldrahtzaun hierher geritten?"

„Was ist das denn für 'ne Begrüßung?"

„Karre heile?"

„Wie du siehst, bin ich ganz geblieben außer hier am Knie."

„Und die Karre?" beharrt sie.

„Auch, bis auf den Riss in der Verkleidung"

„Was!!"

„Scherz"

Sie beruhigt sich wieder. Die Spaghetti kochen über. Das Dampfwasser zischt und hinterlässt großflächig weiße Schlieren auf dem dunklen Herd. Ich bleib sitzen. Sie hechtet hin, schiebt den Spaghettitopf beiseite und versucht, mit einem Lappen das Gröbste zu beseitigen. Es zischelt.

„Und, andere Weiber?"

„Jede Menge, jeden Tag eine"

„Sag! Sex?"

„Jetzt gleich?"

„Nein, ob du unterwegs … du weißt schon!"

„Na ja"

„Wie na ja?"

Ich erzähle von der Bergwanderin im Dirndl mit den strammen Waden und vergesse auch nicht, ihre prallen Formen zu erwähnen, „aus Villgraten, gut geraten", und dass sie mit mir den Gipfel stürmen wollte, zum Höhepunkt sozusagen und …"

„Wie Gipfel? Höhepunkt?"

„Na ja, jedenfalls ist nichts draus geworden."

Von Ella sag ich erst mal nichts. Ist mir zu heiß und heikel für heute.

„Was war denn mit der Tanzmaus?"

„Wie?"

„Na, die Tanzschwuchtel aus der Gymnastik?"

„Ach, da war nichts. Außerdem hatte der eine andere."

„Was? Geht's noch! Was soll denn jetzt der Scheiß! Wenn er keine andere gehabt hätte…?"

„Nein, nein, der hat mir dann doch nicht gefallen, der war Gummi, kein richtiger Mann. Mein Liebster bist du. Nur du! Komm!"

Sie will mich drücken.

Die Spaghettisauce läuft über und brennt sich sofort auf der glühenden Herdplatte fest. Sie springt auf und leitet eine weitere Wischaktion in die Wege. Das Spaghettiwasser brodelt bereits wieder gefährlich an der Topfoberkante. Ob die Nudeln verkocht sind? Hab jetzt einen guten Vergleich, schließlich in Italien fast nichts anderes als Spaghetti gegessen.

„Dreh mal den Herd ab, am besten gleich beide Platten. Die Nudeln sind durch, al dente sowieso schon lange nicht mehr, und die Sauce ist auch gut, das sieht man von hier."

Sie stellt den Herd ab. Ich steh auf, greif mir zwei Bier aus dem Kühlschrank, als Aperitif vor dem Rotwein, und achte darauf, die Kühlschranktür richtig zu schließen.

„Du auch eins?"

„Bitte!"

Ich plopp die Kronkorken mit dem Messer weg.

„Prost!"

„Prost!"

Wir lassen die Flaschen aneinander klirren.

„Und die Wette?"

„Wette, Wette, Moppetkette – ich bin heile geblieben und an Erfahrung reicher."

„Von wegen! So kommst du mir nicht weg! Raus damit!"

Jetzt käme der schwierige Teil.

Also krame ich erst mal meine Mitbringsel aus dem Tankrucksack. Ablenkungsmanöver, Taktik. Zunächst kommt das Steinbockkuscheltier zum Vorschein.

„Zeig her, ist der aber niedlich!"

„Ist für Bert."

Nun der Obstler. Der ist auch nicht für sie bestimmt. Ich nehm einen kräftigen Schluck. Mal aufpassen, dass dies nicht der Auftakt zu einer gefährlichen Mischesauferei wird, erst Bier, dann Obstler, und zu den Spaghetti soll es gleich Rotwein geben.

Jetzt die Mozartkugeln. Sie sind platt wie Bierdeckel. Trotzdem reiche ich sie ihr rüber.

„Danke", sagt sie, „vielen Dank. Da hast du dich aber mächtig ins Zeug gelegt! Und dass du alles noch im Tankrucksack unterbringen konntest!"

Sie kommt zu mir und küsst mich. Ich beantworte ihren Kuss nur flüchtig, wir haben ja noch ein offenes Thema, die Diskussion der Wette. Tatsächlich hatte ich 20 Pässe in 10 Tagen unter die Räder gekriegt. Schwierig wird die Argumentation bei Mezzocorona und Passo della Morte. Diese beiden kennt sie nicht. Vielleicht sollte ich mich hier auf rhetorische Stilmittel verlegen: scharfes z bei Mezzocorona, dass die Spucke nur so stiebt und grimmig gerolltes r, bei Passo della Morrrte. Dem Tode knapp entrrrronnen dorrrt.

„19 Pässe hab ich gezählt. Damit hast du die Wette klar verloren!"

„Wieso bittschön 19 Pässe?!"

„Tre Croci zwei Mal, lass ich nicht gelten, außerdem hast du kein Beweisfoto von!"

Das ist ja nun unlogisch. Pass Thurn bin ich ebenfalls zwei Mal gefahren, also käme man nach dieser Rechnungsart auf 18 Pässe. Den Einwand verkneif ich mir aber, so würde sich die Addition noch weiter zu meinen Ungunsten verschieben.

„Mezzocorona und Passo della Morte interessieren dich überhaupt nicht? Da habe ich doch auch kein Beweisfoto von."

„Die glaube ich dir."

„Wieso?"

„Die interessieren mich nicht, und deswegen will ich gar nicht drüber reden. Die klingen schon so Scheiße. Mezzo! (*verächtlich*) Mezzo, mezzo, mezzo, wie Metzger und Passo della Morte wie ein Mittelding zwischen Tod und Mortadella, Todeswurst oder was?"

„Aha"

„Außerdem kenn ich die nicht."

Tre Croci kennt sie.

„Tre Croci kenne ich. Da hätte ich gerne ein schönes Foto von gesehen."

„Tja, hab ich aber nicht."

„Mit dir und dem 80-jährigen Radfahrer, der so locker mit seinem Dreirad, äh, Drei-Gang-Fahrrad auf zwofünf hochgeradelt ist."

Das hatte ich wohl am Handy erwähnt. Aber der Biker war höchstens 70 und Tre Croci ist nur 1800 Meter hoch.

„Da könnte man auf dem Foto sehen, der Opa bringt es auf seine alten Tage aus eigener Kraft und du hast dafür 130 PS nötig. Also, hätte ich ein Foto gebraucht, für die Nachwelt."

„Hm"

„Aber was soll's! Die werden auch ohne Beweisfoto erkennen" – sie meint die Enkelkinder – „dass du nur 19 Pässe gefahren bist und die Wette verloren hast."

„Wie das?"

„Na, überleg doch! Ist ja logisch! Die Enkel sehen meine rote Ducati vor der Tür. Ich erzähl ihnen von der Wette. Dass ich das Motorrad gekriegt habe, weil ich die Wette gewonnen habe, also kannst du nur 19 Pässe gefahren sein, weil, wärest du 20 gefahren, hätte ich die Wette verloren."

Irgendwas stimmt nicht in der Beweisführung. Allerdings brauch ich mir gar nicht die Mühe machen, den Fehler aufzuspüren, die Diskussion würde nichts bringen. Sie geht felsenfest davon aus, die Wette gewonnen zu haben, die Angelegenheit ist für sie also durch. Für mich aber überhaupt nicht, da ist noch die Sache mit dem Hund. Während ich nach einer günstigen Überleitung suche, kommt sie mir zuvor.

„Da hat übrigens gestern so ein Typ angerufen, Koller oder so ähnlich."

„Ja, und??"

„Er hat dir eine Mail geschickt. Wie ich dich kenne, hast du die aber nicht gelesen."

Ich hatte sie tatsächlich nicht gelesen und finger das Handy aus dem Tankrucksack.

„Faselte was von Sancho Pansa aus Espagna."

Ich schalt das Handy ein und such die Mail.

„Und dann noch irgendwas mit Entwicklungspotenzial"

Ah, da ist Tobias' Mail.

„Hallo, Roman, ich hoffe, es geht Dir gut. Bei mir alles bestens. Jetzt mal die taufrische Nachricht ..."

„Und dann noch", geht sie dazwischen, „etwas von relevanter Prägnanz. Oder vielleicht auch umgekehrt von prägnanter Relevanz. Wäre angeblich wichtig für die Sicherheit meines neuen Bikes, hab ich nicht richtig kapiert, wahrscheinlich meinte er ein Accessoire für meine neue Duc, hab ich ihn sofort eingeladen. Der schien mir auch ganz nett."

Ich les die Mail weiter.

„War gestern beim Tierarzt, hatte so eine Ahnung. Und richtig, Sancha ist trächtig und ..."

„Sag, was meint der denn mit Prägnanz?"

„Schatz, lass mich mal kurz zu Ende lesen!"

„ ... wusste nicht, was ich Deiner Frau zumuten darf, hab um den heißen Brei drum rum geredet, ihr ein Geschenk versprochen, hatte an ein Junges von Sancha gedacht, als Wachhund für ihr neue Moppet, hab das aber nicht so direkt gesagt ..."

„Jetzt lass mich auch mal lesen!"

Blitzschnell greift sie nach dem Handy und versucht, es mir zu entreißen. Ich pack fest zu und zerr von meinem Tischufer. Wir rangeln um das Ding, ich kann es ihr entwinden. Dabei droht das Rotweinglas umzukippen, schwappt über und hinterlässt einen roten Fleck auf der hellen Tischdecke. Ich krieg das Glas zu fassen, bevor es ganz umkippt.

Na bitte! Von wegen keine Koordination! Vor zehn Tagen hatte sie mich genau an diesem Tisch wegen Koordinationsschwäche verhöhnt. Eine diesbezügliche Bemerkung verkneif ich mir.

Stattdessen zieh ich mich mit dem Handy einen halben Meter von der Tischkante zurück, um gegen eine weitere Attacke gewappnet zu sein, beobachte sie aus den Augenwinkeln und lese die Mail weiter.

Sancha kriegt also Junge.

„Anfang September ist es so weit. Eins für euch, eins behalte ich selber, die anderen gebe ich Freunden. Kann Sanchas Babys doch nicht ersäufen wie damals der schreckliche Gnom in Oviedo, du weißt schon!"

Wir würden einen Hund kriegen!

„Was hast du denn da zu verbergen, dass ich es nicht lesen darf?!"

„Nichts, sei nicht so neugierig! Dieses ganze Bier! Muss mal kurz verschwinden."

Bevor ich zum Klo geh, mach ich das Handy aus und lege es auf den Tisch. Genüsslich piesel ich im Stehen. Noch während ich die Spülung bedien, stürz ich zurück in die Küche, um zu sehn, was sie mit dem Handy macht.

Da ist er wieder, mein Dämon. Will mich zum Streit anstacheln. Einen kurzen Moment dachte ich, er hätte sich mit der Wildsau für immer und ewig in den Havelfluten verabschiedet. Aber nein. Fehlanzeige. Na gut, soll er mir in Zukunft gegen böse

Menschen beistehen. Nur auf das rechte Maß muss ich achten, das kann er nicht, ist immer gleich auf hundertachtzig.

Wie der Blitz schlag ich in die Küche ein. Sie fummelt an meinem Handy rum, Passwort kennt sie längst. Jede andere hätte verschämt die Augenwimpern gesenkt und was von „wollte nur mal eben …" gehüstelt. Nicht sie!

„Hast du wohl die Mail mit deinem geheimen Account blockiert, damit ich sie nicht lesen soll! Musst du ja Wichtiges zu verbergen haben! Geheimniskrämerei!

„Das ist immerhin mein Handy!"

„Trotzdem!"

Sie rückt das Handy raus, es nützt ihr jetzt nichts mehr. Ich hol mir die Mail und les das Ende.

„Das Ereignis muss doch gefeiert werden! Ich komm nach Berlin! Deine Frau hat mich eingeladen. Zischen wir ein paar Biere drauf!

Liebe Grüße Tobias"

Großartig!

„O.K., Frau, lass ma Tacheles reden jezze. Das mit dem neuen Bike geht klar."

„Aha, du gibst also zu, die Wette verloren zu haben!"

„Ach was, aber auf diese Diskussion verzichten wir, du kriegst den roten Renner, fertig, Punkt!"

„Das sind ja ganz neue Töne, so kenn ich dich gar nicht! Woher der Gesinnungswandel? Hast du wohl ein schlechtes Gewissen!"

„Eine Bedingung gibt es aber."

„Nämlich?"

„Dass du das Gastgeschenk von Tobias annimmst."

„Kein Problem, wieso denn nicht, der bringt mir wahrscheinlich so ein quietschgelbes Felgenschloss mit, auf jeden Fall ein Sicherheitsfeature für die Karre."

„Ja, schon, aber nicht, was du denkst, kein technisches, sondern ein lebendiges. Sancha bekommt Nachwuchs, und wir kriegen ein Junges, einen Wachhund für dein neues Bike."